ro
ro
ro

Ausgezeichnet mit dem Friedrich-Glauser-Preis für den besten deutschsprachigen Kriminalroman 2011

Kurt Palm, Jahrgang 1955, studierte Germanistik und Publizistik in Salzburg und promovierte über Bertolt Brecht. Er ist seit 1983 als Autor und Regisseur tätig, verfasste Bücher über Stifter, Joyce, Mozart und Fußball, schrieb wöchentliche Kolumnen in der österreichischen Tageszeitung »Der Standard«, drehte einige Kinofilme und inszenierte zahlreiche Opern und Theaterstücke. Wenn Kurt Palm nicht auf Reisen ist, lebt er in Wien und Litzlberg am Attersee. Mehr Informationen zum Autor unter www.palmfiction.net.

»›Bad Fucking‹ ist eine herrlich schräge Groteske, mit der sich Kurt Palm in die Liga der Herren Heinrich Steinfest, Stefan Slupetzky und Wolf Haas katapultiert. Ein großes Vergnügen!« (krimi-couch.de)
»Ein bizarres österreichisches Sittenbild ... Eine bitterböse, grelle, makabre Horrorposse, filmreif aufbereitet.« (Kleine Zeitung)
»Eine herrlich aberwitzige Heimat-Groteske.« (Burgenländische Volkszeitung)
»Ein feiner Eintopf der österreichischen Grausamkeit der letzten Zeit, brandaktuell ... könnte durchaus ein Klassiker werden.« (Vorarlberger Nachrichten)
»Ein Meister der Groteske.« (Hamburger Morgenpost)
»Trash at its best.« (the gap)

Kurt Palm

Bad Fucking

Kein Alpen-Krimi

Rowohlt Taschenbuch Verlag

Mit freundlicher Unterstützung
des Landes Oberösterreich

Veröffentlicht im Rowohlt Taschenbuch Verlag,
Reinbek bei Hamburg, Juli 2011

Umschlaggestaltung any.way, Hannah Krause
(Umschlagfotos: HH, Bethel Fath, Sharon Dominick,
Comstock, Creativ Studio Heinemann/Getty Images;
mauritius images/Cultura, Fotolia;
Foto des Autors: Michaela Mandel)
Druck und Bindung CPI – Clausen & Bosse, Leck
Printed in Germany
ISBN 978 3 499 25653 0

Für Hadschi Halef Omar Ben Hadschi Abul Abbas
Ibn Hadschi Dawud al Gossarah

Es bellen die Hunde, es rasseln die Ketten;
Es schlafen die Menschen in ihren Betten,
Träumen sich manches, was sie nicht haben,
Tun sich im Guten und Argen erlaben;

Und morgen früh ist alles zerflossen.
Je nun, sie haben ihr Teil genossen
Und hoffen, was sie noch übrig ließen,
Doch wieder zu finden auf ihren Kissen.
Wilhelm Müller (1794–1827)

Es ist alles sehr kompliziert.
Fred Sinowatz (1929–2008)

Im Wald herrschte absolute Stille. Selbst den Amseln, Drosseln, Finken und Staren war bei dieser Hitze das Zwitschern vergangen. Nur von ferne hörte man das Rauschen des Wasserfalls, aber das nahm Bartl schon längst nicht mehr wahr. Das einzige Geräusch, das in seine Ohren drang, war das Zirpen von Grillen. Zumindest bildete er sich das ein.

In Bartls Kopf explodierte das Blut und der Wald begann sich zu drehen. Stöhnend setzte sich der Alte auf einen Baumstumpf und öffnete schwerfällig einige Knöpfe seiner fadenscheinigen roten Jacke. Unter den Achseln hatten sich bereits tellergroße Schweißflecken gebildet. Auf der linken Seite der Jacke, direkt über dem Herzen, konnte man den Schriftzug BARTL lesen. Der Name war mit goldener Seide eingestickt, die längst verblasst war.

Obwohl sich in Bartls Plastiktasche nur ein Laib Brot, ein Topf mit gekochten Erdäpfeln und vier Landjäger befanden, war das bereits die dritte Rast, die der alte Mann einlegen musste. Er starrte auf den Boden und beobachtete ein paar Ameisen, die sich mit einem toten Käfer abmühten. Geistesabwesend schob er mit dem Fuß etwas Erde über den Käfer, aber es dauerte nicht lange, und schon tauchten die Ameisen erneut mit ihrer Beute auf.

Bartl dachte über sein Leben nach, als er eine Stimme hörte, die ihm etwas zuflüsterte:

Über allen Gipfeln
Ist Ruh,
In allen Wipfeln
Spürest du
Kaum einen Hauch;
Die Vögelein schweigen im Walde.
Warte nur, balde
Ruhest du auch.

Der alte Mann hielt den Atem an und drehte sich um, sah aber niemanden. Das Gedicht kannte er, wusste aber nicht, woher. Er versuchte sich zu erinnern. Jetzt fiel es ihm wieder ein. Die alte Sonnleitner, die auf einem Bein hinkte, hatte es ihnen in der Volksschule eingetrichtert.

»Bartholomäus, Scheitel knien! Nicht für die Schule, sondern für das Leben lernen wir.«

Warte nur, balde
Ruhest du auch.

›Was hätte ich denn tun sollen?‹, fragte sich Bartl, während er den Ameisen bei ihrer Arbeit zusah. ›Hätte ich weggehen sollen? Aber wohin denn? Wohin?‹

Zwei dicke Fleischfliegen, die sich brummend den Schweißflecken auf seiner Jacke näherten, holten Bartl in die Gegenwart zurück. Er verscheuchte die Fliegen mit einer müden Handbewegung, nahm die Plastiktasche und ging langsam weiter.

Von der Ferne sah das kleine, zerbrechliche Männlein mit seinen weißen Haaren und seiner roten Jacke aus wie ein einsamer Zwerg, der sich im Wald verirrt hatte. Jetzt fehlte nur noch die böse Hexe. Oder das Schneewittchen.

Während sich Bartl in der flimmernden Hitze durch den windstillen Wald bewegte, herrschte in der Lobby des Hotels *Zum Hohen Hirn* ein heilloses Durcheinander. Eine Gruppe junger Mädchen war gerade angekommen und hatte den gesamten Eingangsbereich in Beschlag genommen.

Einige lungerten lässig in den bequemen Fauteuils und fächelten sich gegenseitig Luft zu, andere kontrollierten die Displays ihrer Handys und drückten wie wild alle möglichen Tasten, weil es offenbar ein Problem mit dem

Netz gab. Wieder andere nestelten an ihren T-Shirts und Röckchen herum und unterhielten sich über das »extrem geile« Tattoo, das sich Nadja auf ihre Hinterbacken hatte stechen lassen. Der Rest stand an der Rezeption und belagerte Philipp Hintersteiner mit Sonderwünschen wegen der Zimmereinteilung. Die Klimaanlage arbeitete auf Hochtouren.

»Nein, ich möchte lieber mit der Katja in einem Zimmer schlafen«, sagte Babsi, als ihr Philipp den Schlüssel zum Zimmer gab, das bereits Nina für sich reserviert hatte.

»Ich habe Höhenangst und brauche ein Zimmer ganz unten in Ihrer Nähe«, flüsterte Liesi dem schwitzenden Philipp Hintersteiner zu und lachte über ihre spaßige Bemerkung.

»Ein Zimmer ohne Balkon nehme ich nicht«, schrie Candy, die ihre Kopfhörer nur zum Schlafen abnahm. Aber auch das nicht immer.

»Habe ich in diesem Zimmer auch sicher einen Empfang für mein Handy?«, fragte Sonja, die einen skeptischen Blick auf ihr neues, buntes Telefon warf. Weshalb zeigte das Display keinen Empfang an?

In der Lobby verstreut lagen dutzende Rucksäcke, Koffer und bunte Pompons, jene Quasten aus Kunststoff, Metallfolie und Wolle, die Cheerleader während ihrer Auftritte bei Footballspielen kunstvoll durch die Luft wirbeln.

Mitten in diesem Durcheinander stand Sandra Redmont und versuchte, sich einen Überblick zu verschaffen. Sandra war von der *Austrian Cheerleader Association* engagiert worden, um die *Vienna Honeybees* eine Woche lang auf einen internationalen Wettbewerb in Oslo vorzubereiten. Sandra stammte aus Winesburg, Ohio, und war seit ihrem fünfzehnten Lebensjahr im Cheerleadergeschäft tätig. Im Vergleich zu den kichernden und gicksenden Teenagern wirkte Sandra mit ihren siebenundzwanzig Jahren geradezu alt. Sandra klatschte in die Hände und bat die *Girls*, sich an die Zimmereinteilung zu halten, die sie im Bus gemacht hatten.

Sofort brach ein Proteststurm los: »Aber ich habe schon im Bus gesagt, dass ich mit der Fanny und der Petzi in einem Zimmer schlafen will«, sagte Hannah. »Wenn jetzt aber die Sofie mit der Fanny und der Jasmin –.«

»Please, please«, flehte Sandra und faltete die Hände. »Es gibt neun Doppelzimmer und ein Dreibettzimmer für euch, ihr seid ausgewachsene Menschen –.«

»Das heißt erwachsene Menschen«, unterbrach sie Katja lachend.

»O.K., also erwachsene Menschen. So what? Neun von euch suchen sich eine Zimmerpartnerin und die Sache ist erledigt. Das Dreibettzimmer nehmen Fanny, Jasmin und Candy. Was ist daran so kompliziert?« Langsam kehrte Ruhe ein. »Hört einmal zu, jetzt ist es kurz nach drei. Wir tragen die Sachen auf die Zimmer, und in einer halben Stunde treffen wir uns hier in der Lobby. Dann sehen wir uns unseren Trainingsplatz an und sprechen über das Programm für morgen. Ist das o.k.?«

Die meisten Mädchen hatten Sandra gar nicht zugehört, weil sie immer noch mit ihren Handys beschäftigt waren.

»Irgendetwas stimmt hier nicht«, rief Klara aufgeregt, »wir haben hier keinen Empfang. Auch die Handys von der Petzi und der Maike funktionieren nicht.«

Wie auf ein Kommando hin fummelten plötzlich alle einundzwanzig Mädchen an ihren Handys herum, und tatsächlich: Kein einziges Telefon funktionierte. In einigen Gesichtern machte sich schiere Verzweiflung breit, andere verfielen in ungläubiges Staunen.

Philipp Hintersteiner hätte sich am liebsten aus dem Staub gemacht, aber er wusste, dass es keinen Sinn hatte, die Mädchen mit irgendwelchen Ausreden hinzuhalten. Also nahm er seinen ganzen Mut zusammen und räusperte sich. »Darf ich kurz um eure Aufmerksamkeit bitten?«, sagte er in einem Ton, der nichts Gutes ahnen ließ. »Ihr habt ja bereits bemerkt, dass es hier ein Problem mit den Handys gibt. Leider liegt unser Ort mitten in einem Funkloch, was bedeutet, dass –.«

Sofort brach in der Lobby ein Tumult los.

»Was heißt das?«, fragte Sonja entgeistert und blickte abwechselnd auf ihr Handy und auf den Überbringer der Horrornachricht.

»Naja«, antwortete Philipp Hintersteiner ausweichend, »das heißt, dass es hier im Ort eigentlich, also wie soll ich sagen, außer an einer bestimten Stelle auf dem Berg, genaugenommen, also leider keinen Empfang für Handys oder Internet gibt.«

Nach einer kurzen Schrecksekunde schrien alle durcheinander und fuchtelten mit ihren Handys herum.

»Das ist eine Katastrophe, ohne Facebook überleb ich das nicht!«, rief Hannah und zog nervös an ihrem Nasenring.

Man hörte Worte wie »Scheiße«, »Twitter«, »You Tube«, »My Space« oder »Leck Arsch«. Und Dodo, ein Krocha-Girl mit Glitzerkappe, sagte niedergeschlagen: »Bam, Oida, jetzt bin ich gefickt! Und das ausgerechnet in Bad Fucking.«

Nach etwa einer halben Stunde hatte Bartl jene Stelle im Wald erreicht, wo er vom Weg abbiegen musste, um zu

Vitus Schallmosers Behausung zu gelangen. Hier wurde das Gestrüpp dichter, und er blieb mit der Plastiktasche immer wieder an spitzen Ästen oder Dornenzweigen hängen. Bartl fluchte und hoffte auf ein baldiges Ende der Hitze, die jeden Schritt zur Qual machte.

Als Bartl endlich die Lichtung erreicht hatte, blieb er schwer atmend stehen und wischte sich den Schweiß von der Stirn. Wie immer wartete er darauf, von Lumpi begrüßt zu werden. Die halbe Knacker für den Hund lag griffbereit in der Plastiktasche. Aber von Lumpi war weit und breit nichts zu sehen.

»Lumpi!«, rief Bartl, aber der Ruf war so leise, dass ihn der Hund selbst dann nicht gehört hätte, wenn er direkt neben ihm gestanden wäre.

Schallmosers Wohnhöhle lag am Rande einer kleinen Lichtung, die von einem dichten Mischwald umgeben war. Die Höhle befand sich in einem Felsvorsprung und verengte sich nach vorne hin zu einer Öffnung, die etwa zwei Meter hoch und einen Meter breit war. In diese Öffnung hatte Schallmoser eine behelfsmäßige Holztür eingebaut. Oberhalb der Tür ragte ein Rauchfangrohr ins Freie.

Bartl sah sich um und hatte plötzlich den Eindruck, dass sich die Bäume im Wasser spiegeln. Aber hier gab es gar kein Wasser. Es war bloß die flimmernde Luft, die sich in leichten Wellen bewegte und dadurch die Sinnestäuschung hervorrief.

Bartl rieb sich die Augen und blickte zur Tür. Stille. Er rief noch einmal nach Lumpi, aber dieses Mal klang der Ruf eher wie: »Lumpi, es wird dir doch wohl nichts passiert sein?«

Bartl war verwirrt. Er wusste zwar, dass Schallmoser vormittags immer unterwegs war, um von einer Quelle

Wasser zu holen und Pilze, Beeren oder Kräuter zu sammeln, aber dass er am Montag Nachmittag einmal nicht auf ihn gewartet hätte, war in all den Jahren nie vorgekommen.

Bartl näherte sich mit einem mulmigen Gefühl der Höhle und warf einen Blick durch die halb geöffnete Tür. Im Inneren war es stockdunkel. Er schob die Tür zur Seite und betrat Schallmosers Behausung. Er sah zunächst nichts, aber bald hatten sich seine Augen an die Dunkelheit gewöhnt. Vom Boden her stieg ein unangenehmer, süßlicher Duft auf.

Bartl machte einen Schritt zur Seite, damit das Licht in die Höhle fallen konnte. Die Sonnenstrahlen fielen direkt auf Vitus Schallmoser, der bäuchlings auf dem verdreckten Lehmboden lag. Um seinen Kopf kreisten fette Schmeißfliegen.

Vor lauter Schreck ließ Bartl die Plastiktasche fallen, aus der einige Kartoffeln herausrollten und in der Blutlache neben Schallmosers Kopf liegen blieben. Der alte Hoteldiener kniete sich nieder und drehte Schallmoser auf den Rücken. Schallmosers verfilzte Haare und sein langer, verwahrloster Bart waren mit Blut verklebt. Seine Augen starrten ins Leere. Bartl sprang auf und lief ins Freie.

Die Sonne blendete ihn, und er schirmte mit seinen zitternden Händen die Augen ab. Er beugte sich vor und würgte. Er wollte ausspucken, aber sein Mund war so trocken, dass außer einem Krächzen nichts herauskam. Sein Herz raste und schlug hart wie ein Stein gegen seine Rippen. Plötzlich hörte er ein Röcheln. Das Geräusch kam aber nicht aus der Höhle. Bartl näherte sich vorsichtig der Hundehütte und entdeckte hinter ihr den blutüberströmten Lumpi, der im Gras lag und am ganzen Körper zitterte. Das Fell des Hundes sah aus, als wäre es von blutsaugenden Motten zerfressen worden.

»Ich kann auch nichts dafür, dass die Post noch immer keinen Handymasten am Hohen Hirn aufgestellt hat. Es gibt da irgendein rechtliches Problem, das noch geklärt werden muss. Unser Hotel hat ja auch das größte Interesse daran, dass in Bad Fucking endlich Internet und Handys problemlos funktionieren.«

Während Philipp Hintersteiner beschwörend die Hände hob, um die Mädchen zu beruhigen, wurden diese immer hysterischer.

»Ich bin gefickt!«, rief Dodo zum zehnten Mal und fuchtelte mit ihrem Handy vor Philipps Gesicht herum. »Ich bin gefickt, wenn diese Scheiß-Gurke nicht bald funktioniert.«

Philipp blickte hilfesuchend zu Sandra Redmont, die aber auch nur bedauernd mit den Schultern zuckte.

»Moment, Moment, bitte hört mir doch einmal zu.« Philipp atmete tief durch und spürte, wie die Pickel in seinem Gesicht immer röter wurden. »Ich habe euch ja bereits gesagt, dass es auf jedem Zimmer einen Festnetzapparat gibt. Diese Telefone funktionieren natürlich, allerdings muss ich euch darauf hinweisen, dass das Telefonieren von den Zimmern aus nicht billig ist. Das liegt aber auch nicht an uns, sondern an der Post.«

»Scheiß Post«, kommentierte Nadja, deren Hose im Tumult ziemlich weit hinuntergerutscht war, wodurch der Blick auf ein imposantes Tattoo frei wurde, das mehrere Schlangen zeigte, von denen eine zwischen den Arschbacken des jungen Mädchens verschwand.

»Aus diesem Grund«, fuhr Philipp fort, »haben wir den täglichen Verbrauch auf zehn Euro pro Apparat limitiert. Wir möchten damit verhindern, dass es bei eurer Abreise zu bösen Überraschungen kommt.«

Die Mädchen sahen einander hilfesuchend an. Sofie, die sich mit ihrer Fernsehzeitschrift Luft zufächelte, drängte nach vorne und fragte Philipp, wie es mit den Fernsehprogrammen aussähe. »Das Finale der Casting-Show auf RTL muss ich sehen, sonst sterbe ich«, sagte sie seufzend.

Philipp war froh, endlich einmal eine gute Nachricht verbreiten zu können. »Mit dem Fernsehen gibt es keine Probleme, wir haben hier sechsunddreißig Programme, die natürlich alle gratis sind. Nur für bestimmte Filme wäre zu zahlen.«

»Porno-Scheiß oder wie?«, fragte Dodo provokant, woraufhin einige der Mädchen kicherten.

Immer, wenn er verlegen wurde, leuchteten Philipps Pickel wie winzige rote Lämpchen auf. Er versuchte, sich zu konzentrieren, um keinen Fehler zu machen. Schließlich wollte er seinem Vater ein für alle Mal beweisen, dass er sehr wohl in der Lage war, den Job an der Rezeption ordentlich zu erledigen. Sein Vater hatte sich immer einen aktiven, tatenhungrigen Sohn gewünscht, der ihn in seinen Geschäftsangelegenheiten unterstützte. Stattdessen hatte er einen Sohn, der sich durch Unentschlossenheit und einen Hang zur Tagträumerei auszeichnete und ihn regelmäßig zur Weißglut trieb.

Zum Glück für Philipp schaltete sich Sandra Redmont in die Debatte ein. »Entschuldigung, Sie haben vorhin gesagt, dass es an einer bestimmten Stelle auf diesem Berg die Möglichkeit gibt, Internet zu empfangen.«

»Ja«, antwortete Philipp erleichtert, »das wollte ich ja schon die ganze Zeit erklären. Also, auf dem Hohen Hirn gibt es ein Plateau, auf dem das Internet funktioniert und wo man auch mit dem Handy telefonieren kann.«

Unter den Mädchen machte sich Erleichterung breit. »Naja, dann passt eh alles«, sagte Sonja zufrieden und streichelte ihr neues Blackberry. Die ganze Aufregung war also umsonst gewesen.

»Moment, so einfach ist das leider nicht«, bremste Philipp die sich ausbreitende Euphorie. »Das Problem ist, dass das eine ziemlich exponierte Stelle ist und man, um dorthin zu gelangen, sogar ein bisschen klettern muss. Aber wenn man den Felsvorsprung erreicht hat, sollten Handys und Internet funktionieren.«

Die Enttäuschung war den Mädchen ins Gesicht geschrieben. »Was, ich soll auf einen Berg kraxeln, damit ich mein Handy benutzen kann? Das ist doch völlig absurd!«, meinte Sofie empört.

»Scheiß Berg!«, pflichtete ihr Nadja bei, die sich in der Zwischenzeit ihre Hose wieder hinaufgezogen hatte.

»Was soll ich machen?«, sagte Philipp Hintersteiner bedauernd. »Das ist die einzige Internet-Plattform, die ich euch anbieten kann.«

»Und wie findet man diese Stelle?«, wollte Katja wissen.

»Das ist ganz einfach. Wenn ihr die Straße hinuntergeht Richtung Wasserfall und dann nach Westen schaut, dann seht ihr das Hohe Hirn, das ist unser Hausberg, dessen Gipfel die Form eines Gehirns hat. Naja, man braucht ein bisschen Phantasie, aber der Berg ist nicht zu übersehen. Zuerst führt ein Weg durch den Wald, und am Ende des Waldes geht es hinauf zum Plateau. Links geht's zum Höllensee und rechts zum Hohen Hirn. Dort gibt es außerdem einen Richtungspfeil, auf dem *Zur*

Internet-Plattform steht. Ich würde euch allerdings empfehlen, nie alleine dort hinaufzugehen und immer euer Handy mitzunehmen.«

»Will uns der verarschen?«, fragte Fanny ihre Freundin Petzi, die mit offenem Mund durch die Glasfront der Hotellobby starrte und entgeistert sagte: »Bitte, schaut euch das einmal an.«

Wie auf ein Kommando hin bewegten sich alle Mädchen zur Tür, wo sich ihnen ein merkwürdiges Bild bot.

Mitten auf der Straße ging Bartl, der den verletzten Lumpi wie ein Kind in seinen Händen hielt, ohne nach links oder rechts zu schauen. Die Mädchen drängten ins Freie, um sich das Schauspiel aus der Nähe anzusehen, wurden von der Hitze aber jäh in ihrer Vorwärtsbewegung gestoppt.

Bartl bekam von all dem nichts mit und steuerte wie in Trance auf die Ordination des Zahnarztes Dr. Jakob Ulrich zu.

Wie jeden Montag um 16 Uhr lag Jagoda Dragičević auch am 12. Juli in der Ordination von Dr. Ulrich auf dem Behandlungsstuhl und wartete. Nachdem sich Dr. Ulrich die Hände gewaschen hatte – Sauberkeit und Hygiene waren oberstes Gebot in seiner Praxis –, schob der Zahnarzt Jagodas grauen Arbeitsmantel hoch, streichelte routinemäßig die Innenseite ihrer Oberschenkel und zog ihr die Unterhose aus. Jagoda winkelte die Beine leicht an, damit der Arzt bequemer an ihrem stark behaarten Futteral herumfummeln konnte. Dr. Ulrich hatte Jagoda strengstens verboten, sich unten zu rasieren. Seine Frau Jasmin gehörte zu den Anhängerinnen des Schamhaarrasierkults, was Dr. Ulrich eher infantil fand. Aber das konnte er seiner Frau nicht sagen, weil so intim waren sie dann auch wieder nicht. Ehe hin oder her.

Wie jeden Montag um zirka 16 Uhr 02 stöhnte Jagoda ein paar Mal kurz auf, bevor sie den Reißverschluss von Dr. Ulrichs frisch gewaschener und gebügelter Arzthose öffnete. Aber anders als sonst unterbrach der Zahnarzt dieses Mal den eingespielten Handlungsablauf und holte einen Fotoapparat aus seiner braunen Rindsledertasche. Die Tasche war ein Weihnachtsgeschenk seiner Frau gewesen und hatte knapp vierhundert Euro gekostet. Dr. Ulrich hielt das für durchaus angemessen, denn schließlich kam Jasmin – im Gegensatz zu ihm – aus einem reichen Elternhaus. Was nicht ganz stimmte, denn auch er hätte aus einem reichen Elternhaus stammen können, wenn sein Vater, der fast vierzig Jahre lang Zahnarzt in Bad Fucking gewesen war, nicht sein ganzes Geld verspielt hätte. Irgendwann hatte der alte Dr. Ulrich begonnen, mit den Bauern der Umgebung um Geld zu spielen. Und zwar ausgerechnet Bauernschnapsen. Dass der Zahnarzt dabei nur verlieren konnte, war klar, denn schließlich hieß das Spiel auch Bauernschnapsen und nicht Zahnarztschnapsen. Eines Tages hatte sein Vater jedenfalls seinen letzten Trumpf ausgespielt und konnte froh sein, nicht auch noch die Praxis verloren zu haben. Vor fünf Jahren hatte Dr. Ulrich jun. dann die Ordination übernommen, was keine besonders gute Idee war. Dass die Bad Fuckinger nicht viel Wert auf Mundhygiene legten, hätte Dr. Jakob Ulrich nämlich wissen müssen.

Der Zahnarzt wischte sich vorsichtig den Schweiß von seinem schicken Oberlippenbärtchen und spürte, wie sich vorne seine Hose spannte. »Jagoda, ich möchte heute gerne ein Foto machen. Ich zahle dafür auch mehr.« Er deutete mit einer großzügigen Geste auf die Bohrerablage.

Jagoda sah die beiden Scheine und überlegte nicht lange. Mit leicht serbischem Akzent sagte sie: »In Ordnung. Aber nur ein Foto. Und nur unten und auf keinen Fall mein Gesicht.«

Dr. Ulrich war zwar ein bisschen enttäuscht, weil er eigentlich vier Fotos machen wollte, aber ein Foto war besser als gar keines.

»Gut, sehr gut«, antwortete er und kniete sich vor Jagoda nieder, wobei er darauf achtete, seine Hose nicht zu beschmutzen. Er sah durch den Sucher seiner Pocketkamera und ging so nahe wie möglich an das begehrte Objekt heran. Als er den richtigen Ausschnitt gefunden hatte, drückte er den Auslöser und merkte, dass seine Hand leicht zitterte.

Er verstaute die Kamera wieder in seiner Tasche und stellte sich neben den Behandlungsstuhl. Jagoda öffnete den Reißverschluss seiner Hose und griff nach seinem Dingsbums, das fast von selbst heraussprang. Sie massierte Dr. Ulrichs Strahlemann und hielt ihn dabei so, dass sich der Herr Doktor bequem in die von ihr zuvor gesäuberte Spucktasse ergießen konnte. Dieser Teil der Prozedur dauerte üblicherweise knapp zwei Minuten. Gerade, als Dr. Ulrich seinen Saft mit einem wohligen Grunzen in die blank polierte Tasse spritzte, läutete es an der Haustür. Vor lauter Schreck machte der Zahnarzt einen Schritt zurück und besudelte dabei nicht nur Jagodas Arbeitsmantel, sondern auch seine schöne weiße Hose. Während er hastig sein noch tropfendes Rohr verstaute, bildete sich neben dem Hosenschlitz ein großer Fleck, der so aussah, als hätte sich der Herr Doktor angepinkelt. Jagoda stand rasch auf und entfernte mit einem Taschentuch den Spermiengatsch von ihrem Arbeitsmantel. Dann zog sie sich ihre Unterhose an, nahm die zweihundert Euro von der Bohrerablage und steckte sie in die Manteltasche.

»Jagoda, bitte schauen Sie, wer das sein könnte.« Dr. Ulrich sah sich nervös um und entdeckte die zähe Flüssigkeit in der Spucktasse. »Aber waschen Sie bitte vorher noch die Tasse aus.«

Dr. Ulrich legte Wert auf korrekte Umgangsformen und war daher auch mit seiner Putzfrau Jagoda Dragičević per Sie.

Entschuldigen Sie die Unterbrechung, aber diese Passage kann ich in dieser Form nicht akzeptieren. Das eben Geschilderte klingt ja gerade so, als ob ich eine Hure wäre. Eine ausländische noch dazu. Aber ich bin keine Hure. Mein Name ist Jagoda Dragičević. Jagoda heißt auf Serbisch Erdbeere. Ich bin siebenundzwanzig Jahre alt und wurde in Belgrad geboren. Vor fünfzehn Jahren kam ich mit meiner Mutter nach Bad Fucking, wo ich seither denselben Beruf ausübe wie sie: Putzfrau. Als es mit dem Fremdenverkehr bergab ging und meine Mutter ihren Job verlor, kehrte sie nach Belgrad zurück. Im Krieg, den die NATO gegen unser Land führte, wurde das Haus meiner Eltern zerstört. Mein Vater ist im Krieg gestorben, und meine Mutter lebt jetzt bei Verwandten auf dem Land. Ich habe das große Glück, dass ich immer noch im Hotel ›Zum Hohen Hirn‹ als Putzfrau arbeiten kann. Außerdem putze ich einmal pro Woche die Ordination des Zahnarztes Doktor Jakob Ulrich. Und zwar jeden Montag von 16 bis 19 Uhr.

Für mich steht seit langem fest, dass ich aus diesem Land weg will. Ich halte die stickige Atmosphäre hier nicht mehr aus und ich habe es satt, mein Leben als Sklavin zu vergeuden. Mein großes Ziel ist es, nach Belgrad zurückzukehren und dort ein kleines Café zu eröffnen. Ich möchte endlich wieder meine Sprache sprechen und meine Stadt riechen. Mir fehlen noch viertausend Euro zur Erfüllung meines Traums. Dafür bin ich sogar bereit, mich einmal pro Woche vom Zahnarzt Doktor Ulrich ausgreifen zu lassen. Aber ich bin keine Hure. Ich bin Jagoda, die Erdbeere aus Belgrad.

Während Jagoda die Spucktasse reinigte, ging Dr. Ulrich zum Fenster und kippte die Lamellen der Jalousie. Vom ersten Stock aus konnte er aber nicht sehen, wer vor der Haustür stand. Nachdem die Ordination seit zwei Stunden geschlossen war, würde um diese Zeit kein Patient mehr läuten. Und dass seine Frau, die als mobile Physiotherapeutin arbeitete, hierher kam, war auch unwahrscheinlich.

Da Jagoda immer noch mit der Reinigung der Spucktasse beschäftigt war, ging Dr. Ulrich höchstpersönlich ins Vorzimmer und schaltete den Monitor neben der Gegensprechanlage ein. Auf dem Bildschirm war, von der Kamera leicht verzerrt, ein alter Mann zu sehen, der einen Hund in seinen Armen hielt. Der Zahnarzt ging näher an den Monitor heran. »Das gibt's ja nicht«, sagte er erstaunt, »das ist ja der Bartl. Was will denn der von mir?«

Jagoda blieb im Türrahmen des Behandlungsraums stehen. »Soll ich weiterputzen oder gehen?«

»Nein, wir warten, bis er weg ist.«

Aber Bartl ging nicht weg, sondern läutete ein zweites Mal. Als niemand öffnete, stammelte er in die Gegensprechanlage: »Sie müssen Lumpi helfen, er ist schwer verletzt. Und Vitus Schallmoser ist tot.«

Die letzte Nachricht traf Dr. Ulrich wie ein Blitz. Er wurde blass und wandte sich hilfesuchend an Jagoda. »Was hat er gesagt? Der Schallmoser ist tot?«

Jagoda zuckte mit den Schultern. »Ich weiß nicht, aber ich glaube, es ist besser, Sie lassen ihn herein.«

Der Zahnarzt drückte den Türöffner, und Bartl verschwand vom Bildschirm.

Wenige Augenblicke später stand der alte Hoteldiener schwer atmend im Vorzimmer der Ordination. Seine Jacke und seine Hände waren blutverschmiert. Er roch nach Schweiß und Blut. Dr. Ulrich starrte abwechselnd auf Bartl und den Hund.

»Was hast du da eben gesagt? Der Schallmoser ist tot? Woher weißt du das? Und was ist mit dem Hund passiert?«

Während Dr. Ulrich seine Fragen stellte, wollte Bartl den Behandlungsraum betreten, aber der Zahnarzt stellte sich ihm in den Weg. »Bartl, um Gottes willen, du kannst da nicht hineingehen, der Hund versaut mir ja meine frisch geputzte Ordination.«

Bartl schob den Zahnarzt zur Seite und steuerte auf den Behandlungsraum zu, wo er den schwer verletzten Hund vorsichtig auf einen kleinen Tisch legte. Dass er dabei etliche Hochglanzzeitschriften verdreckte, war dem alten Mann egal.

Dr. Ulrich warf einen entsetzten Blick auf den winselnden Hund. »Bartl, bring den Hund sofort raus. Ich bin ja kein Tierarzt. Außerdem möchte ich endlich wissen, was mit dem Schallmoser passiert ist.«

Bartls ganze Aufmerksamkeit galt aber dem Hund, den er mechanisch streichelte. »Wird schon werden, Lumpi, wird schon werden.«

Dr. Ulrich rüttelte Bartl an der Schulter, wischte sich aber sofort die Hand an der Hose ab, was ein paar unschöne Spuren hinterließ. »Bartl, noch einmal: Wo ist der Schallmoser jetzt? Und hast du schon die Gendarmerie verständigt?«

Bartl unterbrach kurz seine Tätigkeit und sah den Zahnarzt an. »In der Höhle habe ich ihn gefunden. Auf dem Boden. Aber Sie müssen Lumpi helfen, sonst stirbt er auch noch.«

»Bist du sicher, dass der Schallmoser tot ist?«

»Ja, ich glaube schon«, antwortete Bartl zerstreut. »Er hat sich nicht mehr gerührt, wie ich ihn umgedreht habe.«

Jagoda hatte in der Zwischenzeit ein Handtuch geholt und es zum Schrecken des Zahnarztes auf dem Tisch ausgebreitet. »Legen Sie den Hund da hinauf«, sagte sie zu Bartl, der Lumpi vorsichtig auf das Handtuch hob. Der Hund strampelte mit seinen kurzen Beinen und röchelte, als hätte seine letzte Stunde geschlagen.

Dr. Ulrich schüttelte angewidert den Kopf und ging in sein Büro. Durch die halb geöffnete Tür sah Jagoda, wie er den kleinen Wandtresor, der hinter einem Gemälde versteckt war, öffnete. Der Maler nannte das Werk *Jasmin, auf einem Elefanten reitend*, obwohl auf dem Bild weder Jasmin noch ein Elefant zu erkennen waren. Typische Ordinationskunst eben. Dr. Ulrich hatte für den Ölschinken zweitausend Euro (ohne Rechnung!) bezahlt, um die es ihm heute noch leid tat. Aber Jasmin hatte sich zu ihrem fünfunddreißigsten Geburtstag ein Bild von einem modernen Maler gewünscht. Bereits einen Monat später hatte sie das Gemälde ihrem Mann mit der Bemerkung zurückgegeben, dass es besser in seine Ordination als in ihr Wohnzimmer passen würde.

Der Arzt nahm einen Zettel aus dem Tresor, ging zum Schreibtisch und wählte eine Nummer. Er legte aber gleich wieder auf und steckte den Zettel in seine Brusttasche. Dann schloss er die Tresortür und drückte das Gemälde, das an einer Seite mit Scharnieren an der Mauer befestigt war, gegen die Wand. Er holte seine Rindsledertasche und ging zurück in den Behandlungsraum.

»Frau Dragičević, ich muss herausfinden, was mit dem Schallmoser passiert ist.« Im Weggehen winkte er Jagoda zu sich heran. »Sie müssen schauen, dass Sie den Bartl und den Hund so schnell wie möglich loswerden. Von mir aus verbinden Sie den Hund, aber bitte sorgen Sie dafür, dass die beiden von hier verschwinden.«

Dr. Ulrich verließ die Ordination und schlug die Tür zu.

»Verdammte Scheiße«, hörte Jagoda den Zahnarzt im Stiegenhaus fluchen.

Aloysius Hintersteiner saß mit einem Vertreter der Immobilienentwicklungsgesellschaft *Omega* im Besprechungszimmer des Gemeindeamts und kam nicht nur wegen der stickigen Luft gehörig ins Schwitzen. Obwohl die umtriebige Sekretärin Ilse Sussalek bereits in der Früh die Vorhänge zugezogen und einen Ventilator auf den Konferenztisch gestellt hatte, war es im Zimmer immer noch unerträglich heiß. Auf Hintersteiners hellblauem Hemd, das sich über seinem dicken Bierbauch gefährlich spannte, hatten sich an mehreren Stellen bereits Schweißflecken gebildet. Während sich der Bürgermeister wie in einer Sauna fühlte, tat sein Gegenüber im dunklen Anzug so, als könnten ihm weder glühende Hitze noch arktische Kälte etwas anhaben.

Der Mann hieß Alexander Bendar, war vierunddreißig Jahre alt und arbeitete als Portfoliomanager für die IEG *Omega* mit Sitz auf den Jersey Islands. Bendars Arbeitsplatz befand sich in einem Büro neben der Wiener Börse. Er hatte die beschwerliche Reise nach Bad Fucking nur auf sich genommen, weil ihn der Bürgermeister dringend um dieses Gespräch gebeten hatte.

Dem Trend der Zeit folgend, hatte man vor einigen Jahren auch in Bad Fucking beschlossen, einen Teil der Gelder, die man durch den Verkauf diverser Grundstücke und Liegenschaften eingenommen hatte, renommierten Anlageexperten zu überlassen. In ihren schwarzen Limousinen hatten damals Fondsmanager, Derivatehändler und andere clevere Spekulanten eine Gemeinde nach der anderen abgeklappert und den ahnungslosen Lokalpolitikern das Blaue vom Himmel versprochen. Diese fühlten sich natürlich geschmeichelt, weil endlich die große, weite Welt des internationalen Kapitals auch in ihren Kaffs Einzug hielt und sie sich im Kampf um die Gunst der Wählerinnen und Wähler in einem Bereich wichtig machen konnten, von dem sie nicht die geringste Ahnung hatten.

Und siehe da: In den ersten beiden Jahren lief alles wie geschmiert, und die Erfolgsmeldungen von den Offshore-Finanzplätzen rissen nicht mehr ab. Anleihen, Aktien, Immobilien und hochspekulative Risikopapiere entpuppten sich als wahre Geldscheißer, und das Faxgerät im Büro des Bürgermeisters von Bad Fucking spuckte Woche für Woche Zahlenreihen aus, vor denen immer ein fettes Plus stand. Wenn das so weiterging, konnte Bad Fucking wieder in den Tourismus investieren, und am Ende würde es nach einer allzu langen Durststrecke steil bergauf gehen. Gemäß dem Motto *Gier frisst Hirn* ließ man die Fondsmanager schalten und walten, wie sie wollten, bis man auch in Bad Fucking die bittere Erfahrung machen musste, dass es nicht immer um den gleichnamigen Hollywoodfilm ging, wenn vom *Fluch der Karibik* die Rede war.

Alexander Bendar legte routinemäßig seine drei Handys vor sich auf den Tisch und warf alle paar Sekunden einen Blick auf deren leuchtende Displays. »Ich verstehe das nicht«, sagte er kopfschüttelnd. »Ich war vergangene Woche in Mali, wo ich für unseren Konzern zehntausend Hektar landwirtschaftliche Anbauflächen gekauft habe, und selbst dort hat in jedem noch so abgelegenen Dorf mein Handy funktioniert. Nur in Bad Fucking verschließt man sich dem technischen Fortschritt.« Er nahm einen Schluck Mineralwasser und steckte sich eine Zigarette in den Mund, die er aber nicht anzündete.

»Sie haben in Mali landwirtschaftliche Anbauflächen für Ihre Firma gekauft?«, fragte Hintersteiner erstaunt. »Ich dachte, die IEG *Omega* investiert in Immobilien.«

Bendar lachte dünn, zog noch einmal an der kalten Zigarette und steckte sie zurück in sein silbernes Etui. »Immobilien in Moldawien, Anbauflächen in Mali, Regenwälder in Brasilien, wir kaufen alles, womit sich – natürlich zum Vorteil unserer Kunden – Geld verdienen lässt.«

»Herr Bendar«, antwortete Hintersteiner gereizt und klopfte mit dem gemeindeeigenen Kugelschreiber auf die Tischplatte, »nur zur Klarstellung: Wir verschließen uns hier keineswegs dem technischen Fortschritt. Ganz im Gegenteil, es gab eine Menge von Projekten, die wir in nächster Zeit verwirklichen wollten, aber dazu hätten wir das Geld gebraucht, das Sie verspekuliert haben.«

Bendar strich sich über seine tadellose Gelfrisur. »Moment, Moment, Herr Bürgermeister, lesen Sie bitte die Verträge, die Sie unterzeichnet haben, und Sie werden sehen, dass alles mit rechten Dingen zugegangen ist. Nach den Verlusten hat unser Board gemeinsam mit Wirtschaftsjuristen noch einmal sämtliche Kontrakte überprüft und ist zu dem Ergebnis gekommen, dass absolut korrekt gehandelt wurde. Dass die Immobilienblase gerade jetzt platzen würde, konnten wir leider nicht vorhersehen. Und falls es Sie tröstet: In Österreich haben dutzende Gemeinden durch Spekulationen erheblich mehr Geld verloren als Sie in Bad Fucking.«

Hintersteiner stieß der Kaffee sauer auf. Wegen des hohen Blutdrucks hätte er am Nachmittag eigentlich gar keinen Kaffee mehr trinken dürfen, aber da die Essigwurst zu Mittag ein bisschen ranzig geschmeckt hatte, hatte er gehofft, dass der Kaffee die Verdauung fördern würde. Aber stattdessen war ihm schlecht, und zu allem Überfluss hatte sich auch noch ein Furz in seinem Darmgeflecht verirrt, der irgendwo festsaß. Wie gerne hätte er jetzt einfach drauflosgefurzt, aber das ging ja nicht, weil ihm ein hoher Gast von auswärts gegenübersaß.

Der Bürgermeister wischte sich mit einem Taschentuch, in dem die Initialen A. H. eingestickt waren, den Schweiß von der Stirn.

»Schauen Sie, Herr Bendar. Bad Fucking hat eine schwere Zeit hinter sich. Wie Sie wissen, hat uns dieser Bergsturz vor acht Jahren fast zur Gänze von der Außenwelt abgeschnitten. Wer heute in unseren Ort kommt, muss entweder hierbleiben oder umkehren. Wenn Sie so wollen, befinden wir uns in einer Art Sackgasse.«

»Das würde ich auch so sehen«, sagte Bendar und holte erneut eine Zigarette aus seinem Etui, auf dessen Deckel die Initialen A. B. eingraviert waren. Die gesalzenen Erdnüsse und die Gummibärchen, die Frau Sussalek extra für dieses wichtige Treffen gekauft hatte, ignorierte Bendar demonstrativ.

»Für Bad Fucking bedeutete diese Naturkatastrophe praktisch den Ruin. Die meisten Hotels mussten zusperren, und die Leute sind von einem Tag auf den anderen arbeitslos geworden. Das muss man sich einmal vorstellen, was das heißt. Ich spreche aus eigener Erfahrung, wenn ich Ihnen sage, dass diese Zeit für uns alle die schlimmste unseres Lebens war. Und dann hieß es plötzlich: Hier ist die große Chance, hier könnt ihr in kürzester Zeit viel Geld verdienen. Natürlich haben wir da nicht nein gesagt.«

Bendar dachte daran, dass er am Abend einem Kunden noch ein windiges Aktienpaket verkaufen musste. Der Insidertipp eines Brokers würde ihm glatte fünftausend bringen und dem Käufer ein paar schlaflose Nächte. Aber die Leute waren selbst schuld und es traf ja keinen Armen.

»Ich verstehe das ja alles, Herr Bürgermeister, aber was schlagen Sie konkret vor? Die Fakten liegen auf dem Tisch.« Bendar deutete auf zwei dünne Mappen, deren Inhalt Hintersteiner kannte. Auf dem einen Deckblatt stand *Performance Portfolio Gemeinde Bad Fucking*, auf dem anderen *Performance Portfolio Aloysius Hintersteiner.*

»Es ist hart«, fuhr Bendar fort, »aber ich habe Ihnen immer gesagt, dass es besser gewesen wäre, die Krise auszusitzen und keine Panikverkäufe zu tätigen. O.K., dass Sie aus den Zinsspekulationen mit dieser *Delta Invest AG* auf den Virgin Islands ausgestiegen sind, war sicher die richtige Entscheidung, aber die langfristigen Anleihen hätten Sie nicht abstoßen sollen.« Bendar zog noch ein paar Mal an der kalten Zigarette und steckte sie dann endgültig zu den anderen neunzehn Zigaretten in sein Etui, das er in der Innentasche seiner Anzugsjacke verstaute.

›Warum bloß bin ich so saublöd gewesen und habe mich auf diesen ganzen Wahnsinn eingelassen‹, dachte Hintersteiner niedergeschlagen. ›Hätte ich das verdammte Geld auf ein Sparbuch gelegt, dann würde der nächste Bürgermeister wieder Hintersteiner heißen, und ich könnte in Ruhe die Feier zu meinem sechzigsten Geburtstag vorbereiten. Die Blasmusik würde aufspielen, der Pamminger würde ein paar Spanferkel braten, für die Erwachsenen gäbe es Freibier und für die Kinder Luftballons. Später am Stammtisch, wenn die Frauen längst zu Hause in ihren abgewetzten Fauteuils vor dem Fernsehapparat säßen und ihre geschwollenen Beine mit *Voltaren* einschmierten, würden wir ein paar ordinäre Gstanzeln singen – *Zwei Nonnen lagen Brust an Brust, Jessas na, und fingerlten nach Herzenslust, Jessas na ...* – und vielleicht würde ich mich sogar wieder mit Kilian versöhnen. Alles hätte so schön sein können.‹ Aber die Zahlen vor ihm holten ihn zurück in eine Realität, die alles andere als schön war.

»Aus dieser Aufstellung geht also hervor«, sagte Hintersteiner, der eines der Blätter zur Hand nahm, »dass von den sechs Millionen Euro, die die Gemeinde vor drei Jahren investiert hat, genau noch eine Million übrig ist.«

Bendar hob bedauernd die Schultern. »Wir haben nach bestem Wissen und Gewissen gehandelt. Und der Gemeinderat hat diese Investitionen schließlich auch abgesegnet.«

»Ja, aber Sie wissen genau, dass ich die treibende Kraft hinter dieser ganzen Geschichte war. Daran ändert auch die Tatsache nichts, dass der Gemeinderat diese Investitionen genehmigt hat.«

Dass die Gemeinderäte keine Ahnung hatten, wie diese Hedge-Fonds, Zinsspekulationen und Leerverkäufe funktionierten, stand auf einem anderen Blatt. Kein Mensch in Bad Fucking hatte je mit solchen Dingen zu tun gehabt. Aber plötzlich hieß es von allen Seiten, dass jeder ein Idiot sei, der sein Geld auf ein Sparbuch legte und nicht in hochprofitable Aktien, Anleihen und Fonds investierte. Im Gemeinderat hatte als einziger Julius Wellisch gegen dieses Finanzabenteuer gestimmt, der als Vertreter der Bürgerliste *Rettet die Aale* befürchtete, dass die Gewinne aus diesen Spekulationen in ein Hotelprojekt am Höllensee investiert werden könnten. Hätte Wellisch geahnt, dass von den sechs Millionen Euro fünf im Karibiksand versinken würden, hätte er selbstverständlich für diese hochspekulativen Geschäfte gestimmt.

Als wäre das alles nicht schon schlimm genug, lag da aber noch eine zweite Mappe. Clever, wie er war, wollte Hintersteiner auch als Privatmann von dieser wundersamen Geldvermehrung profitieren und überwies eine erkleckliche Summe auf die Jersey Islands. Dummerweise hatte er den Versprechungen in den seriös aufgemachten Hochglanzbroschüren geglaubt und sein Geld ebenfalls in Fonds, Aktien, Anleihen, Futures und andere mysteriöse Dinge investiert. Die Geschichte hatte nur einen Haken: Das Geld, das er der IEG *Omega* zur Verfügung stellte, gehörte nicht ihm, sondern der Providenz-Bank.

Wie und weshalb die Gemeinde Bad Fucking ausgerechnet auf die IEG *Omega* gekommen war, wusste er gar nicht mehr so genau. Aber eines Tages war eine schwarze Limousine vorgefahren, der einige vornehme Herren entstiegen, die Geschichten erzählten, gegen die die Märchen aus *Tausendundeiner Nacht* wie profane Erzählungen klangen. Aber im Grunde war es gleichgültig, ob die Finanzdienstleister *Oxana*, *Sirius*, *Alpha* oder *Omega* hießen, schließlich war allen gemeinsam, dass sie Teil eines verbrecherischen Netzwerks waren, das eigenen Gesetzen folgte. Und wie so oft, wenn es um organisiertes Verbrechen ging, sahen die Politiker einfach nur zu und stellten sich dumm.

In Hintersteiners Bauch begann es zu rumoren. Der eingeschlossene Furz hatte sich offenbar auf die Suche nach einem Ausgang gemacht. Dem Furz ging es gut, der konnte sich – im Gegensatz zu seinem Quartiergeber – auf Nimmerwiedersehen verdrücken.

Alexander Bendar deutete auf das Papier. »Tja, es tut mir leid, Herr Bürgermeister, aber auch hier muss ich sagen, dass Sie zu früh ausgestiegen sind und meinen Rat, die Entwicklung in Ruhe abzuwarten, leider nicht befolgt haben.«

Hintersteiner räusperte sich und schlug einen vertraulichen Ton an. »Natürlich sind die Verluste der Gemeinde schlimm, aber nachdem es vielen anderen Gemeinden in Österreich nicht viel besser ergangen ist, wird man im öffentlichen Interesse so schnell wie möglich Gras über die Sache wachsen lassen. Das viel größere Problem für mich sind meine persönlichen Verluste.« Er machte eine kurze Pause. »Ich spreche ganz offen mit Ihnen, Herr Bendar. Diese Zahlen hier bedeuten für mich den Ruin, und ich habe um dieses Gespräch gebeten, weil ich mit Ihnen gemeinsam eine Lösung finden möchte.« Hintersteiner legte die beiden Blätter nebeneinander. »Zum jetzigen Zeitpunkt hat die Gemeinde also noch ein Kapital von einer Million Euro, ich habe von meiner Million Euro, die ich investiert habe, fast neunzig Prozent verloren. Gibt es da irgendeine Möglichkeit, ich meine, Sie kennen sich da besser aus als ich, Sie wissen –.«

Bendar holte tief Luft und atmete mit einem hörbaren Seufzer aus. Es klang fast so, als wäre er derjenige, der sich in einer Zwangslage befand. »Auf gut Deutsch, Sie möchten, dass ich gewisse Umschichtungen vornehme?«

Hintersteiner rutschte auf dem Kunstledersessel hin und her. Seine Hose war durchgeschwitzt und klebte an seinen dicken Oberschenkeln wie eine zweite Haut. »Naja, wie Sie richtig gesagt haben, handelt es sich bei den Investitionen der Gemeinde um öffentliche Gelder. Und nachdem uns die Politik in dieses Abenteuer hineingeritten hat, wird die Aufregung nur von kurzer Dauer sein.«

Bendar tat so, als würde er nachdenken. »Natürlich gibt es auf dem Markt nach wie vor Papiere mit hohem Performancepotential, die sich hervorragend zur Portfolioversifikation eignen. Ich spreche allerdings nicht von fungiblen Wertpapieren, sondern von amerikanischen Hedge-Fonds und kasachischen Schuldverschreibungen mit einem Triple-A-Rating.«

»Amerikanische Hedge-Fonds und kasachische Schuldverschreibungen?« Hintersteiner glaubte, sich verhört zu haben. »Aber diese Papiere sind doch schuld an den Milliardenverlusten. Das würde ja bedeuten, dass Sie weiter Öl ins Feuer gießen. Nein, also bei amerikanischen Hedge-Fonds und kasachischen Schuldverschreibungen mache ich nicht mit.«

Bendar lächelte mitleidig, während er seine toten Handys so positionierte, dass sie in exakt demselben Abstand nebeneinanderlagen. Das Ganze sah aus wie ein kleiner Handyfriedhof. »Herr Bürgermeister, entschuldigen Sie, aber haben Sie schon einmal darüber nachgedacht, wo die Milliardenverluste eigentlich hingekommen sind, über die sich die ganze Welt Gedanken macht?«

Hintersteiner fiel keine Antwort ein.

»Oder anders gefragt: Ist die Zahl der Mutimillionäre in den letzten Jahren gestiegen oder gesunken? Mir wäre jedenfalls nichts bekannt, dass es heute weltweit weniger Millionäre gäbe als vor einem Jahr. Von den Milliardären ganz zu schweigen.«

Hintersteiner deutete auf die beiden Papiere. »Also, was würde das konkret bedeuten?«

Bendar kniff ein Auge zu und korrigierte die Position des mittleren Handys. »Konkret würde es bedeuten, dass ich die Million Euro aus dem Portfolio der Gemeinde und Ihre einhunderttausend Euro in einem bestimmten Fonds platziere, ein paar Identifikationsnummern tausche, und wenn alles klappt, haben Sie in ein paar Monaten wieder Ihre Million auf Ihrem Konto.«

»Und wenn es nicht klappt?«

»Wenn es nicht klappt, dann kann ich Ihnen zumindest versichern, dass niemand von dieser Transaktion erfahren wird.«

»Und wie hoch stehen die Chancen, dass die Sache funktioniert?«

Bendar verzog den Mund: »Ich würde sagen: neunzig zu zehn.«

Hintersteiner schluckte. »Was muss ich tun?«

Bendar öffnete seine Aktentasche und legte ein paar Formulare auf den Tisch. »Sie müssen das hier ausfüllen, eine Kopie Ihres Reisepasses beilegen und das Formular, das die Gemeinde betrifft, abstempeln. Die Spesen sind natürlich etwas höher als bei einer normalen Transaktion. Aber das versteht sich ja von selbst.«

Das Gebäude, in dem sich der Gendarmerieposten von Bad Fucking befand, machte von außen einen ziemlich desolaten Eindruck. Die grob verputzte Fassade bröckelte bereits an mehreren Stellen, und dort, wo sich früher der ovale Leuchtkasten mit der Aufschrift GENDARMERIEPOSTENKOMMANDO mit dem Bundesadler in der Mitte befand, hingen jetzt ein paar lose Kabeln aus der Wand. Von den Fensterrahmen blätterte der Anstrich ab, und die Glasscheibe der Haustür hatte einen großen Sprung mit mehreren kleinen Seitensprüngen. Das Dienstfahrzeug auf dem Parkplatz war ebenfalls längst reif für die Verschrottungsprämie.

Im Inneren des Gebäudes sah es nicht viel besser aus. Das Wachzimmer und die angrenzende Ausnüchterungszelle erinnerten nur noch entfernt an ihre ursprünglichen Zwecke, und auch die kleine Wohnung des Postenkommandanten Julius Wellisch, die im ersten Stock lag, war schon lange nicht mehr geputzt worden.

Wellisch war zweiundfünfzig und arbeitete seit seinem einundzwanzigsten Lebensjahr als Gendarm in seiner Heimatgemeinde Bad Fucking. Wie Bartl Rettenbacher gehörte er zum Inventar des Ortes. Was einem an Wellisch als Erstes auffiel, war eine ziemlich große Beule auf seiner Stirn, direkt über dem linken Auge. Als junger Bursche hatte er einmal versucht, die Beule mit einem Stanleymesser aufzuschneiden, was aber gründlich danebenging. Seither ziert eine wulstige, bläulich gefärbte Narbe die stattliche Erhebung. Neben dieser Geschwulst fiel an Wellisch auch noch seine hagere Statur auf. Das war auch der Grund, weshalb seine alte Uniformhose beim Gehen immer leicht flatterte. Ja, und dann war bei Wellisch noch etwas unübersehbar, und das war ein Sheriffstern, der seiner speckigen Uniformjacke einen besonderen Glanz verlieh.

Dass Wellisch aber nicht nur Gendarm, sondern auch – und vor allem – begeisterter Angler war, merkte man, sobald man die Wachstube betrat. An den Schränken lehnten Angelruten, Unterfänger und Setzkescher, die Wände waren mit präparierten Hechten, Forellen und einem riesigen Welskopf geschmückt, und am Boden standen zwischen Gummistiefeln und Wathosen Behältnisse für Köderfische. Auf den beiden Bürotischen lagen Blinker, Haken, Vorfächer, Karabiner, Lösezangen, Bleie, Wobbler und Streamer sowie dutzende Fachzeitschriften, unter die sich auch ein *Larry-Kent*-Heftroman mit dem Titel *Der Lockvogel* verirrt hatte: *Larry Kent. Er hasst Verbrechen und liebt schöne Frauen* war auf dem Cover zu lesen.

Was im Wachzimmer fehlte, war ein Computer, stattdessen gab es eine mechanische Schreibmaschine, die mit einer verstaubten Plastikhülle abgedeckt war. Besonders stolz war Wellisch auf eine Kuckucksuhr, die er eigenhändig geschnitzt hatte und aus deren kleinem Fenster zu jeder vollen Stunde eine Forelle herausschaute, die *Kuckuck* rief. Ein weiteres Schmuckstück war eine Madonnenstatue, die auf einer Holzsäule stand und zu der Wellisch immer dann betete, wenn er über einen längeren Zeitraum keine Fische fing.

Unterhalb der Trophäen hatte Wellisch mehrere Landkarten mit Reißnägeln befestigt, auf denen in verschiedenen Maßstäben das Gebiet um den Höllensee eingezeichnet war. Einige Karten waren mit farbigen Richtungspfeilen und verschiedenen Daten markiert. Über einem roten Pfeil, der auf den Höllensee zeigte, stand zum Beispiel: *15. Juli, 20 Uhr 13*. Zwischen diesen Landkarten hing eine Karte der Sargasso-See, auf die Wellisch eine herausgerissene Buchseite geklebt hatte:

Aale sind ihrem Wesen und ihrer Herkunft nach Tiere des Meeres. Hier werden sie geboren und hier sterben sie. In unseren Flüssen und mit diesen verbundenen Seen und Teichen sind sie lediglich fressende Gäste. Ihr Binnenaufenthalt dauert gewöhnlich 5–15 Jahre. Danach überfällt die wohlgenährten Tiere eine Unruhe, die sie in Schwärmen flußabwärts treibt und dem westlichen Atlantik zuschwimmen läßt. Die Unrast ist ein Teil ihres Wesens und Voraussetzung für das Laichgeschäft. Dieses findet südwestlich der Bermuda-Inseln, genauer gesagt, in der tangreichen Sargasso-See, statt. Über das Verhalten der geschlechtsreifen Aale in den Tiefen der Sargasso-See wissen wir ebenso wenig wie über das Ablaichen und die Dauer der Eientwicklung. Niemand konnte je abgelaichte Aale fangen. Wir schließen hieraus, daß sie nach der unvorstellbar langen Reise und der Leidenschaft der Paarung zugrunde gehen. Die Sargasso-See ist also ihr Grab und ihre Wiege zugleich.

Bereits seit vielen Jahren beschäftigte sich Wellisch mit diesen rätselhaften Tieren, und er war nach intensiven Forschungen zur fixen Überzeugung gelangt, dass die Aale in der Vollmondnacht des 15. Juli wieder in den Höllensee zurückkehren würden. Das war auch der Grund, weshalb er den Verein *Rettet die Aale* gegründet hatte, dessen Ziel es war, allfällige Bauprojekte am Höllensee zu verhindern. Wenn man Wellisch fragte, woher er das mit der Rückkehr der Aale so genau wisse, antwortete er kryptisch, dass er eben gewisse Zeichen deuten könne. Welche Zeichen das waren, sagte er freilich nicht. Nur einmal erwähnte er beiläufig das Altarbild in der Kirche von Bad Fucking, auf dem man bei genauer Betrachtung einige entscheidende Hinweise finden könne. Aber natürlich machte sich niemand die Mühe, das Gemälde *Die Beweinung Christi* aus dem Umkreis von Giovanni Bellinis Werkstatt im Detail zu studieren. Den Leuten genügte, dass man darauf Maria mit dem Leichnam ihres Sohnes am Fuße des Kreuzes sah.

Die Einwohner Bad Fuckings hatten sich längst damit abgefunden, dass sich Wellisch lieber mit Fischen beschäftigte als Strafmandate zu verteilen oder Raufereien zu schlichten. Womit vor allem die Bad Fuckinger ganz gut leben konnten. Das Einzige, was die Leute wunderte, war die Tatsache, dass in all den Jahren kein einziger Vertreter einer übergeordneten Behörde dem Gendarmerieposten von Bad Fucking je einen Besuch abgestattet hatte. Wobei es in Österreich die Gendarmerie ja eigentlich gar nicht mehr gab. Außer in Bad Fucking. Dort trugen der Postenkommandant Julius Wellisch und sein Stellvertreter Arthur Stallinger nach wie vor ihre alten Gendarmerieuniformen, und selbst auf dem Dienstwagen und dem Dienstmoped stand GENDARMERIE und nicht POLIZEI. Und dass der Leuchtkasten mit der Aufschrift GENDARMERIEPOSTENKOMMANDO abmontiert worden war, hatte seinen Grund darin, dass sich im Laufe der Jahre einige Schrauben gelockert hatten und der Kasten Wellisch einmal fast auf den Kopf gefallen wäre, als er mit einer seiner Angeln daran hängen blieb.

So, wie sich die Sache darstellte, hatte man in Wien den Gendarmerieposten von Bad Fucking schlicht und einfach vergessen. Was möglicherweise damit zusammenhing, dass sich im Innenministerium kein Beamter mehr den Ortsnamen Bad Fucking in den Computer einzugeben getraute. In diesem Fall erschien nämlich auf dem Bildschirm die Warnung: *Die von Ihnen angeforderte Seite enthält Inhalte aus den Bereichen Glücksspiel, Computerkriminalität, Pornografie, soziale Netzwerke und Phishing. Der Zugriff wurde daher verweigert.*

Und bei Pornografie und sozialen Netzwerken kannte die Innenministerin bekanntlich keinen Spaß. Außerdem war der Posten von Bad Fucking per E-Mail nicht zu erreichen, und Rundmails per Post oder per Fax dorthin zu schicken, wäre zu zeitaufwändig gewesen. Im Ministerium hatte man schließlich Wichtigeres zu tun. Sollte die Gendarmerie von Bad Fucking, dieser letzte Außenposten der Zivilisation, selbst schauen, wo sie blieb.

Auf dem Weg zur Gendarmerie führte Dr. Jakob Ulrich von der öffentlichen Telefonzelle aus, die vor dem längst geschlossenen Postamt stand, noch rasch ein Gespräch. Wäre jemand vor der Zelle gestanden, hätte er einen aufgebrachten Mann gesehen, der Worte wie »Vollidiot«, »Investor«, »Prag« und »ohne mich« in den Hörer schrie. Beim Verlassen des Telefonhäuschens fluchte Dr. Ulrich, weil seine Hose in der völlig verdreckten Zelle weitere Flecken abbekommen hatte.

Als Dr. Ulrich wenig später das Wachzimmer betrat, drang ein Geruch in seine Nase, der ihm fast den Atem raubte. Er brauchte ein paar Sekunden, um sich in dieser Rumpelkammer zurechtzufinden. Der bestialische Gestank kam eindeutig aus einem Kübel, der vor Wellischs Schreibtisch stand. Darin setzte der Postenkommandant seit mehreren Wochen Aalfutter an, das er jeden Abend in den Höllensee kippte. Das Futter bestand aus Fleischabfällen, eingeweichtem Brot, Würmern und toten Fischen. Ab und zu onanierte Wellisch auch hinein. Diesen Brei ließ er dann einige Stunden stehen, knetete ihn ordentlich durch und transportierte ihn mit dem Dienstwagen bis zum Ende der Forststraße. Den letzten halben Kilometer bis zum Höllensee musste er allerdings zu Fuß zurücklegen, aber diese Strapazen nahm Wellisch gerne auf sich, denn schließlich wollte er sichergehen, dass seine geliebten Aale bei ihrer Rückkehr auch genug zum Fressen hatten. Kein Wunder also, dass es in der Amtsstube von Fliegen nur so wimmelte und die Wände mit schwarzen Klecksen übersät waren. Die Klatsche lag immer griffbereit in Wellischs Nähe.

Dr. Ulrich schluckte mehrmals, ehe er sich einen Ruck gab und sich dem Schreibtisch näherte. Dabei hielt er seine Ledertasche fest umschlungen und drückte sie wie ein Kind an sich. »Entschuldigen Sie die Störung, Herr Inspektor, aber ich komme wegen dem Vitus Schallmoser.«

Wellisch hob überrascht den Kopf. »Ah, der Herr Doktor Ulrich. Ich habe Sie gar nicht gehört. Entschuldigen Sie dieses Durcheinander da, aber Sie wissen ja, dass in drei Tagen die Aale nach Bad Fucking zurückkehren werden.«

Der Inspektor stand auf und reichte dem Zahnarzt die vom Aalfutter verdreckte Hand. Dr. Ulrich machte unwillkürlich einen Schritt zurück und stieß dabei den Kübel um, dessen Inhalt sich mit einem gurgelnden Geräusch über den Boden ergoss und seine schönen weißen Lederschuhe beschmutzte. Als Dr. Ulrichs Blick auf die Fleischreste, die toten Fische und die Würmer fiel, hätte er sich beinahe übergeben müssen. Wellisch holte eine kleine Mistschaufel und leerte das Futtergemisch unter Zuhilfenahme seiner Hände in den Kübel zurück. Er wischte sich an der Uniformjacke ab und strich sich kurz über seine Beule, an der ein halber Wurm hängen blieb. »Kein Problem, das ist mir auch schon öfter passiert. Ja, und übrigens findet morgen im Gasthaus *Zum Mohren* die Jahreshauptversammlung des Vereins *Rettet die Aale* statt, und es würde mich natürlich sehr freuen, wenn ich Sie dort begrüßen dürfte. Sie wissen ja, dass der Bürgermeister, dieser –.«

Dr. Ulrich machte eine abwehrende Geste. »Herr Inspektor, entschuldigen Sie, wenn ich Sie unterbreche, aber es gibt da ein Problem. Vor einer halben Stunde ist der Bartl Rettenbacher zu mir in die Ordination gekommen und hat gesagt, dass der Vitus Schallmoser tot in seiner Höhle liegt.«

Wellisch verstand nicht gleich, worum es ging. »Wieso ist der Bartl zu Ihnen gekommen? Das hätte er ja hier anzeigen müssen.«

»Der Bartl hat bei mir angeläutet, weil er den verletzten Hund vom Schallmoser bei sich gehabt hat und wollte, dass ich mich um den Hund kümmere. Der Doktor Bodingbauer ist ja auf Urlaub.«

Wellisch war verwirrt. »Wie? Was? Und der Bartl hat gesagt, dass der Vitus Schallmoser tot ist? Woran ist er denn gestorben?«

»Das weiß ich nicht. Der Bartl hat irgendwas von einer Blutlache gesagt, deshalb bin ich ja zu Ihnen gekommen.«

»Wo ist der Bartl jetzt?«, fragte Wellisch und warf einen nachdenklichen Blick auf den Kübel mit dem Aalfutter.

»Der Bartl ist mit dem verletzten Hund in meiner Ordination, wo sich meine Putzfrau um ihn kümmert.«

Wellisch kratzte sich am Kopf und hoffte inständig, dass sich das Ganze als harmloser Zwischenfall entpuppte. Die Leute redeten schließlich viel, wenn der Tag lang war. »Das verstehe ich nicht. Was hat der verletzte Hund mit dem Schallmoser zu tun? Hat der Hund den Schallmoser gebissen?«

»Herr Inspektor«, sagte Dr. Ulrich und machte einen Schritt Richtung Tür, »ich glaube, es wäre am besten, wenn wir jetzt zur Höhle fahren würden. Ich habe in meiner Tasche Verbandszeug und Medikamente, falls der Schallmoser doch nur verletzt sein sollte und unsere Hilfe braucht.«

»Gut, aber vorher muss ich noch den Bürgermeister und den Stallinger anrufen. Die sollen beide mitkommen. Acht Augen sehen schließlich mehr als vier.« Wellisch dachte kurz nach. »Nein, zehn Augen sehen mehr als vier. Der Stallinger soll mit seinem Dienstmoped auch gleich den Bartl abholen. Der ist ja schließlich unser Zeuge.«

Während Wellisch den Telefonhörer abnahm und Dr. Ulrich zur Tür ging, öffnete sich das kleine Fenster der Wanduhr und die aus Holz geschnitzte Forelle rief fünfmal *Kuckuck*.

Aloysius Hintersteiner schob den Vorhang im Besprechungszimmer zur Seite und sah gerade noch, wie Bendars schwarzer BMW mit quietschenden Reifen davonraste. »Drecksau«, sagte er niedergeschlagen. Im Fensterglas sah er sein Spiegelbild, das ihm nicht gefiel. Täuschte er sich oder hatten seine Hängebacken tatsächlich noch mehr Falten bekommen? Der Bürgermeister atmete tief durch und verstaute die unterzeichneten Verträge in einer Schublade, zu der nur er einen Schlüssel hatte. Ihm war schlecht und er sehnte sich nach frischer Luft.

In Hintersteiners Ohren summte es, und er überlegte, welche Konsequenzen die neuen Vereinbarungen mit der IEG *Omega* schlimmstenfalls für ihn haben könnten. Tatsache war, dass ihm die Bank im Nacken saß und die Frist zur Rückzahlung des Kredits in drei Wochen ablief. Wenn er bis dahin nicht zahlte, würde die Bank auf sein

Hotel zurückgreifen, das zur Sicherstellung des Kredits diente. Da halfen ihm auch seine politischen Kontakte nichts.

Natürlich wusste er, dass der Generaldirektor der Providenz-Bank, Dr. Franz Leitinger, zweimal im Jahr Prostituierte aus Polen einfliegen ließ und gemeinsam mit ausgewählten Geschäftsleuten im Landhaus des *Schwarzen Grafen* wilde Orgien feierte. Aber das interessierte die Leute ebenso wenig wie die Tatsache, dass der Generaldirektor seine Sekretärinnen der Reihe nach schwängerte. Mit diesen Informationen konnte er den *Paten* sicherlich nicht erpressen. Über die Herumpuderei der Honoratioren wussten ohnehin mehr Leute Bescheid, als manchem Parteikollegen des schwarzen Generaldirektors, der auch Träger des *Groß-Sterns des Ehrenzeichens für Verdienste um die Republik Österreich* war, lieb sein konnte.

Nicht auf dem neuesten Stand war Hintersteiner allerdings, was die Herkunft der Prostituierten betraf. Leitinger war vor einem Jahr nämlich auf Prostituierte aus Rumänien umgestiegen, weil diese nicht nur wilder, sondern im Paket auch billiger waren als ihre Kolleginnen aus Polen. Anlässlich der Eröffnung der fünfzigsten rumänischen Filiale seiner Bank in Temeswar hatte Leitinger dort Callgirls kennengelernt, die Dinge taten, die den katholischen Prostituierten aus Polen dann doch ein bisschen zu steil waren. Selbst der erzkonservative Wirtschaftsfunktionär Dr. Stiegerl, der Leitinger auf seiner Reise nach Temeswar begleitet hatte, war von der Qualität der rumänischen Prostituierten begeistert gewesen.

Als Vermittler in Temeswar fungierte ein gewisser Ioan Petrescu, dessen Sohn Nicolae seit 1989 in Wien lebte, was aber Dr. Leitinger nicht wusste. Lediglich der Bauunternehmer Alois Besamer jun., der ein guter

Freund Leitingers war und sämtliche Ausschreibungen zur Errichtung seiner rumänischen Bankfilialen gewann, wurde vom alten Petrescu während eines separaten Treffens dezent darauf hingewiesen, dass ihm sein Sohn Nicolae in Wien für spezielle Dienstleistungen jederzeit zur Verfügung stünde.

Hintersteiner wurde wütend, als er an Leitinger und seine Prostituierten dachte, aber nicht, weil er deren Treiben verwerflich gefunden hätte, sondern weil er selbst nie zu diesen Orgien eingeladen wurde. Stattdessen hatte er zu Hause eine Frau sitzen, die vor lauter Antidepressiva nicht mehr wusste, ob es Tag oder Nacht war. Es war zum Aus-der-Haut-Fahren.

Früher hatte er gedacht, dass mit zunehmendem Alter alles besser werden würde. Aber genau das Gegenteil war eingetreten. Wohin Hintersteiner auch blickte, taten sich Abgründe auf. Sein Sohn Philipp war ein Versager, der nicht einmal ein kleines Provinzhotel managen konnte. Sein Stiefsohn Kilian war ein Junkie, der sich nach der Abwicklung undurchsichtiger Geschäfte in Prag angeblich in Wien versteckt hielt. Seine Frau war ein Wrack, das mehr Tabletten schluckte als der verblichene Michael Jackson. Und er selbst stand kurz vor dem finanziellen Ruin. Als wäre das alles nicht schon schlimm genug, war die Gemeinde gerade im Begriff, die letzte Million, die sie auf seinen Druck hin in hochspekulative Papiere investiert hatte, zu verlieren.

Der einzige Hoffnungsschimmer, der sich am Horizont abzeichnete, war das Bauvorhaben am Höllensee, das ihn unter gewissen Umständen retten könnte. Hintersteiner hatte dieses Projekt in den letzten Wochen ohne jedes Aufsehen vorangetrieben, denn schließlich war er als Bürgermeister oberste Baubehörde und musste nicht gleich wegen jeder Kleinigkeit den Gemeinderat einberufen. Die Sache hatte nur einen Haken: Das einzige Grundstück, auf dem die Zufahrtsstraße zum geplanten Asylantenheim errichtet werden konnte, gehörte Vitus Schallmoser. Und nach allem, was in der Vergangenheit vorgefallen war, würde sich Schallmoser eher eine Hand abhacken, als Hintersteiner auch nur einen Millimeter entgegenzukommen. Schallmoser war ein kompletter Spinner, und mit solchen Leuten konnte man nicht reden. Hätte es in diesem Teil des Waldes ein öffentliches Fahrtrecht gegeben, wäre alles kein Problem gewesen. Aber es gab kein Fahrtrecht, und alle anderen Zufahrtsvarianten konnte man vergessen, weil der Boden dort zu sumpfig war und entsprechende Aufschüttungs- und Adaptierungsarbeiten Millionen verschlungen hätten.

In zwei Tagen würde das entscheidende Gespräch mit der Innenministerin Maria Sperr stattfinden, und bis dahin musste er konkrete Vorschläge auf den Tisch legen. Als Hintersteiner vor einigen Wochen mitbekommen hatte, dass Sperr verzweifelt nach einem geeigneten Standort für ein Erstaufnahmezentrum für Asylwerber suchte und der Gemeinde, die ein solches Heim errichten würde, zweistellige Millionenbeträge versprach, hatte Hintersteiner sofort im Ministerium angerufen. Bei der Besichtigung des Areals, die ein paar Tage später unter Ausschluss der Öffentlichkeit stattfand, war Sperr jedenfalls hellauf begeistert gewesen. Bad Fucking lag am Ende eines Tales in einer Sackgasse, und zum Asylantenheim am Ufer des Höllensees würde nur eine einzige schmale Straße führen, die ebenfalls in einer Sackgasse endete und leicht zu überwachen war.

Was Hintersteiner neben dem ungeklärten Fahrtrecht noch ziemliches Kopfzerbrechen bereitete, war Sperrs

Ansinnen, das Asylantenheim von ihrer eigenen Baufirma errichten zu lassen. Auf seine diesbezügliche Frage hatte die Innenministerin bloß geantwortet, dass er sich deswegen keine Sorgen machen solle. Soviel er verstanden hatte, würde die Sache so ablaufen, dass nach dem Ende der Ausschreibungsfrist das Anbot ihrer Firma um ein paar Tausend Euro unter dem des Bestbieters liegen würde. Und wer der Bestbieter sein würde, war auch klar: Alois Besamer – mit Betonung auf *Be*, nicht auf *sam*.

Der alte Besamer kannte das Baugeschäft in- und auswendig und spielte seit fast fünfzig Jahren seine Rolle als graue Eminenz hervorragend. Besamers Firma, *ein Familienbetrieb mit viel Familiensinn*, baute alles: Brücken und Schulen, Kranken- und Lagerhäuser, Villen und Hotels, Senkgruben und Gefängnisse. Und natürlich Asylantenheime. *Zement*, lautete einer von Besamers Leitsprüchen, *Zement ist der Ursprung aller Dinge. Ein Unternehmer, dessen Imperium nicht auf dem Geschäft mit Zement gegründet ist, kommt nicht weit.*

Die Innenministerin, die vor zwanzig Jahren in das Bauunternehmen ihres Mannes eingeheiratet hatte, hatte Besamer im Laufe der Zeit das eine oder andere Prestigeprojekt abgejagt. Ein Umstand, der dem alten Besamer schwer zu schaffen machte, zumal Sperr als Kind nicht wie er Ziegel geschlichtet und mit einer Minischeibtruhe Sand transportiert hatte. Aber Sperr war ehrgeizig und handelte in der Zwischenzeit auch mit Müll, was ihr im Volksmund den Spitznamen Sperrmüll-Mizzi eingebracht hatte.

Sperr wusste allerdings genau, dass sie gegen Besamer nur in Österreich eine Chance hatte. Im Ausland war Besamer, der mittlerweile in Dubai, Libyen, Tschechien, Serbien und Russland Steinbrüche und Betonwerke besaß, eine Klasse für sich. Als Besamer hörte, dass seine Parteikollegin als Innenministerin im Gespräch war, rieb er sich die Hände, weil er dachte, seine Konkurrentin dadurch für einige Zeit los zu sein. Da hatte sich Besamer aber zu früh gefreut, denn Sperr zog von Wien aus nicht nur weiterhin die Fäden in ihrem Unternehmen, sondern ließ auch ihre politischen Kontakte spielen, um ihrer Firma entsprechende Wettbewerbsvorteile zu verschaffen.

Hintersteiner holte eine Flasche Kognak – ein Weihnachtsgeschenk Besamers – aus dem Aktenschrank und genehmigte sich einen Schluck. Aber auch der Kognak konnte den Furz nicht aus seinem Versteck herauslocken. Das Durcheinander in seinem Bauch entsprach in etwa dem Chaos in seinem Kopf. »Da muss eine ordentliche Provision für mich herausschauen«, murmelte er und nahm einen weiteren Schluck aus der Flasche. »Ich bin doch nicht blöd und halte meinen Kopf hin, wenn ich dafür nichts bekomme.«

Er stellte die Flasche in den Schrank zurück und merkte, dass seine Hand zitterte. Hintersteiner wurde wütend, weil ihm wieder einmal bewusst wurde, in welch beschissener Lage er sich befand.

Die Glockenschläge der Kirchturmuhr holten ihn zurück in die Realität. Fünf Uhr, Zeit, seinem Sohn Philipp einen Kontrollbesuch im Hotel abzustatten. Später würde er auf ein paar Bier in den *Mohren* gehen und –.

»Du, Lois, da ist der Wellisch am Apparat. Er sagt, es ist ganz wichtig.« Frau Sussalek, die sich bereits zum Nachhausegehen hergerichtet hatte, blieb in der Tür stehen.

»Der Wellisch? Was will denn der von mir? Hat er einen Falschparker erwischt oder hat er endlich das *d* auf der Ortstafel ausgebessert?«

Die Sekretärin hob bedauernd die Schultern. »Ich habe keine Ahnung, was los ist, aber er hat irgendwas vom Schallmoser gesagt.«

Der Name *Schallmoser* ließ bei Hintersteiner sämtliche Alarmglocken läuten. »Hat der Kilian wieder etwas ausgefressen?«

»Nein, nicht der Kilian. Es geht um den alten Schallmoser.«

Hintersteiners Magen zog sich zusammen. Wenn es jetzt auch noch mit dem Vitus Probleme gab, konnte es sein, dass er endgültig durchdrehte. Er schob sich an der Sekretärin vorbei ins Büro.

»Ja, was ist denn los?«, fragte er gereizt in den Hörer.

Während des Telefongesprächs starrte Hintersteiner auf die Katzenfotos an der Wand und schüttelte immer wieder ungläubig den Kopf. »Der Bartl hat den Vitus in seiner Höhle gefunden und behauptet, dass er tot ist?«

Die Sekretärin wurde hellhörig.

»Und der Hund vom Schallmoser ist jetzt beim Zahnarzt?« Hintersteiner wischte sich den Schweiß von der Stirn. »Der Doktor Ulrich ist bei dir, und der Stallinger holt den Bartl von der Ordination ab?« Seine Miene verdüsterte sich. »Ja, in Ordnung. In fünf Minuten bin ich da. Ich glaub's aber erst, wenn ich das mit eigenen Augen gesehen habe.«

Er legte auf und starrte seine Sekretärin an. »Der Bartl behauptet, dass der Vitus in seiner Höhle gestorben ist. Ich halte das alles nicht mehr aus.«

»Das ist ja schrecklich.« Frau Sussalek ging zum Schreibtisch. »Soll ich deine Frau anrufen? Jemand muss ihr ja sagen, was passiert ist.«

Der Bürgermeister wurde grau im Gesicht. »Um Gottes willen, lass jetzt meine Frau aus dem Spiel. Ich muss mir zuerst selbst ein Bild machen. Und bitte: Kein Wort zu irgendjemandem. Wenn der Vitus tatsächlich tot ist, erfahren das die Leute ohnehin noch früh genug.«

»Du kannst dich auf mich verlassen«, sagte Frau Sussalek und konnte es kaum erwarten, der Gemischtwarenhandlung von Frau Nutz einen Besuch abzustatten.

Fünf Minuten später stand Aloysius Hintersteiner vor dem Gendarmerieposten und wollte von Wellisch und Dr. Ulrich Näheres über Schallmoser in Erfahrung bringen. Aber die beiden wussten auch nicht mehr, als Wellisch am Telefon erzählt hatte. Die drei suchten im Schatten des Gebäudes Schutz vor der brütenden Hitze und warteten auf den Hilfsgendarmen Stallinger, der Bartl von der Ordination abholen sollte.

»Wo bleibt denn der Stallinger nur?«, fragte Wellisch und warf einen Blick auf seine Armbanduhr. »Ich habe ihm doch ausdrücklich gesagt, dass es dringend ist. Aber irgendeine Ausrede hat er immer parat. Heute war es der Rasenmäher. Angeblich ist der Starter kaputt. Bei der Hitze, habe ich gesagt, brauchst sowieso nicht mehr Rasen mähen, ist eh alles vertrocknet. Der Lackinger jammert auch schon, dass er bald keine Silage mehr hat und nicht weiß, wie er seine Kühe füttern soll. Das ist aber alles harmlos, verglichen mit den Auswirkungen, die die fürchterliche Hitze auf die Fische hat. Heute in der Früh habe ich keinen einzigen Biss gehabt, obwohl ich schon um vier Uhr am Schwarzenbach gestanden bin. Und ich habe wirklich alles versucht. Aber weder auf den *Black-Beauty*-Blinker noch auf den Wurm oder den stinkenden Schlosskäse sind sie gegangen. Nicht einmal das Einser-Menü haben sie angeschaut. Vor zwei Wochen habe ich um die gleiche Zeit innerhalb von einer halben Stunde schon drei ordentliche Bachforellen gehabt. Eine war fast eineinhalb Kilo schwer. Ein herrliches Exemplar, sag ich euch, mit einer wunderschönen Zeichnung. Und die beiden anderen waren auch nicht schwach. Eine hat ein knappes Kilo gehabt und die dritte immerhin noch achtzig Deka. Und alle drei Forellen habe ich ohne Kescher mit der Zweiundzwanziger-Schnur herausgeholt. Da musst du natürlich aufpassen wie ein Haftelmacher. Jedenfalls ist das ein herrliches Gefühl, wenn man den Tag mit ein paar gefangenen Forellen beginnen kann. Da geht einem die Arbeit noch leichter von der Hand. Aber momentan ist es eine Katastrophe, und wenn nicht bald ein Wetterumschwung kommt, kann es sein, dass alle Fische eingehen. Am schlimmsten ist es für die Aale, die ja in drei Tagen in den Höllensee zurückkommen werden. Na gut, Aale können sich zur Not auch am Land fortbewegen, aber wenn es staubtrocken ist, nützt ihnen das auch nichts. Die brauchen das Wasser zur Orientierung. Natürlich, wenn ich –.«

»Jetzt lass uns endlich einmal mit deinen verdammten Fischen in Ruhe«, sagte Hintersteiner wütend. »Der Vitus braucht möglicherweise unsere Hilfe, und du faselst irgendetwas von den Aalen, die bald in den Höllensee zurückkommen werden. Merkst du nicht, dass das alles hinten und vorne nicht zusammenpasst? In Bad Fucking hat seit Jahrzehnten kein Mensch auch nur einen einzigen Aal gesehen. Außerdem –.«

»Was soll denn die Streiterei?«, unterbrach Dr. Ulrich den Bürgermeister. »Wir haben jetzt wirklich andere Sorgen.«

»Von mir aus«, sagte Wellisch beleidigt, »aber wegen dem Vitus brauchst jetzt plötzlich nicht so scheinheilig tun.«

Noch bevor Hintersteiner etwas antworten konnte, hörte man das Tuckern von Stallingers Dienstmoped, das sich mit Bartl auf dem Rücksitz langsam dem Gendarmerieposten näherte. Stallinger fuhr um die Kurve und blieb neben dem Gendarmerieauto stehen. Wellisch und Hintersteiner sahen den alten Hoteldiener entgeistert an.

»Bartl, um Gottes willen, ist das Blut da vom Schallmoser?«, fragte Wellisch erschrocken.

»Nein, das ist vom Lumpi«, antwortete Bartl, während er umständlich vom Moped stieg.

»Na, Gott sei Dank«, sagte Wellisch erleichtert, »aber jetzt erzähl einmal, was du in der Höhle gesehen hast. Du hast gesagt, dass der Vitus tot ist?«

»Ja, wie ich dem Vitus das Essen bringen wollte, habe ich in die Höhle geschaut, und da ist er in einer Blutlache auf dem Boden gelegen. Ich habe ihn angefasst, aber er hat sich nicht mehr gerührt, und geatmet hat er auch nicht mehr. Wie ich dann aus der Höhle herausgerannt bin, habe ich den Lumpi gefunden. Die Frau Dragičević und ich haben den Lumpi provisorisch verbunden, aber ich glaube, dass es ihm schon besser geht und er alles überleben wird.«

Dr. Ulrich schien über diese Nachricht nicht besonders erfreut zu sein. »Ist der Hund noch immer in meiner Ordination? Das geht aber eindeutig zu weit. Ich bin ja kein Tierarzt. Und wer zahlt mir die ganze Sauerei, die ihr da angerichtet habt?«

»Frau Dragičević ist noch in der Ordination geblieben«, antwortete Bartl unsicher, »und hat gesagt, dass sie alles putzen wird. Außerdem wird sie den Hund mit zu sich nach Hause nehmen.«

»Mir reicht das jetzt«, platzte Aloysius Hintersteiner in das Gespräch. »Ich möchte, dass wir jetzt sofort zur Höhle fahren und einmal nachschauen, was da wirklich passiert ist. Der eine redet von Aalen, der andere von einem verletzten Hund und der dritte regt sich über seine verschmutzte Ordination auf.«

»Will wer mit mir mitfahren?«, fragte Stallinger und startete sein Dienstmoped. »Mit dem Moped könnten wir näher an die Höhle heranfahren als mit dem Auto. Das letzte Stück müssen wir aber in jedem Fall zu Fuß gehen.«

»Du fährst mit dem Moped voraus«, sagte Hintersteiner im Befehlston. »Wir vier fahren mit dem Dienstwagen nach. Ich muss aber vorne sitzen, weil ich hinten keinen Platz habe.«

Wellisch ging zu seinem Wagen und warf einen besorgten Blick ins Innere. »Nein, das geht nicht. Das Dienstauto können wir nicht nehmen, das ist mit allem möglichen Zeug vollgeräumt, das ich zum Fischen und für die Aale brauche. Wenn ich das jetzt ausräumen soll, dauert das viel zu lange.«

»Also jetzt schlägt's dreizehn«, polterte Hintersteiner. »Ausnahmsweise bräuchten wir einmal deinen Dienstwagen und dann ist er nicht einsatzfähig, weil er mit Angelzeug vollgeräumt ist. Wellisch, ich sag's dir, wenn du so weitermachst, kann es sein, dass du noch ziemliche Probleme bekommst.«

Der Gendarmerieinspektor stellte sich demonstrativ vor die Fahrertür und verschränkte die Arme. »Ich soll Probleme bekommen? Pass lieber auf, dass du keine Probleme bekommst.«

»Also, wie kommen wir jetzt zur Höhle vom Schallmoser?«, fragte Dr. Ulrich genervt.

»Fahren können wir nur das erste Stück bis zur Abzweigung von der Forststraße, die restliche Strecke müssen wir zu Fuß gehen«, erklärte Bartl.

Dr. Ulrich schwitzte und fühlte sich nicht wohl. »Ja, alles recht und schön. Aber womit fahren wir bis zur Abzweigung? Zu fünft auf dem Moped wird sich ja nicht ganz ausgehen.«

»Ich habe da eine Idee«, sagte Wellisch nach einer kurzen Nachdenkpause. »Ich gehe zum Pamminger und frage ihn, ob er uns mit dem Traktor hinfahren kann. Auf dem Anhänger haben wir alle leicht Platz, und zur Not können wir sogar das Moped mitnehmen.«

Dr. Ulrich stellte seine Arzttasche auf den Kühler von Wellischs Dienstwagen und hob abwehrend die Hände. »Ich setze mich sicher nicht auf den verdreckten Anhänger vom Metzger und versaue mir meine weiße Hose noch mehr. Die Schuhe habe ich mir eh schon angepatzt mit diesem stinkenden Aalfutter.«

Zwanzig Minuten später saßen der Postenkommandant Julius Wellisch, der Bürgermeister Aloysius Hintersteiner und der ehemalige Hoteldiener Bartl Rettenbacher auf Ignaz Pammingers Traktoranhänger der Marke *Mengele* und fuhren Richtung Kalteiswald. Der Hilfsgendarm Arthur Stallinger und der Zahnarzt Dr. Jakob Ulrich waren mit dem Dienstmoped bereits vorausgefahren.

Karin Hintersteiner war eine mittelgroße, hagere Frau, die eine geheimnisvolle Krankheit aller Lebendigkeit beraubt hatte. Oft zog sie tagelang ihren Morgenmantel nicht aus und wanderte ruhelos zwischen Schlafzimmer, Wohnzimmer und Küche hin und her. Dann saß sie wieder stundenlang auf der Couch, starrte vor sich hin und begann ohne ersichtlichen Grund zu weinen. Wenn ihr Mann den Eindruck hatte, dass sich der Zustand seiner Frau verschlechterte, besorgte er bei ihrem Hausarzt Dr. Bodingbauer kurzerhand neue Beruhigungsmittel.

Karin Hintersteiners langsamer Verfall hatte begonnen, als ihr erster Mann, Vitus Schallmoser, wegen schwerer Finanzvergehen zu drei Jahren Haft verurteilt worden war. Beschleunigt wurde der Verfall durch ihre spätere Eheschließung mit Aloysius Hintersteiner. Und heute verlief ihr Leben auf einer abschüssigen Bahn.

Die einzige, die wusste, weshalb sie innerlich krank war, war Karin Hintersteiner selbst. Aber solange sie lebte, würde niemand das Geheimnis erfahren, das wie ein schwarzer Schatten auf ihrer Seele lag. Oft führte sie Gespräche mit ihren beiden abwesenden Kindern. Ihre Tochter Martina war schon lange tot, und ihr Sohn Kilian hatte vor Jahren den Kontakt zu ihr abgebrochen. Die Gespräche mit ihren beiden Kindern drehten sich meist um zwei Themen: Bei Martina entschuldigte sie sich, dass sie ihren Tod nicht hätte verhindern können, und ihren Sohn beschwor sie, endlich wieder nach Hause zu kommen. Irgendwann nahm sie dann Martinas Foto von der Wand und küsste es unter Tränen.

Während Philipp Hintersteiner bereits zum wiederholten Male versuchte, mithilfe eines relativ einfachen Computerprogramms eine Zimmerbelegungsliste zu erstellen, war er mit seinen Gedanken bei Veronika Sandleitner. Er malte sich aus, wie er mit Vroni durch die Wälder streifte, ihr seltene Pilze zeigte und sie anschließend auf dem Waldboden liebte. An Gelsenschwärme, pissende Ameisen oder Jäger mit Feldstechern dachte er in solchen Augenblicken natürlich nicht.

Er sah auf die Uhr und freute sich, dass er bereits in vierzehn Stunden Vroni einen neuen Film zum Entwickeln bringen würde. Außerdem waren noch Fotos abzuholen, und zwar ganz spezielle Fotos. Auch wenn Vroni auf sein Erscheinen im Fotogeschäft nach wie vor zurückhaltend reagierte, bildete er sich ein, dass bei seinem letzten Besuch zumindest der Ansatz eines Lächelns auf ihrem Gesicht zu erkennen war. Bedauerlicherweise hatte Vroni noch nie einen Kommentar zu seinen Fotos abgegeben, obwohl er sicher war, dass sie sich die Bilder beim Entwickeln ansah.

›Ich werde mir morgen mit ihr gemeinsam meine Pilzaufnahmen ansehen und dabei einfach so tun, als würde ich die Qualität der Ausarbeitung kontrollieren.‹ Philipp freute sich über diesen guten Einfall, und als er an seine ganz speziellen Pilzaufnahmen dachte, wurde ihm ganz schwummerig.

Vor zwei Wochen, als es im Wald noch nicht so trocken war wie jetzt, hatte Philipp einige besonders schöne Exemplare der Stinkmorchel *Phallus impudicus* entdeckt und sie von allen Seiten fotografiert. Trotz des intensiven, fast aasartigen Geruchs, den dieser Pilz verströmte, bekam Philipp noch während des Fotografierens eine Erektion und onanierte kurzerhand auf den Waldboden. Da der *Phallus impudicus*, also der *unzüchtige Penis*, nicht selten auf Grabhügeln gedeiht, entstanden im Volksglauben viele unheimliche Geschichten um diesen Pilz. Wuchs eine solche Stinkmorchel auf einem Grab, glaubte man, dass der darunter liegende Tote mit einem ungesühnten Verbrechen gestorben sei und mit Hilfe dieses Pilzes vor einem ähnlichen Schicksal warnen wolle. Deshalb wurde der *unzüchtige Penis* häufig auch *Leichenfinger* genannt.

›Auch diese Geschichte werde ich der Vroni erzählen, sie wird ihr sicher gefallen.‹ Philipp lächelte in sich hinein und erschrak, als sich einige Cheerleader lärmend der Rezeption näherten. Die jungen Mädchen trugen gelbe Hotpants und blaue, ärmellose Leibchen, die mit silbernen Pailletten besetzt waren. Nur Sandra Redmont trug eine Trainingshose und ein T-Shirt mit der Aufschrift *Vienna Honeybees*. Die Trainerin blieb am Empfangstresen stehen und fragte Philipp, ob sie die Schlüssel abgeben müssten.

Da sich Philipp nicht sicher war, ob es eine entsprechende Vorschrift seines Vaters gab, stellte er es den Cheerleadern frei, die Schlüssel mitzunehmen oder bei ihm abzugeben.

Nadja legte ihren Schlüssel demonstrativ auf den Tresen und schnauzte Philipp an. »Dass wir hier keinen Handyempfang haben, ist schon eine Katastrophe, aber dass es auf den Zimmern keine Minibar gibt, ist eine Megakatastrophe. Mich würde brennend interessieren, ob wir in diesem Kaff am Abend überhaupt etwas zu trinken bekommen.«

»Nadja«, sagte Sandra, »das geht auch in einem anderen Ton.«

»Ist ja wahr«, antwortete Nadja und ging zu ihren Freundinnen.

Philipp, der seine Pickel wieder spürte, hob entschuldigend die Hände. »Aber es gibt ja eh die *Felsenbar* hier, die bis halb acht geöffnet ist.« Philipp sagte das so leise, dass ihn kaum jemand hörte.

Sandra ging Richtung Ausgang. »O.K., es wird höchste Zeit, dass wir mit dem Training beginnen. Und bitte vergesst nicht, eure Wasserflaschen mitzunehmen, am Sportplatz wird es nämlich ziemlich heiß werden.«

Wenig später bewegten sich die *Vienna Honeybees* Richtung Sportplatz, und einige alte Männer, die mit offenem Mund auf der Straße stehengeblieben waren, mussten von ihren Frauen mitgeschleift werden, weil sie sonst zu Salzsäulen erstarrt wären.

Die Nachricht von der Ankunft der Cheerleader hatte sich in Bad Fucking wie ein Lauffeuer verbreitet, und selbst die vier alten Männer, die im Gasthaus *Zum Mohren* bereits am Stammtisch saßen, beschlossen, ihre Gespräche über die Hitze, die ungarischen Zigeuner und die Blutwurst vom Pamminger kurz zu unterbrechen und den jungen Mädchen beim Training zuzusehen.

Das betagte Quartett, das den Weg zum Sportplatz zügiger als zu den Heimspielen des *TSV Bad Fucking* zurücklegte, bestand aus dem Bestatter Josef Schreckenschlager, dem Gemischtwarenhändler Manfred Nutz, dem Trafikanten Walter Staudinger und dem Lagerhausangestellten Herbert Lassacher. Dort angekommen, mussten sich die Männer sofort auf die Holzbänke am Spielfeldrand setzen, weil sie sonst wie Mehlsäcke umgefallen wären.

Auf dem Platz bauten einige Mädchen gerade eine Pyramide, wobei vor allem die unten stehenden Cheerleader, die die *Base* bildeten, ordentlich ins Schwitzen kamen. Sofie, die Leichteste von allen, grinste als *Mounter* von der Spitze und rief jedes Mal, wenn sie in die Luft geschleudert wurde, »yeah, yeah, yeah«.

»If you wanna win this game, you gotta cheer«, rief Sandra, und die Mädchen antworteten im Chor: S-U-C-C-E-S-S. S-P-I-R-I-T. S-U-C-C-E-S-S. S-P-I-R-I-T.

Sandra blies kräftig in ihre Trillerpfeife. »Ihr müsst

aus dem Bauch heraus schreien. Wenn ihr heiser werdet, macht ihr etwas falsch.«

Nach einem einfachen Salto hüpfte Sofie auf den Boden und ließ sich ins Gras fallen. Die Pyramide löste sich auf, und die Mädchen stürzten sich auf ihre Wasserflaschen.

»Leck Arsch«, sagte Dodo, deren Shirt und Hose völlig durchgeschwitzt waren, »das ist ja schlimmer als in einem Straflager. Und ich habe mir gedacht, das wird ein Spaß hier. Aber so, wie es ausschaut, sind wir in Bad Fucking sowieso alle gefickt.« Sie nahm einen kräftigen Schluck und rülpste erleichtert.

»Sau«, sagte Hannah und griff lachend nach Dodos Wasserflasche, »gib schon her, sonst verdurste ich.« Sie warf einen Blick auf die vier alten Männer, die in eine merkwürdige Starre verfallen waren. »Du, sollen wir die vier alten Knacker ein bisschen durcheinanderbringen? Weißt eh, mit dem Arschkratzschmäh.«

Nadja lachte laut auf. »Dann können sie sich gleich mein neues Tattoo anschauen.« Sie flüsterte Dodo und Hannah etwas ins Ohr. Die Mädchen sahen zu den Männern und begannen zu kichern.

»Bam, Oida, aber nicht, dass sie noch einen Herzinfarkt kriegen, bei denen mache ich nämlich sicher keine Mund-zu-Mund-Beatmung.«

Die drei Mädchen taten so, als würden sie angeregt miteinander plaudern, und wandten dabei den vier Männern ihre Rücken zu. Als Erste begann Nadja, sich beiläufig am Hintern zu kratzen und ihre eng anliegende, völlig durchgeschwitzte Hose ein bisschen zu lüften. Wenig später zog sie ihre Hose so weit hinunter, dass man den Großteil ihres Tattoos sehen konnte. Die beiden anderen Mädchen folgten ihrem Beispiel und zeigten den Stammtischbrüdern mehr nacktes Fleisch, als deren Kreislauf bei der unglaublichen Hitze vertragen konnte.

Schreckenschlager wollte ausspucken, schaffte es aber nicht, weil er plötzlich einen total trockenen Mund hatte.

Lassacher öffnete sein Hemd, kratzte sich am Hals und schnappte nach Luft.

Nutz rutschte von der Bank ins Gras und murmelte: »Kruzifix, die jungen Weiber aus der Stadt sind ja schärfer als meine Tranchiermesser.«

Und Staudinger griff sich ganz ungeniert an den Sack und schüttelte erstaunt den Kopf. »Meine Alte glaubt mir das nie, wenn ich ihr sage, dass sich da wieder etwas rührt.«

Ein energischer Ruf vom Spielfeld holte die vier alten Deppen zurück in die Realität.

»Jumpin' Jack – five, six, seven, eight«, rief Sandra und klatschte in die Hände.

Und die Mädchen antworteten im Chor: »Let's go, let's fight, let's win.«

Dann machten sie ein paar *Herbie-Kicks*, griffen nach ihren Pompons und bildeten eine neue Formation.

»Eines sage ich dir, Bartl, wenn sich der Vitus womöglich nur den Kopf angeschlagen hat, dann verarbeite ich dich zu Fischfutter.« Wellisch fluchte, als er sich den Weg durch das unwegsame Gelände bahnte. Der Postenkommandant ging unmittelbar hinter Bartl, der die Gruppe anführte. Bartl, dessen Knie leicht zitterten, murmelte eine unverständliche Antwort und schob müde einen Ast zur Seite.

Dr. Ulrich registrierte mit Schrecken, dass das Dornengestrüpp seine Hose bereits an mehreren Stellen aufgerissen hatte, und ärgerte sich, dass er überhaupt mitgegangen war. Auf der anderen Seite musste er sich vor Ort ein Bild von der Lage machen, denn immerhin hatte er Schallmosers Sohn Kilian fünftausend Euro für ein *sensationelles Projekt* geborgt, das in irgendeinem dubiosen Zusammenhang mit der Wohnhöhle stand, zu der sie gerade unterwegs waren. Kilians Angebot, sich an diesem *bombensicheren Geschäft* zu beteiligen, war gerade zu einem Zeitpunkt gekommen, als sich Dr. Ulrich ernsthaft überlegt hatte, die Praxis in Bad Fucking aufzugeben und etwas ganz anderes zu machen.

Vor drei Wochen hatte ihn Kilian Schallmoser nach langer Zeit wieder einmal angerufen und etwas von einer Entdeckung erzählt, die sein Vater gemacht habe. Dr. Ulrich war zunächst erstaunt gewesen, weil er dachte, Kilian und sein Vater wären zerstritten, aber Kilian hatte lediglich gesagt, dass er und sein Vater übereingekommen seien, diese *sensationelle Entdeckung* gemeinsam zu vermarkten. Details wollte er erst nach der Klärung von *zwei, drei Kleinigkeiten* nennen. Nachdem ihm Kilian einen Vertrag geschickt hatte, in dem ihm garantiert wurde, dass er am Ende des Jahres die doppelte Summe zurückbekommen werde, hatte Dr. Ulrich von sich aus seine Investitionen auf fünftausend Euro erhöht. ›Was bin ich für ein Volltrottel‹, dachte der Zahnarzt und überlegte, wie er seiner Frau das Verschwinden der fünftausend Euro erklären sollte, ohne von ihr als Totalversager abgestempelt zu werden. Dass das Verhältnis zwischen ihm und Jasmin zurzeit nicht das beste war, lag nicht zuletzt daran, dass er mit seiner Zahnarztpraxis weniger verdiente als sie mit ihrem Job als mobile Physiotherapeutin. Masseuse durfte er nicht sagen, weil Jasmin das als diskriminierend empfunden hätte. Warum ihm ausgerechnet jetzt einfiel, dass er seit zwei Monaten keinen Sex mehr mit seiner Frau gehabt hatte, wusste er nicht. Irgendwie passte hinten und vorne nichts mehr zusammen.

Aloysius Hintersteiner hatte Seitenstechen und schnaufte wie ein Bär mit Asthma. Zu allem Überfluss hatte er sich beim Absteigen vom Traktoranhänger auch noch den Fuß verstaucht, was die Wanderung durch das unwegsame Gelände doppelt beschwerlich machte. Er sehnte sich nach dem Stammtisch beim *Neger*, wie das Gasthaus *Zum Mohren* von den Einheimischen auch gerne genannt wurde, wo er in Ruhe sein Bier trinken konnte. Bei den Worten *in Ruhe* meldeten sich im hintersten Winkel seines Gehirns zwar gewisse Zweifel, aber bevor er noch weiterdenken konnte, spürte er, dass sich der steckengebliebene Furz offenbar entschlossen hatte, sich für immer von ihm zu verabschieden. Hintersteiner sonderte sich ein wenig von der Gruppe ab und stellte sich hinter einen Baum. Er stützte sich ab und furzte so laut, dass sogar ein Fuchs in einem nahegelegenen Bau erschrocken aus seinem Halbschlaf hochfuhr, weil er dachte, die alljährliche Treibjagd hätte bereits begonnen. Er spitzte kurz die Ohren, putzte sich seine blutige Schnauze und döste dann gleich wieder ein.

Den Abschluss der Gruppe bildete Arthur Stallinger, der mit seinen Gedanken beim defekten Rasenmäher hängen geblieben war und sich fragte, ob er im Lagerhaus nicht lieber gleich einen neuen Starter kaufen sollte. In dieser Angelegenheit würde er aber vorher noch mit Herbert Lassacher reden, der sich bei Rasenmähern besser auskannte als er. Aber auch die kaputte Manschette an der Dachrinne bereitete ihm Kopfzerbrechen, vor allem wegen –.

Weiter kam Stallinger mit seinen Überlegungen nicht, da die Gruppe endlich ihr Ziel erreicht hatte. Die fünf Männer blieben am Rand der Lichtung stehen und schauten Richtung Höhleneingang.

»Und, Bartl«, fragte Wellisch amtlich, »hat sich hier etwas verändert, seitdem du weggegangen bist?«

Bartl zuckte mit den Schultern. »Ich weiß nicht, ich war ja total durcheinander, wie ich den Vitus und den Lumpi hier gefunden habe. Aber ich glaube, dass noch alles genauso ausschaut wie am Nachmittag.«

»Vielleicht sollen wir einmal rufen«, schlug Stallinger vor. »Schallmoser, hallo, Schallmoser, bist du da?«

Aber aus der Höhle kam keine Antwort, und auch sonst hörte man nur ein paar Vögel, die langsam aus ihrer hitzebedingten Agonie erwachten und zaghaft zu zwitschern begannen.

»Los, wir gehen jetzt hinein. Ich gehe vor, weil ich als Arzt ja am besten beurteilen kann, was zu tun ist. Hat eigentlich jemand einen Fotoapparat mit?«

Wellisch und Stallinger sahen einander an. »Nein, daran habe ich gar nicht gedacht«, gab Wellisch kleinlaut zu.

»Meiner funktioniert schon lange nicht mehr«, entschuldigte sich Stallinger, »aber gut, dass Sie mich daran erinnern, ich werde ihn gleich morgen zur Sandleitner Vroni bringen. Irgendwas stimmt nämlich mit dem Auslöser nicht.«

»Ja, ja, schon gut«, unterbrach Aloysius Hintersteiner den Hilfsgendarmen, »dein kaputter Fotoapparat hilft uns jetzt auch nicht weiter. Nicht einmal an die einfachsten Sachen denkt ihr.«

Dr. Ulrich öffnete seine Rindsledertasche. »Moment, da fällt mir ein, dass ich ja einen Apparat bei mir habe.« Wegen der Hitze und der sich überstürzenden Ereignisse hatte der Herr Doktor offenbar ganz vergessen, weshalb er den Fotoapparat eigentlich bei sich hatte. Er warf einen Blick auf das Display seiner Pocketkamera. »Drei Fotos können wir noch machen, dann ist der Film zu Ende. Herr Stallinger, wenn Sie morgen in der Früh ohnehin ins Fotogeschäft gehen, können Sie den Film ja gleich entwickeln lassen. Ich hole ihn dann am Nachmittag ab und bringe die drei Fotos am Posten vorbei.« Der Zahnarzt hatte plötzlich den Geruch des stinkenden Aalfutters in der Nase und verzog das Gesicht. »Oder besser noch, ich werfe die Fotos in euren Briefkasten beim Postenkommando ein.« Dr. Ulrich drückte Wellisch den Fotoapparat in die Hand. »Also, los, gehen wir hinein.«

Die fünf Männer betraten die Höhle und fanden Schallmoser in derselben Position, wie ihn Bartl verlassen hatte. Selbst die Fliegen schwirrten noch um den Kopf des Toten.

Die Abkühlung in der Höhle tat Hintersteiner gut, und der erste Gedanke, der ihm nach der anstrengenden Wanderung durch den Kopf ging, betraf das Fahrtrecht. Wenn Schallmoser tot war, dann bedeutete dies, dass er den Bau der Straße zum Hotel nicht mehr verhindern konnte. Hintersteiner spürte, wie sein Herz plötzlich schneller schlug. Gleichzeitig fragte er sich, ob es ein Testament gab und ob Schallmosers Sohn Kilian alles erben würde. Erst jetzt dachte Hintersteiner an seine Frau Karin, die er schlicht und einfach vergessen hatte. ›Verdammt‹, dachte Hintersteiner, ›jetzt bleibt es an mir hängen, dass ich der Karin sage, dass ihr Exmann gestorben ist.‹ Die ganze Geschichte lief eindeutig darauf hinaus, ihn noch tiefer in die Scheiße hineinzureiten. Das kalte Bier, das er sich am Stammtisch in Ruhe gönnen wollte, war plötzlich in ganz weite Ferne gerückt.

Wellisch wandte sich an den Zahnarzt. »Herr Doktor, wie sieht Ihre Diagnose aus?«

Dr. Ulrich kniete sich neben die Leiche und achtete darauf, dass seine Hose und die Schuhe nicht mit Schallmosers Blut in Berührung kamen. »Schwer zu sagen, aber wahrscheinlich ist er gestürzt.« Der Zahnarzt wagte es nicht, Schallmosers Kopf zu berühren.

»Gestürzt?«, fragte Stallinger. »Aber neben seinem Kopf ist ja gar nichts, wo er sich hätte anhauen können.«

»Naja«, sagte Hintersteiner, »schau dich einmal um, da sind doch überall Felsen in dieser Höhle. Und vielleicht ist er ja auf einen von diesen Felsen gefallen und ist dann noch ein paar Schritte gegangen. Nach einem Herzinfarkt ist man ja nicht gleich tot. Oder?«

»Aber wenn er mit dem Kopf auf einen Felsen gefallen wäre, dann müssten doch Blutspuren zu sehen sein«, wandte Bartl ein. »Vielleicht sollten wir die Kerzen anzünden und uns umschauen. Es ist ja ziemlich finster hier herinnen.«

»Ja, das ist gar keine so schlechte Idee, dann habe ich auch genug Licht und kann die Beweisfotos machen«, sagte Wellisch.

»Was für Beweisfotos?«, fragte Hintersteiner, während ihm Stallinger eine Kerze in die Hand drückte.

»Naja«, antwortete Wellisch kryptisch, »als Gendarmerie müssen wir in alle Richtungen ermitteln.«

Hintersteiner wurde wütend. »Was soll denn der Blödsinn? Willst du am Ende behaupten, dass der Schallmoser von jemandem umgebracht worden ist? Der Vitus hat seit fünf Jahren hier gelebt und außer zum Bartl zu keinem Menschen Kontakt gehabt.«

Bartl, der Hintersteiners Bemerkung falsch verstanden hatte, stotterte. »Das ist doch … Aber wieso hätte ich dem Vitus etwas antun sollen? Ich meine, ich habe das doch freiwillig gemacht, dass ich ihm einmal in der Woche etwas zu essen gebracht habe. Und wir haben nie gestritten. Worüber hätten wir denn auch streiten sollen? Das bisschen Geld, das ich für ihn ausgegeben habe, das habe ich immer von dem Sparbuch abgehoben, das ich damals von ihm bekommen habe. Und ich habe –.«

»Moment, was für ein Sparbuch?« Hintersteiner wurde hellhörig. »Der Vitus hat doch nach seiner Verurteilung überhaupt kein Geld mehr gehabt. Und was heißt das, du hast Geld von ihm bekommen?«

Bartl wurde in diesem Augenblick bewusst, dass er die Existenz des Sparbuchs besser nicht erwähnt hätte. »Naja, das Geld für die Lebensmittel und die paar Sachen, die er halt so gebraucht hat.« Bartl sah Hilfe suchend zu Wellisch. »Ich habe alles aufgeschrieben, was ich für den Vitus ausgegeben habe. Obwohl der Vitus das nie verlangt hat von mir.«

»Na schön«, sagte Hintersteiner schroff, »du bringst morgen in der Früh das Sparbuch und deine Aufzeichnungen zu mir in die Gemeinde, das muss ich mir alles genau ansehen.«

»Aber –.«

»Moment, Moment«, unterbrach Wellisch das Gespräch. »Die Untersuchungen werden von der Gendarmerie geführt, und der Bartl kann das Sparbuch morgen bei uns vorbeibringen. Arthur, schreib einmal auf, was wir bisher gesehen haben. Für das Protokoll. Ich mache jetzt die Fotos. Geht einmal alle zur Seite.« Er machte eine entsprechende Handbewegung, um sich Platz zu verschaffen. »Hat der Apparat einen Blitz?«, fragte er, während er sich über den Kopf der Leiche beugte.

»Ja, der hat einen automatischen Blitz«, antwortete Dr. Ulrich und wusste nicht, was er von all dem halten sollte. Nach einem Mord sah das hier jedenfalls nicht aus. Und der Hund hätte auch von einem Tier verletzt worden sein können. Vielleicht von einem Fuchs oder einem wildernden Hund.

»Haltet die Kerzen näher an seinen Kopf heran, aber passt auf, dass ihr ihm nicht die Haare oder den Bart verbrennt.«

Die vier Männer stellten sich mit den Kerzen in Position und warteten, bis Wellisch abgedrückt hatte.

»So, das wäre einmal der Kopf gewesen. Jetzt fotografiere ich die ganze Leiche, damit man später sieht, wie sie dagelegen ist. Allerdings, Arthur, musst du ins Protokoll schreiben, dass der Bartl den Vitus umgedreht hat, er ursprünglich also auf dem Bauch gelegen ist.«

In der kleinen Höhle war es gar nicht so leicht, eine Position zu finden, von der aus die ganze Leiche fotografiert werden konnte. Wellisch musste sich in die Ecke zwischen Bett und Felswand zwängen, um den toten Schallmoser zur Gänze ins Bild zu bekommen. Den Luftzug, der seine Beine streifte, nahm er gar nicht wahr.

Wellisch gab dem Zahnarzt die Kamera zurück. Der Film wurde automatisch zurückgespult, und Dr. Ulrich drückte Stallinger den Film in die Hand. »Morgen am Nachmittag hole ich die Fotos ab, sagen Sie das im Geschäft. Übrigens fällt mir ein, dass die Polizei eigentlich die Kosten für die Ausarbeitung übernehmen könnte. Schließlich würde es ohne meinen Apparat nicht einmal die drei Fotos von der Leiche geben.«

»Von mir aus, Arthur, zahl die Fotos, aber lass dir von der Vroni eine Rechnung geben.« Wellisch wandte sich an Dr. Ulrich. »So, aber was schreiben wir jetzt als Todesursache in das Protokoll? Irgendetwas muss ich ja hineinschreiben.«

»Naja, ich würde sagen, dass der Tod aufgrund einer Sturzverletzung eingetreten ist.«

Stallinger notierte, was Dr. Ulrich gesagt hatte.

»Aber«, ergänzte Dr. Ulrich, »ich schaue zu Hause noch einmal in meinen Lehrbüchern nach, wie man die Verletzung genau bezeichnet, damit es später keine Beschwerden geben kann. Ich bin ja schließlich Zahnarzt und kein Pathologe.«

Wellisch machte eine beschwichtigende Geste. »Keine Angst, Herr Doktor. Das ist ja ohnehin nur für uns, das wird zum Akt gelegt und fertig.«

»Sollen wir eigentlich die Höhle nach Indizien oder Beweisen durchsuchen?«, fragte Stallinger und leuchtete mit seiner Kerze Richtung Regal. »Wie man es im Fernsehen sieht. Aber da hätten wir alle gleich von Anfang an Handschuhe und weiße Overalls tragen müssen, um keine Spuren zu hinterlassen. Und diese Sachen haben wir ja gar nicht in Bad Fucking.«

»Das wäre alles viel zu aufwändig, aber die Erdäpfel kannst einpacken.« Wellisch war sich sicher, dass die in Blut getränkten Kartoffeln den Aalen besonders gut schmecken würden.

Stallinger nahm eine Gabel vom Tisch und spießte vorsichtig eine Kartoffel nach der anderen auf. Er ließ sie in die Plastiktasche fallen, die Bartl bei seinem Besuch am Nachmittag liegen gelassen hatte.

»Und was passiert jetzt mit der Leiche?«, fragte Hintersteiner gereizt.

Wellisch überlegte und massierte seine Beule auf der Stirn. »Ja, das ist ein Problem. Mit dem Traktor kann der

Pamminger nicht herfahren, und das einzige Fahrzeug, das man herschieben könnte, wäre das Dienstmoped.«

Stallinger schaute verdutzt. »Mit dem Moped willst du eine Leiche transportieren? Wie soll denn das gehen? Sollen wir den Vitus mit einem Strick auf den Rücksitz binden? Da werden die Leute aber schön schauen, wenn ich ihn so zur Aufbahrungshalle fahre.«

»Ja, du hast Recht, das geht nicht. Außerdem können wir den Vitus ja gar nicht in die Aufbahrungshalle bringen, weil dort die Kühlung ausgefallen ist. Das hat mir der Schreckenschlager gestern am Stammtisch erzählt.«

Der Zahnarzt glaubte, sich verhört zu haben. »Was heißt das, die Kühlung ist ausgefallen? Bei der extremen Hitze kann man eine Leiche doch nicht einfach irgendwo hinlegen. Die beginnt ja sofort zu stinken.«

Wellisch überlegte. »Was wäre, wenn wir den Vitus einfach beim Pamminger im Kühlraum zwischenlagern würden? So lange, bis die Kühlung von der Aufbahrungshalle wieder funktioniert. Das muss ja keiner wissen.«

Auch wenn Wellischs Vorschlag absurd klang, fiel keinem etwas Besseres ein.

»Da sind noch ein paar andere Dinge zu klären. Wer zieht denn eigentlich den Vitus für das Begräbnis an? Das machen ja üblicherweise die Angehörigen.«

Obwohl es in der Höhle nicht sehr hell war, spürte Wellisch, wie ihn Hintersteiners Blick förmlich durchbohrte. »Kümmere du dich um deine Angelegenheiten, ich kümmere mich um meine. Meiner Frau sage ich es schon selbst. Und wehe, wenn von euch jemand vorher bei ihr anruft, der kann was erleben.«

»Lois, das ist sowieso klar, dass wir uns da nicht einmischen. Das ist sicher eine schwierige Situation für deine Frau. Aber trotzdem müssen wir jetzt endlich klären, was wir den Leuten sagen.« Wellisch wandte sich an den Zahnarzt. »Es ist jetzt also offiziell, dass der Schallmoser an den Folgen eines Sturzes gestorben ist.«

»Ja, verdammt noch einmal«, antwortete Dr. Ulrich genervt.

»Und der Hund?«, fragte Bartl vorsichtig.

Wellisch, dessen ganzes Sinnen und Trachten auf die Rückkehr der Aale gerichtet war, wurde schlagartig klar, dass er die Untersuchungen so schnell wie möglich zu einem Ende bringen musste. Jede Stunde, die er verlor, fehlte ihm bei seinen Vorbereitungen, und bis zur Ankunft der Aale waren es nur noch drei Tage. »Bartl, wir sind hier im Wald und da gibt es viele wilde Tiere. Der Hund vom Schallmoser wird halt mit irgendeinem Bären oder einem Dachs gerauft haben.«

Obwohl jeder wusste, dass es im Kalteiswald keine Bären gab, widersprach niemand.

›Die Existenz des Sparbuchs wirft sowieso kein gutes Licht auf mich, also ist es besser, ich halte den Mund‹, dachte Bartl.

Dr. Ulrich konnte sich auf das alles keinen Reim machen. Dass Kilian seinen Vater umgebracht haben könnte, erschien ihm unwahrscheinlich. Aber möglicherweise war Kilian ja hier gewesen, und die beiden sind in Streit geraten und –. Nein, irgendwie ergab das alles keinen Sinn. Dr. Ulrich hoffte inständig, dass er Kilian so weit bringen konnte, ihm seine fünftausend Euro sofort zurückzubezahlen.

Stopp, stopp, die Geschichte funktioniert so nicht. Ich frage mich schon die ganze Zeit, weshalb ich als Zahnarzt fünftausend Euro in das windige Projekt eines Typen investieren sollte, der ....

....

....

(Hier fehlt ein Teil des Manuskripts.)

»Gut, dann ist ja alles in bester Ordnung«, sagte Wellisch und spuckte in die Hände. »Stallinger, du nimmst den linken Fuß, Bartl, du den rechten. Herr Doktor und Lois, ihr zwei nehmt ihn unter der Schulter. Ich werde in der Mitte aushelfen.«

»Moment«, protestierte Dr. Ulrich. »Erstens muss ich meine Tasche tragen und zweitens versaue ich mir auch noch mein Hemd, wenn ich den Schallmoser an der Schulter packe. Wir bräuchten eine Decke oder so etwas Ähnliches.«

»Ja, das ist gar keine so schlechte Idee«, pflichtete ihm Stallinger bei. »Außerdem ist es besser, wenn der Vitus mit etwas zugedeckt wird, wenn wir ihn auf den Traktoranhänger legen.«

»Und nicht vergessen«, sagte Wellisch, »der Vitus ist unglücklich hingefallen.«

Bartl nickte nachdenklich. ›Unglücklich hingefallen trifft den Nagel auf den Kopf. Glücklich war der Vitus nämlich schon lange nicht mehr.‹

Stallinger nahm die Filzdecke von Schallmosers Bett und legte sie neben die Leiche. Gemeinsam mit Wellisch rollte er den Toten auf die Decke, der auf dem Rücken zu liegen kam.

»Stallinger«, sagte der Bürgermeister, »wenn du mit dem Schreckenschlager redest, sag ihm, dass er den Vitus so herrichten soll, dass er ordentlich ausschaut, wenn die Leute einen letzten Blick auf ihn werfen.«

»Der Schreckenschlager ist doch die meiste Zeit betrunken«, warf Wellisch ein. »Gescheiter wäre es, wenn der Stallinger sich um die Sache kümmern täte. Ich habe leider keine Zeit, weil ich noch die Mitgliederversammlung von unserem Verein vorbereiten muss.«

Stallinger machte ein unglückliches Gesicht. »Wieso ich? Ich muss mich doch noch um meinen kaputten Rasenmäher kümmern, und außerdem ist bei einer Dachrinne die Manschette rostig geworden. Die muss auch schnellstens repariert werden.«

»Die Dachrinne kannst du ein anderes Mal herrichten. Der Wetterbericht sagt nämlich auch für die nächsten Tage Hitze voraus«, antwortete Wellisch.

Der Hilfsgendarm zuckte mit den Schultern. »Na gut, ausnahmsweise mache ich das, aber dafür möchte ich einen Tag Zeitausgleich haben.«

Nach einigen Versuchen hatten die fünf Männer Schallmosers Leichnam endlich so auf der Decke platziert, dass sie den beschwerlichen Weg zu der Stelle antreten konnten, wo Pamminger mit dem Traktor auf sie wartete.

Kilian Schallmoser saß in seinem Zimmer im Hotel *Zur Stadt Prag* in Wien und verstand die Welt nicht mehr. Er war zwar vom Vortag noch ein wenig stoned, aber das war nicht der Grund, weshalb er seinen Kopf in den Händen vergrub. ›Das darf doch alles nicht wahr sein‹, dachte er verwirrt, ›es war doch klipp und klar ausgemacht, dass bei dieser Sache niemand verletzt wird.‹ Er hatte bei der Agentur in Prag ausdrücklich auf das zweistündige Zeitfenster hingewiesen, das für die Aktion genutzt werden musste. Nachdem sein Vater jeden Vormittag von zehn bis zwölf im Wald unterwegs war, war klar, dass der Auftrag um spätestens 11 Uhr 30 abgeschlossen sein musste. Wenn es stimmte, was ihm

Jakob Ulrich am Telefon erzählt hatte, dann warf dieser Zwischenfall seine ganzen Pläne über den Haufen. Als Erstes musste er in Prag anrufen und der Agentur die Hölle heiß machen. Außerdem musste die Übergabe des Fotochips um einen Tag verschoben werden. »So funktioniert das nicht, wie ihr euch das vorstellt, ihr Arschlöcher«, murmelte Kilian und hob den Hörer ab.

Die vier Stammtischbrüder, denen der Ausflug zum Sportplatz ordentlich in die Glieder gefahren war, schüttelten noch immer ungläubig ihre Köpfe. Gegen die Cheerleader verblasste sogar der dicke Hintern der Kellnerin Roswitha, der es den Männern am Stammtisch schon lange angetan hatte. Dass Roswitha seit einigen Wochen mit dem jungen Pamminger schnackselte, wussten die vier alten Deppen natürlich nicht. Woher auch?

Der Bestatter Josef Schreckenschlager war jedenfalls so durcheinander, dass er sich seine stinkende Virginia bereits zum dritten Mal hintereinander anzündete. Jedem Zug aus dem Zigarillo folgte ein kurzer, trockener Husten und der Ausruf: »A echte Sau geniert si net.«

»Roserl, noch eine Halbe«, rief der Gemischtwarenhändler Manfred Nutz und schloss kurz die Augen. Er wollte sich auf diese Weise noch einmal die halbnackten Mädchenhintern in Erinnerung rufen, aber irgendwie funktionierte die Visualisierung nicht mehr so recht, weil sich ständig das Bild von seiner Frau mit ihrer Gesichtslähmung dazwischenschob. »Scheiße«, murmelte er und blinzelte enttäuscht in die verrauchte Gaststube.

Herbert Lassacher, der seit fast vierzig Jahren im Lagerhaus von Bad Fucking arbeitete, fragte sich, ob er als Jugendlicher jemals so schöne Mädchen nackt gesehen hatte. Er dachte angestrengt nach, konnte sich aber an nichts Vergleichbares erinnern. Ja, die Schober Karin, die ein bisschen jünger war als er, hätte schönheitsmäßig mit den Cheerleadern mithalten können, aber die hatte er nie nackt, sondern höchstens einmal im Badeanzug beim Schwimmen unterhalb des Wasserfalls gesehen. Außerdem war die Schober Karin nur an Burschen aus besserem Haus interessiert und nicht an Typen wie ihm, die aus Arbeiterfamilien kamen. Zuerst ließ sie sich vom Hotelerben Aloysius Hintersteiner den Hof machen, um sich dann doch für den reicheren Hotelierssohn Vitus Schallmoser zu entscheiden. ›Die blöde Sau hätte ich damals einfach pudern sollen‹, dachte er verdrossen und schob den schmiedeeisernen Aschenbecher in die Mitte des Stammtischs, wo er hingehörte. Als Trost blieb ihm, dass es der einst unnahbaren Schönheit heute noch dreckiger ging als ihm. ›Geschieht ihr ganz recht.‹

Der Trafikant Walter Staudinger hoffte inständig, dass sich unter den Cheerleadern ein paar Raucherinnen befanden. Die Vorstellung, dass zum Beispiel die Tätowierte, deren Arsch er fast zur Gänze gesehen hatte, plötzlich vor ihm in der Trafik stand, machte ihn ganz kribbelig. ›Ich sperre die Tür zu, lege sie auf die Budel, reiße ihr die kurze, verschwitzte Hose herunter und schustere sie, was das Zeug hält.‹ Ein Hustenanfall Schreckenschlagers holte Staudinger in die Stammtischwirklichkeit zurück und machte ihm bewusst, dass er die Tätowierte gar nicht schustern könnte, weil sich bei ihm schon seit ewigen Zeiten nichts mehr rührte. Das kurze Aufbäumen in seiner Hose am Sportplatz war nämlich eindeutig ein Fehlalarm gewesen. »Roswitha«, rief er grantig, »bring mir noch eine Halbe. Und eine Portion Blunzen mit Sauerkraut.«

Am Nebentisch hob der Bestattungsgehilfe Fritz Stöckl sein Bierglas und prostete den vier Stammtischbrüdern zu. »Meine Alte ist streng, aber ungerecht«, sagte er lachend und fuhr sich durch die Haare, die wirr in alle Richtungen abstanden.

Die Nachricht von Schallmosers Unfalltod hatte den Fleischhauer Ignaz Pamminger nicht wirklich getroffen. Hätte Schallmoser das Fleisch für die Küche seines Hotels mit dem protzigen Namen *Europa* von ihm und nicht von der Metzgerei Kurella bezogen, wäre es natürlich etwas anderes gewesen. Aber das war Schnee von gestern, denn der *Gorilla*, wie ihn Pamminger immer genannt hatte, war schon längst in Konkurs gegangen. Seither hing in der von Straßenstaub und Fliegendreck verschmutzten Auslage ein Plakat: *Wir danken unseren Kunden für die jahrelange Treue. Familie Kurella.* Das mit der *Treue* war natürlich ein kompletter Unsinn, denn kaum wurde irgendwo eine Kuh oder eine Sau notgeschlachtet, fuhren die Leute schon los und kauften das Fleisch gleich kiloweise. Schließlich mussten die Kühltruhen bis oben hin gefüllt sein, weil man ja nicht wissen konnte, ob nicht plötzlich doch noch eine Hungersnot über das Land hereinbrechen würde.

Jetzt lag Schallmosers Leiche zwischen aufgehängten Schweinehälften und Würsten auf einem Tranchiertisch im Kühlraum von Pammingers Fleischhauerei, und der Metzger überlegte, wie viel Miete er dafür von der Gemeinde verlangen könnte. ›Wenn für Schallmosers Zwischenlagerung aber die Bestattung zuständig ist, wird das mit dem Geld schwierig, weil sich der alte Schreckenschlager ja hinten und vorne nicht mehr auskennt.‹ Aber Pamminger wollte diese Angelegenheit ohnehin nicht jetzt, sondern zu einem späteren Zeitpunkt mit Hintersteiner besprechen. Dann würde er auch gleich fragen, ob er die *Felsenbar* nicht doch mit warmem Leberkäse, Frankfurtern und Wurstsemmeln beliefern könnte. Ein Hit wäre natürlich auch, wenn man im Hotel *Zum Hohen Hirn* kleine Gerichte wie *Hirn mit Ei* oder *Hirnpofesen* auf die Speisekarte setzen könnte. In Bad Fucking, wo man Lebensmittelkontrolleure nur vom Fernsehen kannte, würde das Verbot der Verarbeitung von Rinder- oder Schweinehirn mit Sicherheit niemanden stören.

Während Pamminger vor dem Kühlraum seinen Plänen nachhing, standen Hintersteiner, Wellisch, Stallinger, Bartl und Dr. Ulrich um Schallmosers Leiche und beratschlagten die weitere Vorgangsweise. Nach dem anstrengenden Marsch durch den Wald waren die Männer zunächst einmal froh, sich endlich ein wenig abkühlen zu können.

»Also«, sagte Hintersteiner, »der Stallinger bringt mich jetzt mit dem Moped nach Hause. Dort rede ich kurz mit meiner Frau und dann fahren wir wieder her. In der Zwischenzeit kann der Wellisch in den *Neger* gehen und den Schreckenschlager verständigen.« Er wandte sich an den Zahnarzt. »Vielleicht wäre es ganz gut, wenn Sie auch noch warten könnten, bis der Sargmacher kommt. Die Papierarbeit mit dem Totenschein und den ganzen anderen Kram können Sie ja morgen in aller Ruhe erledigen.«

»Naja, aber lange habe ich nicht Zeit. Ich muss unbedingt noch in die Ordination und schauen, was dort los ist«.

»Ich kann ja mitgehen mit Ihnen. Vielleicht ist Jagoda mit dem Lumpi noch dort«, sagte Bartl.

»Nein, nein, aber ich hoffe, dass der Hund weg ist, sonst werfe ich ihn eigenhändig aus dem Fenster.«

Karin Hintersteiner saß am Küchentisch und schmierte sich gerade ein Butterbrot, als sie vor dem Haus das Knattern eines Mopeds und kurz darauf Stimmen hörte. Wenig später stand ihr Mann in der Küche.

»Warum bist du denn schon hier?« Karin wischte gedankenverloren ein paar Brösel vom Tisch.

»Der Vitus ist tot.«

Karin überlegte, ob sie die Mistschaufel und den Bartwisch holen sollte, und betrachtete dabei das Butterbrot, das vor ihr lag. Ihr fiel auf, dass sie die Butter auf der linken Seite des Brotes dicker aufgetragen hatte als auf der rechten. Vielleicht war die ungleiche Verteilung der Butter auch der Grund, weshalb Butterbrote immer mit der Butterseite auf den Boden fielen.

Hintersteiner war sich nicht sicher, ob ihn seine Frau überhaupt verstanden hatte, als sie plötzlich einen langgezogenen Seufzer von sich gab und wie in Trance ins Wohnzimmer wankte.

Hintersteiner holte sich aus dem Kühlschrank ein Bier und nahm einen kräftigen Zug, ehe er seiner Frau ins Wohnzimmer folgte.

Obwohl Karin Hintersteiner erst sechzig Jahre alt war, roch es im Wohnzimmer nach Altersschwäche, Arzneimitteln und nahendem Tod. In sich zusammengesunken saß sie auf der abgewetzten Couch und holte ein gebrauchtes Papiertaschentuch aus der Tasche ihres Schlafmantels.

Hintersteiner blieb in der Tür stehen und wunderte sich, dass er selbst in dieser Situation kein Mitleid mit seiner Frau empfand.

»Woran ist er denn gestorben?«, fragte sie mit tränenerstickter Stimme und knetete das Papiertaschentuch so lange, bis es in ihrer Hand zerbröselte.

»Der Bartl hat ihn heute Nachmittag gefunden. Wie es ausschaut, dürfte er ausgerutscht und mit dem Kopf auf einen Stein gefallen sein. Der Doktor hat gesagt, dass er gleich tot war.«

»Welcher Doktor?« Karin sah ihren Mann an. »Der Doktor Bodingbauer ist doch auf Urlaub.«

»Der Doktor Ulrich war dort. Irgendein Arzt muss ja den Totenschein ausfüllen.«

Karin Hintersteiner stand abrupt auf und ging zur Tür. »Wo ist der Vitus jetzt? Ich muss ihn noch einmal sehen.« Sie öffnete den Gürtel ihres Schlafmantels und griff nach einer Bluse, die auf einem Sessel lag.

Hintersteiner blieb in der Tür stehen und versperrte seiner Frau den Weg. »Karin, das geht nicht.« Er hielt immer noch die Bierflasche in der Hand.

Wenn ihr Mann nicht so stark nach Schweiß gerochen hätte, hätte sie sich ihm vielleicht sogar an die Brust geworfen. »Aber wo habt ihr ihn denn hingebracht, meinen Vitus, meinen armen Vitus?« Karin schluchzte.

Hintersteiner wurde wütend, versuchte aber, ruhig zu bleiben. »Schau, Karin, wir haben den Vitus zum Pamminger in den Kühlraum bringen müssen. Der Bartl und der Doktor Ulrich kümmern sich dort um ihn, und der Schreckenschlager ist wahrscheinlich auch schon dort.«

Karin blickte ihren Mann entgeistert an und ging mit hängenden Schultern zur Couch zurück. Sie vergrub ihr

Gesicht in den Händen und wimmerte: »Ihr habt ihn zum Fleischhacker gebracht, wo er zwischen aufgehängten Schweinen liegt? Was seid ihr denn für Menschen?«

»Was hätten wir denn tun sollen?« Hintersteiner merkte, wie die Wut in ihm hochstieg. »Hätten wir ihn in der Höhle liegen lassen sollen?« Wütend ging er zurück in die Küche und stellte die Bierflasche auf den Tisch. Er öffnete die Lade, in der sich die Medikamente seiner Frau befanden. *Crataegutt-Tropfen, Kukident 2-Phasen-Tabs, Melk-Fett, Beinwohl, Marcoumar (zur Blutverdünnung – ¼ tgl., ½ sonntags), Dilzem Retard (Herz-Blutdruck-Mittel – 2 x tgl.), Debax (Herzmittel – 1 x tgl.), Deanxit (Antidepressivum – 1 x tgl.) und Temesta (Schlafmittel – 1 x vor dem Schlafengehen)* – ein komplettes Durcheinander.

Er nahm die Schachtel mit dem Schlafmittel und las den Beipacktext: *Temesta hat ausgeprägte angst- und in höheren Dosen krampflösende Eigenschaften. Temesta wird angewendet bei Angst- und Spannungszuständen, die sich auch als Übererregbarkeit, nervöse Gespanntheit, Herzbeschwerden oder Schlafstörungen äußern können. Bei Schlafstörungen sollte eine Tablette Temesta 1,0 mg eine halbe Stunde vor dem Schlafengehen genommen werden.*

Hintersteiner nahm drei Tabletten aus der Schachtel und löste sie in Wasser auf. Er ging zurück ins Wohnzimmer und reichte das Glas seiner Frau. »Da, trink, das sind Beruhigungstropfen, die werden dir gut tun.«

Seine Frau griff apathisch nach dem Glas und leerte es in einem Zug.

»Weißt du was?«, sagte Hintersteiner. »Du legst dich jetzt ein bisschen hin, und ich kümmere mich in der Zwischenzeit um die ganzen Formalitäten. Ich bin in einer Stunde wieder zurück und sage dem Philipp, dass er mitkommen soll. Hier, deck dich zu.«

Hintersteiner reichte seiner Frau die Decke und wartete, bis sie sich auf die Couch gelegt hatte.

»Rufst du den Kilian an?«, fragte sie schwach.

»Ja, ich rufe ihn an.«

Hintersteiner verließ seufzend das Haus. Seine Frau hörte noch, wie ein Moped gestartet wurde und sich langsam entfernte.

Karin Hintersteiner schlief ein und sah im Traum ihre kleine Tochter Martina auf einem Feldweg. Martina trug ein ärmelloses Sommerkleid mit blauen Punkten und hatte einen Korb mit Pilzen bei sich. Plötzlich drehte sich das Mädchen um und sagte zu seiner Mutter: »Ich will alleine zum See gehen.« Karin fragte mit tränenerstickter Stimme, weshalb sie nicht mitgehen dürfe, aber Martina gab keine Antwort, sondern ging einfach weiter. An ihrem Gang erkannte Karin, dass mit ihrer Tochter etwas nicht stimmte. Sie begann zu weinen und sah ihrer Tochter nach, bis sie verschwunden war.

In einem anderen Traum ritten Karin und Vitus Schallmoser durch Bad Fucking. Vitus trug die Kleidung eines Indianerhäuptlings und war so schnell unterwegs, dass ihm Karin kaum folgen konnte. Am Straßenrand standen Leute und applaudierten ihnen zu. Vitus lachte und drehte sich zu Karin um, die ihm winkte. Plötzlich merkte sie, dass das Pferd ihres Mannes direkt auf die Schlucht neben dem Wasserfall zugaloppierte und immer schneller wurde. Karin wollte Vitus noch etwas zurufen, aber es war zu spät, und ihr Mann stürzte samt Pferd in die Tiefe.

Wellisch betrat die verrauchte Gaststube und steuerte direkt auf die Toilette zu. Schon seit einer Stunde musste er dringend kacken, hatte aber wegen des Zwischenfalls in der Höhle nicht einmal zum Klogehen Zeit gehabt. Er betrat den feuchten Vorraum, aus dem ihm eine übelriechende Duftwolke entgegenschlug. Über dem Waschbecken hing ein halbblinder Spiegel, neben dem ein nasser Fetzen baumelte.

Auf der Klotür stand ein Spruch, den er längst auswendig konnte:

Scheißt, daß alle Balken krachen,
scheißt dem Teufel in den Rachen,
scheißt dem Teufel ins Gesicht,
aber auf das Sitzbrett nicht.

Wellisch setzte sich auf die dreckige Klobrille und erledigte stöhnend sein Geschäft.

Wenig später stand er an der Theke und bestellte bei Roswitha einen halben Liter gespritzten Apfelsaft. Aus der Küche roch es nach altem Frittierfett und Wellisch hätte große Lust gehabt, sich hinzusetzen und faschierte Laibchen mit Püree und Sauerkraut zu essen. Aber da die Pflicht rief, blieb ihm nichts anderes übrig, als seinen gespritzten Apfelsaft ex auszutrinken.

»Julius, bist du am Ende in eine Schlägerei verwickelt worden?«, fragte Roswitha lachend und deutete auf einen Blutfleck auf Wellischs Uniformjacke.

Wellisch war der Fleck gar nicht aufgefallen. »Ach so, das ist wahrscheinlich ein Ribiselsaft, mit dem ich mich angepatzt habe.« Er zog die Jacke aus und warf sie über die Schulter.

»Setz dich her zu uns«, sagte Nutz und rückte auf der klobigen Holzbank ein wenig zur Seite.

Wellisch winkte ab. »Ich habe jetzt keine Zeit, aber morgen sehen wir uns eh bei der Mitgliederversammlung. Ich hoffe, ihr kommts alle. Das ist nämlich eine entscheidende Sitzung, bei der es um die Rückkehr der Aale geht.«

»Ach, du meine Güte, schon wieder diese Geschichten«, sagte Lassacher und verzog das Gesicht.

»Ich kann das jetzt nicht im Detail erklären, aber morgen sage ich euch alles ganz genau.« Er wandte sich an Schreckenschlager. »Du, Sepp, wir brauchen dich schnell beim Pamminger. Der Lois und der Doktor Ulrich sind auch dort, die müssen etwas mit dir besprechen.«

Schreckenschlager hielt eine Hand ans Ohr. »Wer will mit mir reden?«

Wellisch beugte sich zum schwerhörigen Bestatter hinunter und wiederholte, was er eben gesagt hatte.

»Was, jetzt um diese Zeit?« Schreckenschlager sah auf die Uhr, die neben dem Herrgottswinkel an der Wand hing.

»Komm jetzt, in spätestens einer Stunde sind wir fertig, dann kannst eh wieder herkommen.«

Die Stammtischbrüder, zu denen sich in der Zwischenzeit der Bestattungsgehilfe Stöckl gesellt hatte, wurden hellhörig.

»Was ist denn los? Ist leicht etwas mit dem Pamminger passiert?«, wollte Nutz wissen.

»Nein, mit dem Pamminger ist nichts passiert, aber der alte Schallmoser liegt beim Pamminger«, antwortete Wellisch kurz angebunden.

»Was, der Vitus?«, fragte Lassacher erstaunt. »Wie kommt denn der zum Pamminger? Der ist doch schon seit ewigen Zeiten nicht mehr hier im Ort gewesen.«

»Der Schallmoser hat in seiner Behausung einen Unfall gehabt. Der Bartl hat ihn gefunden, und wir haben ihn zum Pamminger in die Metzgerei gebracht. Aber jetzt hab ich keine Zeit mehr. Komm, Sepp, gehen wir.«

»Ist er tot, der Schallmoser?«, fragte Roswitha lauernd.

»Ja, sicher ist er tot«, antwortete Wellisch, »sonst täte ich ja nicht den Schreckenschlager holen.«

Schreckenschlager erhob sich und streckte sich seufzend. »Selbst bei der Affenhitze müssen die Leute sterben.« Er nahm noch schnell einen Schluck und sagte im Weggehen: »Schwer wird mia mein Gmüat, mein Gott, bin i müad.«

Wellisch und Schreckenschlager verließen die Gaststube.

»Rosi«, sagte der Bestattungsgehilfe Stöckl lachend, »bald gibt es wieder einen Rindfleischwandertag.«

»Na, hoffentlich wird's keine Beuschelleich«, antwortete Rosi, während sie Schreckenschlagers Bierglas wegräumte.

»Nein, nein, das glaube ich nicht«, mischte sich Lassacher ein, »die Karin wird schon dafür sorgen, dass ihr Exmann kein Begräbnis zweiter Klasse bekommt. Das wäre jedenfalls ziemlich peinlich, wenn's da kein Rindfleisch geben täte.«

»Ja, genau«, pflichtete ihm Nutz bei. »Die letzte Beuschelleich war die vom Tschick-Sepp, aber der war ja wirklich völlig mittellos.«

Angeführt von einem achtzehn Jahre alten und zehn Kilogramm schweren Königsaal bewegten sich tausende Aale von Osten kommend Richtung Höllensee. Ihre Reise durch Flüsse, Bäche und Seen – und fallweise auch über Land – würde noch drei Nächte dauern, bis sie ihr Ziel erreicht hatten. In der Sargasso-See geboren, im Atlantik zu einem Glasaal herangewachsen, war der Königsaal jahrelang durch die verschiedensten

Gewässer Europas gewandert und jetzt zu seinem Sterbeort unterwegs. Dem Königsaal wiesen das Magnetfeld der Erde und die Sterne seinen Weg, dem er unbeirrt folgte. In jedem Gewässer, das die Aale durchquerten, schlossen sich ihnen immer mehr Tiere an. Nach dem Tod des Königsaals würden die geschlechtsreifen Aale ihre Reise zurück in die Sargasso-See antreten, um an ihrem Geburtsort abzulaichen und anschließend zu sterben.

Veronika Sandleitners großer Traum war es, zumindest einmal als Opernsängerin auf einer großen Bühne zu stehen. Aber stattdessen stand sie im einzigen Foto- und Souvenirgeschäft von Bad Fucking hinter dem Ladentisch und wartete darauf, dass etwas geschah. Aber es geschah nichts.

Nachdem ihre Eltern vor acht Jahren beim Bergsturz ums Leben gekommen waren, hatte sie zwar mehrmals versucht, das Geschäft zu verkaufen, aber die Bank, die im Grundbuch eingetragen war, blockierte alle diesbezüglichen Bemühungen. Sie wollte lieber warten, bis Veronika die Luft ausging. Wozu ein Haus kaufen, wenn man es auch umsonst bekommen konnte? Zehntausend Euro schuldete Veronika der Bank noch, und das war exakt der Betrag, den ihr die Bank für das Haus angeboten hatte. Ein Witz, das Ganze.

Damals, als der Berg herunterkam und einen Teil des Ortes unter sich begrub, waren ihre Eltern gerade im Auto auf dem Weg nach Hause gewesen. Gefunden hat man sie ebenso wenig wie die anderen Opfer. Seither steht das Fotogeschäft am Ende des Ortes in einer Sackgasse. Dahinter hat sich auf einer Länge von etwa einem

Kilometer eine neue Bergformation gebildet. Die Straße ist verschwunden, die hat der Berg einfach verschluckt.

Unmittelbar nach der Katastrophe waren zwar zahlreiche Politiker mit Kamerateams im Schlepptau aufgetaucht und hatten sich mit gelben Schutzhelmen und Schaufeln fotografieren lassen, aber geholfen hat den Leuten niemand. Für die Versicherungen war es *höhere Gewalt*, und damit war die Sache erledigt.

Wie oft Veronika auch rechnete – und sie rechnete oft –, es kam immer das gleiche deprimierende Ergebnis heraus: Zwei Jahre würde sie noch brauchen, bis sie schuldenfrei war und diesen Ort endlich verlassen konnte. Dann war sie siebenundzwanzig und für die Oper wahrscheinlich schon viel zu alt.

Kurz nach dem Tod ihrer Eltern hatte Veronika in ihrer Verzweiflung eines Nachts zu singen begonnen. Und als sie merkte, dass ihr das half, sang sie alle Lieder, an die sie sich erinnern konnte. Einmal hatte sie im Radio die Oper *La Gioconda* mit Maria Callas gehört und war wie elektrisiert. Mit klopfendem Herzen saß sie vor dem Radioapparat, und als die Arie *Suicidio* erklang, begann sie hemmungslos zu weinen. Von da an wollte sie Opernsängerin werden.

Sie kaufte sich CDs mit Callas-Aufnahmen und hörte sie so lange, bis sie sie auswendig konnte. Außerdem las sie zwei Biographien über ihr Idol, dessen tragische Lebensgeschichte sie zutiefst berührte. Um dem Schönheitsideal der Callas zu entsprechen, wollte sich Veronika von Dr. Ulrich sogar eine Zahnspange machen lassen, damit ihre Zähne genauso schön aussahen wie die der weltberühmten Sängerin, musste den Plan wegen Geldmangels aber wieder aufgeben. Dass Veronika im Gegensatz zur Callas eher pummelig war, übersah sie geflissentlich.

Auch wenn sich Veronika häufig in eine Traumwelt flüchtete und auf Außenstehende den Eindruck einer realitätsfremden Person machte, durchschaute sie sehr wohl, was in Bad Fucking vor sich ging. Das lag vor allem daran, dass sie es sich zur Gewohnheit gemacht hatte, die Fotos, die man ihr zum Entwickeln gab, aufmerksam zu studieren.

So auch an diesem Abend, an dem sie im ersten Stock ihres Hauses am Küchentisch saß und Aufnahmen von Pilzen betrachtete, die wie Penisse aussahen. Gemacht hatte sie dieser Schwachkopf Philipp Hintersteiner, und Veronika ärgerte sich, dass sie sich die Fotos überhaupt ansah. Aber irgendetwas reizte sie daran.

Vielleicht lag es an der Hitze, dass sie an die schwarze Hütte denken musste, die sie vor einigen Monaten mitten im Wald entdeckt hatte. Durch ein verdrecktes Fenster hatte Veronika gesehen, wie ein Mann eine Frau von hinten vögelte. Der Mann, der Veronika seinen Rücken zugewandt hatte, trug ein weißes Hemd, das nach oben geschoben war. Seine Hose und die Kleider der Frau lagen auf dem dreckigen Boden. Die Frau hatte sich mit den Händen an den Armlehnen eines Stuhls abgestützt und dem Mann ihren Hintern entgegengestreckt.

Veronika hatte sich abgewandt und mit klopfendem Herzen an die von der Sonne aufgeheizte Holzwand gelehnt. Es hatte nach Teer gerochen, und Kindheitserinnerungen waren in ihr aufgestiegen, die aber gleich wieder verschwanden. Sie hatte ein Kribbeln in der Bauchgegend verspürt und war sich wie eine Voyeurin vorgekommen. Als das Stöhnen der Frau immer lauter geworden war, lief Veronika einfach davon.

Veronika ging zum Herd und stocherte lustlos in einem Topf mit Spaghetti und Tomatensauce herum. Sie fragte sich, ob sich die Callas auch von Spaghetti mit Tomatensauce ernährt hatte. Sie drehte die Hitze zurück und stellte sich im Vorzimmer vor den Spiegel. Sie schob ihr T-Shirt hoch und betrachtete ihren Bauch, der eindeutig zu dick war. Aber sie tröstete sich damit, dass Aristoteles Onassis auch keine Schönheit war und trotzdem von der Callas geliebt wurde.

Sie ging zum Küchentisch und sah sich die Fotos mit den Penis-Pilzen an. Während sie im Stehen masturbierte, stellte sie sich vor, dass sie eine berühmte Sängerin war, die sich mit ihrem Liebhaber in der schwarzen Hütte traf. Gerade, als sie von ihrem Liebhaber ausgezogen wurde, breitete sich ein beißender Geruch in der Küche aus. Es roch eindeutig nach verbrannten Spaghetti mit Tomatensauce.

Veronika nahm die Fotos und fuhr mit den feuchten Fingern über die penisförmigen Pilze. Dann zerriss sie sie in lauter kleine Fetzen.

Schreckenschlager stand vor dem Kühlraum und hob bedauernd die Hände. »Ja, ich kann auch nichts dafür, dass die Kühlanlage in der Aufbahrungshalle ausgefallen ist. Die Hitze ist einfach zu stark, der Motor hat das nicht mehr gepackt.«

»Und warum hast du das nicht schon längst reparieren lassen?«, fragte Hintersteiner zornig.

»Ich hab eh dem Lassacher gesagt, er soll mir einen Elektriker vom Lagerhaus vorbeischicken, aber er hat gesagt, dass das noch ein paar Tage dauern wird. Ich hab ja gehofft, dass bei der Hitze niemand stirbt, aber die Leute richten sich beim Sterben halt nicht nach dem Wetter.«

Für Pamminger war das der ideale Zeitpunkt, sich in die Debatte einzuschalten. »Mir ist das egal, aber die Leiche gehört weg. Da hilft nichts. Wenn die Leute davon erfahren, kaufen sie ja nichts mehr bei mir. Oder tätest du ein Schweinefleisch kaufen, wenn du wüsstest, dass daneben ein Toter gelegen ist?«

»Aber das Schwein ist ja auch tot«, sagte Schreckenschlager und deutete durch die offene Tür auf die Schweinehälfte, die über dem toten Schallmoser an einem Haken baumelte.

Wellisch war nervös und trat von einem Bein auf das andere. »Wie lange dauert es, bis alles so weit ist, dass der Schallmoser begraben werden kann? Ich meine, bis die Partezettel gedruckt sind und das Grab ausgehoben ist?«

Schreckenschlager kratzte sich am Kopf. »Naja, wenn mir der Fritz beim Ausheben vom Grab hilft und wir morgen Vormittag den Partezettel fertig machen können, dann kann das Begräbnis übermorgen stattfinden. Mit dem Pater Bonifazius muss ich halt noch reden.«

»Dann bleibt uns gar nichts anderes übrig, als dass wir den Schallmoser bis zum Mittwochvormittag hier lassen«, sagte Wellisch, der schnellstens zurück in die Wachstube wollte.

»Und was sagen wir, wenn uns wer fragt, wo der Schallmoser liegt?«, wollte der Hilfsgendarm Stallinger wissen. »Du kennst doch die Leute, die wollen nichts lieber, als sofort in die Aufbahrungshalle rennen und die Toten anschauen. Und erst recht den Schallmoser, den jahrelang keiner gesehen hat.«

Der Metzger schüttelte energisch seinen großen Kopf. »Mir ist das alles wurscht, die Leiche muss raus aus dem Kühlraum.«

»Aber wenn das ein Notfall ist, muss man doch eine

Lösung finden«, sagte Dr. Ulrich entnervt. »Wenn die Leiche bei dieser Hitze auch nur einen Tag in der ungekühlten Aufbahrungshalle liegt, beginnt sie derart zu stinken, dass sich kein Mensch dem Sarg auch nur auf einen Meter nähern kann.«

»Wer ist denn eigentlich für die Aufbahrung zuständig?«, fragte Bartl.

»Zuständig ist natürlich die Bestattung. Also, Schreckenschlager, ist das mit der Aufbahrung vom Schallmoser deine Angelegenheit«, sagte Hintersteiner schroff.

›Na endlich haben sie angebissen‹, dachte Pamminger zufrieden.

»Ja, schon«, antwortete Schreckenschlager zaghaft, »ich kann dem Naz schon ein bisschen was geben.« Er wandte sich an den Fleischhauer. »Du kommst eh heute noch zum Stammtisch, da besprechen wir das in aller Ruhe.«

Pamminger winkte ab. »Moment, von mir aus können wir heute am Stammtisch darüber reden, aber das ist mir zu wenig, was ich von dir bekomme. Die Gemeinde muss da auch was zuschießen.«

»Wie viel willst denn von der Gemeinde?«, fragte Hintersteiner, der die Angelegenheit endlich hinter sich bringen wollte.

»Das muss ich mir noch überlegen. Am besten, wir besprechen das Ganze morgen persönlich im Amt.«

»Gut«, übernahm Wellisch das Kommando. »Arthur, du musst spätestens morgen in der Früh den Schallmoser herrichten. Besprich das mit dem Naz, wie ihr das mit dem Schlüssel für den Kühlraum macht, weil der muss jetzt natürlich zugesperrt werden.«

Stallinger nickte wenig begeistert.

»So, dann hätten wir den Fall erledigt«, sagte Wellisch im Gehen. »Morgen füllt der Doktor Ulrich den Totenschein aus, der Stallinger richtet den Schallmoser her, und der Schreckenschlager hebt gemeinsam mit dem Stöckl Fritz das Grab aus. Ja, und Lois, du kannst mit dem Pater Bonifazius die Details wegen der Beerdigung besprechen. Deine Frau wird dazu ja wahrscheinlich nicht in der Lage sein.«

»Das überlass nur mir«, antwortete der Bürgermeister gereizt.

Im Hotel *Zum Hohen Hirn* war die Hölle los. Einundzwanzig Cheerleader saßen aufgeputzt in der *Felsenbar* und brachten Philipp Hintersteiner an den Rand des Wahnsinns. Obwohl er den Mädchen bereits zum wiederholten Male erklärt hatte, dass es in der Bar keinen Cranberry-Saft gab, bestellten sie ständig Wodka-Cranberry, den ultimativen Modedrink der weiblichen Jugend von Welt. Wären gleichaltrige Burschen anwesend gewesen, hätten diese ein Gemisch aus Wodka und *Bed Full (Volle Betten – Leck die Fetten)* geordert. Und dann wunderten sich die Leute, dass die Jugend von heute so aussah, wie sie eben aussah.

Philipp Hintersteiner, dem die Anstrengungen des Tages deutlich ins Gesicht geschrieben waren, bemühte sich, hinter der Bar nicht komplett die Übersicht zu verlieren.

»Wie wär's mit einem U-Boot?«, fragte er und hoffte, dass er die Mädchen mit diesem Alternativgetränk ablenken konnte.

»Ein U-Boot?«, fragte Katja genervt. »Was ist denn das schon wieder für ein Scheiß?«

»Ein U-Boot«, antwortete Philipp diensteifrig, »ist ein traditionelles Getränk aus unserer Gegend, bei dem ein Glas Schnaps in einer Halbe Bier versenkt wird.«

»Das wird ja immer absurder«, sagte Nina und schüttelte dabei theatralisch ihre aufblondierten Haare. »Zuerst gibt es keinen Handyempfang und dann sollen wir statt Wodka-Cranberry ein Gemisch aus Bier und Schnaps saufen. Wir sind ja keine Proleten.«

Philipp stellte ein Glas Bier auf die Theke und versenkte darin ein Glas Schnaps.

Dodo, die als modebewusste Krocherin ein bauchfreies T-Shirt der Marke *De Puta Madre 69* trug, schob sich neben Nina und warf einen skeptischen Blick auf das unbekannte Getränk. »Und, fahrt das Zeug?«

»Und ob das fährt«, antwortete Philipp.

»Eh wurscht, ich bin sowieso schon gefickt. Die erste U-Boot-Runde geht aber aufs Haus. Prostata!«

Philipp Hintersteiner seufzte, weil ihm sein Vater die Ausgabe von Freigetränken strengstens verboten hatte. Erschwerend kam in seiner Situation noch hinzu, dass er bereits jetzt nicht mehr wusste, was die Mädchen alles konsumiert hatten. Außerdem fiel ihm ein, dass der Belegungsplan noch immer nicht fertig war. Wäre es dunkel gewesen, hätten seine Pickel wahrscheinlich wie rote Glühwürmchen geleuchtet.

Während die Mädchen die ersten U-Boote kippten, kam Sandra Redmont an die Bar. »Ich finde das keine so gute Idee, dass ihr bei dieser Hitze solche harten Sachen trinkt. Vergesst bitte nicht, dass wir zum Training hier sind und nicht zum Trinken.«

»Geh, Sandra«, sagte Nadja, »von einem U-Boot ist noch niemand untergegangen. Hipp, hipp, hurra!«

Dodo prostete ebenfalls Sandra zu und nahm einen kräftigen Schluck. »Bam, Oida, schmeckt eh leiwand. Da, Sandra, take a sip.«

Sandra winkte ab. »Nein, danke, bei dieser Hitze trinke ich lieber keinen Alkohol.«

Dodo rülpste laut und bestellte gleich noch eine Runde.

Philipp freute sich und machte zwei Striche auf einen Zettel. ›Oder sollte ich lieber drei machen?‹

»Welche Lokale haben hier eigentlich in der Nacht offen?«, fragte Candy, die ihre Kopfhörer kurz abgenommen hatte und sich zu den anderen Mädchen an die Bar stellte.

»In Bad Fucking wird gerade ein neues Tourismuskonzept entwickelt«, log Philipp, »und da sind dann natürlich auch Nachtlokale vorgesehen, aber momentan hat nur das Gasthaus *Zum Mohren* bis Mitternacht geöffnet, aber das ist kein Nachtlokal im eigentlichen Sinn.«

Candy setzte wieder ihre Kopfhörer auf und verrenkte ihren Körper zu einer Melodie, die nur sie hören konnte.

»Ja, aber das ist ja ein Wahnsinn«, sagte Nina deprimiert. »Und wie lange hat die *Felsenbar* geöffnet?«

»Naja, offiziell hätte ich eigentlich schon schließen müssen, aber eine halbe Stunde könnte ich noch –.«

»Bitte, was?«, fragte Nina und sah ihre Freundinnen entgeistert an.

Katja drehte sich um und wandte sich an die Mädchen, die an den Tischen saßen. »Habt ihr das gehört? Diese Bar hier sperrt in einer halben Stunde zu, und in ganz Bad Fucking gibt es kein einziges Nachtlokal. Das ist echt zum Scheißen.«

»Darf ich kurz um eure Aufmerksamkeit bitten«, sagte Sandra Redmont und wartete, bis sich die Mädchen beruhigt hatten. »Nachdem wir wegen der Hitze morgen ohnehin schon um acht mit der ersten Trainingseinheit beginnen müssen, könnten wir heute ruhig ein bisschen früher ins Bett gehen.«

»Ich habe eine viel bessere Idee«, sagte Sonja und hob ihr Blackberry in die Höhe. »Wir könnten doch zu dieser Internet-Plattform gehen und dort unsere Messages und Mails checken. Was haltet ihr davon?«

»Bei dieser Hitze gehe ich nicht mehr außer Haus, außerdem fängt meine Sendung in zwanzig Minuten an«, meinte Sofie und warf sicherheitshalber noch einmal einen Blick in ihre Programmzeitschrift.

»Moment, Moment«, schaltete sich Sandra ein. »Ihr könnt jetzt in der Dämmerung nicht einfach auf einen Berg klettern, wenn ihr nicht einmal wisst, wo sich diese Internet-Plattform befindet. Das werde ich auf keinen Fall zulassen. Bitte vergesst nicht, dass ich für eure Sicherheit verantwortlich bin.«

»Naja«, sagte Sonja und zwinkerte Philipp zu, »vielleicht könnten Sie uns dorthin begleiten. Sie sind schließlich von hier und kennen den Weg sicher in- und auswendig.«

Philipp war mit seinen Gedanken gerade bei Vroni Sandleitner und hatte gar nicht zugehört.

»Also, was ist?«, wiederholte Sonja ihre Frage. »Zeigen Sie uns den Weg zur Internet-Plattform oder nicht?«

Philipp hob bedauernd die Schultern. »Das tut mir sehr leid, aber das geht sich heute leider nicht mehr aus. In einer halben Stunde kommt mein Vater wegen der Abrechnung, und außerdem muss ich mich heute noch um meine Rötelritterlinge kümmern.«

»Um was für Ritter?«

»Um meine Rötelritterlinge, das sind Pilze, die ich gerade in meinem Labor im Keller züchte. Beim Rötelritterling wird das Stroh beimpft und dann werden Polypropylensäckchen übergestülpt. Der Rötelritterling wächst also nicht nur im Wald in großen Hexenringen, sondern auch in meinem Labor. Wenn es euch interessiert, kann ich euch das gerne zeigen. Ich züchte aber auch Rotbraunstielige Büschel-Rüblinge und Stockschwämmchen.«

Die Mädchen verstanden kein Wort.

»Da habe ich das geilste Blackberry und kann nichts damit anfangen«, jammerte Sonja, die zum wiederholten Male versuchte, ihr Handy doch noch zum Leben zu erwecken. Aber es half alles nichts und auch die Handys der anderen Mädchen lagen wie nutzlose Artefakte auf den Tischen herum.

»Dann nehmen wir uns doch einfach einen Plan und gehen alleine dorthin«, schlug Nina vor.

Sandra wurde langsam böse. »Ich habe euch doch klipp und klar gesagt, dass ich das nicht zulassen werde. Von mir aus können wir morgen gemeinsam dorthin gehen, aber jetzt ist das definitiv zu gefährlich. Ihr könnt ja die wichtigsten Anrufe von den Telefonen auf euren Zimmern machen. Eure Freunde werden es sicherlich überleben, wenn ihr einmal einen Tag lang nicht über eure Handys kommuniziert.«

»Und?«, fragte Aloysius Hintersteiner mit einem vorwurfsvollen Unterton. »Hast du die Abrechnungen gemacht?«

Philipp fuhr sich mit der Zunge über die Unterlippe und spürte, dass wieder einmal eine Fieberblase im Anmarsch war. »Ja, im Grunde bin ich mit allem fertig, aber es war heute ziemlich viel los, und ein paar Daten muss ich noch nachtragen.«

»Du bist jetzt siebenundzwanzig Jahre alt und kannst nicht einmal eine einfache Belegungsliste erstellen. Ich gebe dir noch bis zum Ende des Sommers Zeit, und wenn du bis dahin den Betrieb nicht einwandfrei führst, kannst du dir etwas anderes suchen.«

Philipp warf einen Blick Richtung Bar und hoffte, dass die Mädchen nicht mitbekamen, was sich hinter dem Empfangstresen in der Lobby gerade abspielte.

»Übrigens geht es deiner Mutter nicht besonders gut und ich habe ihr gesagt, dass du heute Abend noch bei ihr vorbeischauen wirst.«

Philipp wurde wütend. »Die Frau Schallmoser ist nicht meine Mutter, falls du das vergessen haben solltest. Meine Mutter ist tot und –.« Noch bevor er weitersprechen konnte, gab ihm sein Vater eine Ohrfeige, die ihn mit voller Wucht traf. Philipp rieb sich die Wange und spürte seine Pickel, die jetzt doppelt schmerzten. Philipp sah, dass einige Mädchen die Szene beobachtet hatten und kurz verstummt waren. Peinlich berührt, widmeten sie sich wieder ihren U-Booten. Nach kurzem Zögern stand sein Vater auf und verließ wortlos die Rezeption. ›Du Schwein‹, dachte Philipp, ›das zahle ich dir heim.‹

Gerade als Philipp in den Waschraum gehen wollte, um sich das Gesicht abzukühlen, kam sein Vater zurück. »Was ich noch sagen wollte: Der Vitus Schallmoser ist gestorben. Das ist der Grund, weshalb es der Frau Schallmoser so schlecht geht.«

Dr. Jakob Ulrich hielt seinen erigierten Penis fest umschlungen und träumte von einer Villa am Meer, in der er sich mit jungen Frauen vergnügte, die allesamt so stark behaarte Muschis wie Jagoda Dragičević hatten. Das einzige Problem war, dass er es nie schaffte, seinen Pimmelmann tatsächlich in eine dieser Muschis zu stecken. Irgendetwas hinderte ihn daran. Neben ihm im Bett lag seine Frau Jasmin, die ihm den Rücken zukehrte und von einem Mann träumte, der sie massierte. Dieser Mann hatte mit Dr. Jakob Ulrich nicht die geringste Ähnlichkeit.

Jagoda Dragičević wachte immer wieder auf, weil in ihren Träumen ständig etwas Unangenehmes passierte. Einmal griff sie nach dem Kuvert, in dem sich ihre gesamten Ersparnisse befanden, und musste zu ihrem Schrecken feststellen, dass das Kuvert leer war. Dann wollte sie die Tür zu ihrem Kaffeehaus aufschließen, fand aber keinen Schlüssel, der zum Schloss gepasst hätte. Im Halbschlaf schwor sie sich, Bad Fucking so bald wie möglich zu verlassen, koste es, was es wolle.

Aloysius Hintersteiner lag alleine im Ehebett und wälzte sich hin und her. Er träumte von einem Hotel am Höllensee, das sein Sohn Philipp führte und das ständig ausgebucht war. Im Traum sah er aber auch Hotelgäste, die wie Asylanten aussahen und in ihren Zimmern auf offenen Feuerstellen kochten.

Bartl Rettenbacher lag auf seiner Pritsche und konnte nicht schlafen. Er dachte über Vitus Schallmoser nach und hoffte, dass Lumpi die Nacht überlebte. Dem Geschnarche nach zu schließen, schien der Hund bereits auf dem Weg der Besserung zu sein. Bartl fragte sich, was es mit dem von Vitus Schallmoser mehrmals erwähnten Schriftstück auf sich habe, und nahm sich vor, am nächsten Tag der Höhle einen Besuch abzustatten. Jetzt war er zu müde, und außerdem wollte er den Hund nicht alleine lassen.

Julius Wellisch träumte von einem Fluss, in dem viele große Fische schwammen. Er warf seine Angel aus und sofort biss ein Fisch an. Als er die Angel einholte, sah er zu seinem Entsetzen, dass der Fisch einen Hasenkopf hatte und stark aus dem Mund blutete. Der Fisch schlackerte mit den Ohren und sagte zu Wellisch: *Bitte, töte mich nicht.* Wellisch ließ die Angel fallen und lief in Panik davon.

Josef Schreckenschlager sah sich im Traum ein Grab ausheben, das so tief war, dass er nicht mehr herauskonnte. Er fragte sich, wo die ganze Erde hingekommen war, und legte sich auf die feuchte Erde, um zu schlafen.

Philipp Hintersteiner konnte nicht schlafen und formte aus der Bettdecke eine Gestalt, die ihn an Veronika Sandleitner erinnerte. Er zog seine Pyjamahose aus, umarmte die Decke und rieb seinen Penis so lange an dem Phantom, bis er sich ergoss. Nach wenigen Augenblicken stand er auf und sah den großen Spermafleck, der ihn wütend machte. Er zerknüllte die Decke, warf sie auf den Boden und schleuderte sie mit einem Fußtritt in die Ecke. In seinem Kopf hörte er eine Stimme, die zu ihm sagte: *Philipp, es wird Zeit, dass du endlich aufwachst.*

Die Cheerleader träumten von einem Hotel, in dem Handys und Internet gratis waren und wo es Wodka-Cranberry in Halblitergläsern gab. Einige träumten auch von Haargeltuben, die nie leer wurden.

Sandra Redmont sah im Traum den schwarzen Quarterback Greg Sutherland, der in einem Footballspiel gerade den entscheidenden Touchdown erzielte. Obwohl sie mit den Cheerleadern nur wenige Meter von ihm entfernt am Spielfeldrand tanzte, tat Greg so, als wäre sie gar nicht da.

Arthur Stallinger träumte, dass er sich bei der Reparatur der Dachrinne mit einem spitzen Eisenstück am

Oberarm verletzt hatte. Als er im Krankenhaus aus der Narkose erwachte, wurde ihm bewusst, dass man ihm beide Arme amputiert hatte. Er geriet in Panik, weil er unter diesen Umständen weder den Rasenmäher noch die Dachrinne reparieren konnte.

Karin Hintersteiner stand im Traum mit ihrem Exmann Vitus Schallmoser auf der Straße und beobachtete die Sonne, die von der Erde nicht weiter als der Mond entfernt war. Plötzlich gab es eine heftige Explosion, und es standen vier Sonnen am Himmel. Trotz der vier Sonnen verdunkelte sich der Himmel, und man ahnte, dass etwas Furchtbares geschehen würde.

Veronika Sandleitner lag im Bett und stellte sich vor, wie sie auf einer Bühne die Arie *Vissi d'arte, vissi d'amore* aus Puccinis Oper *Tosca* sang. Allerdings wusste sie nicht mehr, wie der Text nach der Passage *Nell'ora del dolore / perchè, perchè, Signore, / perchè me ne rimuneri così?* weiterging. Sie zog die Bettdecke über den Kopf und schloss die Augen.

Herbert Lassacher, Manfred Nutz und Walter Staudinger träumten davon, dass sie bei den Trainingseinheiten der Cheerleader die einzigen Zuschauer waren und sie die jungen, verschwitzten Mädchen sogar zum Duschen begleiten durften. Das einzige Problem war, dass sie ausgerechnet in dem Augenblick, in dem sich die Mädchen auszogen, durch einen Ellenbogenschlag (Lassacher), einen lauten Furz (Nutz) und ein lautes Schnarchgeräusch (Staudinger) ihrer Ehefrauen geweckt wurden. Als sie wieder eingeschlafen waren, träumten sie von rostigen Schrauben (Lassacher), stinkenden Würsten (Nutz) und nass gewordenen Zigaretten (Staudinger).

Ignaz Pamminger träumte davon, dass er in seiner Metzgerei nicht Semmeln, sondern die Daumen seiner

Kunden aufschnitt und in die Wunden Wurstscheiben legte. Als die Leute dann tatsächlich in ihre Daumen bissen und das Blut spritzte, fand er die Idee mit dem Daumenaufschneiden aber gar nicht mehr so gut.

Fritz Stöckl träumte vom Begräbnis seiner Schwiegermutter und erschrak, als er sich bei der Grabrede sagen hörte: *Der erste Zug bei einer Halben und der letzte Zug der Schwiegermutter sind die besten.*

Der Einzige, der in dieser Nacht nicht träumte, war der Tod, der bereits Richtung Bad Fucking unterwegs war, zuvor aber über dem Atlantik noch ein vollbesetztes Passagierflugzeug mit den Wiener Philharmonikern an Bord vom Himmel holen musste. Und das, obwohl die USA-Tournee des Orchesters ein durchschlagender Erfolg gewesen war.

Als Bartl um fünf Uhr früh nach kurzem Schlaf erwachte, sah er als Erstes nach Lumpi, der auf der alten Matratze am Boden lag und vor sich hinschnarchte. Bartl hoffte, dass der Hund zu erschöpft war, um in den nächsten zwei Stunden aufzuwachen. Diesen Zeitraum würde er für seinen Weg zur Höhle und zurück benötigen, wobei er nicht abschätzen konnte, wie lange die Durchsuchung von Schallmosers Habseligkeiten dauern würde. Mit einer Taschenlampe ausgerüstet verließ er die Dienstbotenwohnung im Keller des alten Hotels und machte sich auf den vertrauten Weg durch den Wald.

Als Bartl die Wohnhöhle erreicht hatte, huschte gerade eine fette Maus an seinen Füßen vorbei ins Freie. Die Maus hatte offenbar die Nacht genutzt, um sich ungestört mit diversen Leckerbissen vollzufressen. Soweit Bartl erkennen konnte, hatte sich seit dem Abtransport der Leiche in der Höhle nichts geändert. Bartl machte einen Bogen um die eingetrocknete Blutlache und schaltete die Taschenlampe ein.

Er überlegte, was Schallmoser gemeint haben könnte, als er in den letzten Wochen immer wieder von einem *wichtigen Schriftstück* sprach, das er Bartl *zum gegebenen Zeitpunkt* zukommen lassen werde. Wahrscheinlich ging es um Bartls Wohnrecht im Keller des Hotels *Europa*, das ihm zustand, solange Schallmoser lebte. Insofern war es für ihn von großer Wichtigkeit, sich in dieser Angelegenheit Klarheit zu verschaffen. Er war jetzt zweiundsiebzig Jahre alt und wollte unter keinen Umständen mehr aus seiner Behausung ausziehen.

In der Höhle gab es nicht viele Plätze, wo man etwas hätte verstecken können. Auf dem Holzregal befanden sich einige Küchenutensilien und in Dosen und Gläsern verstaute Lebensmittel. Eine angeknabberte Scheibe Brot und ein Stück Käse, die auf dem Tisch lagen, deuteten darauf hin, dass Schallmoser kurz vor seinem Tod noch gejausnet haben dürfte.

Bartl kniete sich nieder und leuchtete mit der Taschenlampe unter das Bett, wo er ein Paar ausgelatschte Schuhe, ein zusammengerolltes Seil und eine Grubenlampe entdeckte. Während Bartl überlegte, wofür Schallmoser das Seil und die Lampe gebraucht haben könnte, spürte er einen leichten Luftzug, dem er aber weiter keine Beachtung schenkte. Neben dem Bett stand unter einem grob zusammengenagelten Nachtkästchen eine kleine Holzkiste, die mit einem Vorhängeschloss versperrt war. Bartl hob die Kiste auf und stellte sie auf den Tisch. Der Gedanke, die Kiste gewaltsam zu öffnen, behagte Bartl zwar nicht, aber da er nicht wusste, wo er nach dem Schlüssel suchen sollte, griff er kurzerhand nach einem Stein und schlug damit ein paar Mal auf das Schloss. Bereits beim dritten Schlag splitterte das Holz. Er leuchtete mit der Taschenlampe in die Kiste und merkte, dass seine Hand leicht zitterte. Aber zu Bartls Enttäuschung lagen in der Kiste lediglich ein paar Zeichnungen von Tieren. Es waren primitive Bleistiftzeichnungen von Nashörnern, Mammuts und einem Pferd, das so aussah, als würde es gerade vom Himmel fallen. Bartl hatte nicht die geringste Ahnung, was die Zeichnungen bedeuten könnten, und legte sie zurück in die Kiste. Da er kein Risiko eingehen wollte, nahm er die Kiste mit, um sie im Wald zu entsorgen.

Um acht Uhr stand Veronika Sandleitner hinter dem Ladentisch ihres Fotogeschäfts und hörte in den Nachrichten, dass in der vergangenen Nacht über dem Atlantik ein Passagierflugzeug mit den Wiener Philharmonikern an Bord abgestürzt war. Als Erstes las die Nachrichtensprecherin die Beileidsbekundung des Papstes vor: *Mit ihrer Professionalität und ihrem künstlerischen Können gelang es den Wiener Philharmonikern immer wieder, die Herzen ihrer Zuhörer anzurühren und in ihnen im Hören der wundervollen Musik Mozarts, Haydns oder Bruckners alle Saiten menschlichen Empfindens zum Schwingen zu bringen. Mit ihrem musikalischen Talent wiesen die Wiener Philharmoniker über das Menschliche hinaus auf das Göttliche. Dafür sage ich im Namen aller Musikliebhaber noch einmal ein herzliches Vergelt's Gott und mögen die Wiener Philharmoniker in Frieden ruhen. Amen.*

Selbstverständlich war auch der Bundespräsident tief betroffen und meldete sich live zu Wort: *Sie waren*

Österreichs Botschafter der Musik und verstanden es immer wieder, Tradition mit aktuellen Höchstleistungen zu verbinden. Die Wiener Philharmoniker sind unersetzbar.

Die Stellungnahme des Bundeskanzlers, der von Musik ungefähr genauso viel verstand wie von Politik und bei einem hohen C in erster Linie an ein Vitamingetränk dachte, fiel entsprechend kurz aus: *Ein sehr gutes Orchester, da kann man gar nichts sagen.*

Die anschließende Meldung, dass die österreichische Innenministerin Maria Sperr spurlos verschwunden war, ging angesichts dieser nationalen Katastrophe fast unter.

Veronika Sandleitner überlegte gerade, was der Absturz der Wiener Philharmoniker für ihre Karriere bedeuten könnte, als Philipp Hintersteiner mit einem verlegenen Lächeln das Geschäft betrat. Veronika verzog das Gesicht und schaltete das Radiogerät aus.

»Guten Morgen«, sagte Philipp und wippte mit dem Oberkörper vor und zurück. Er schob Veronika den Abholschein über den Tisch. »Ich möchte gerne die Fotos abholen und hätte hier einen neuen Film zum Entwickeln.« Er behielt die Filmrolle in der Hand und wartete gespannt auf Veronikas Reaktion.

Veronika nahm den Schein und schüttelte bedauernd den Kopf. »Es tut mir leid, aber ich konnte die Fotos nicht entwickeln. Entweder war der Film defekt oder irgendetwas bei deiner Kamera ist nicht in Ordnung.«

Philipp machte ein verzagtes Gesicht. Wie sollte er unter diesen Umständen mit Vroni ein Gespräch über die Fotos mit den penisförmigen Pilzen führen? Er war maßlos enttäuscht, zumal er heute mit dem Gefühl aufgebrochen war, Vroni ein entscheidendes Stück näherkommen zu können. Gerade nach der Demütigung durch seinen Vater hätte er eine Mitstreiterin wie Vroni dringend gebraucht.

»Das ist sehr schade«, antwortete Philipp, »weil einige wirklich gute Aufnahmen dabei waren. Dass aber etwas mit der Kamera nicht in Ordnung ist, kann ich mir nicht vorstellen, weil ich das ja hätte merken müssen. Hoffentlich hat es bei diesem Film keine Probleme gegeben.« Philipp deutete auf die Filmrolle und wartete auf den neuen Abholschein.

Veronika steckte den Film in ein nummeriertes Kuvert, trennte den Schein ab und überreichte ihn Philipp. »Du kannst die Fotos übermorgen abholen.«

Philipp steckte den Schein ein. »Ich wollte fragen, ob ich dann mit dir vielleicht über einige Fotos sprechen könnte. Es sind nämlich einige ganz spezielle Aufnahmen dabei.«

Veronika runzelte die Stirn. »Das ist eigentlich nicht mein Job«, sagte sie und drehte sich um.

Philipp blieb noch kurz vor dem Ladentisch stehen und strich mit dem Finger unsicher über die Glasplatte. Er betrachtete die fettige Spur, die er hinterließ. Er nickte Veronika zu: »Na gut, danke, also dann bis Donnerstag.«

Philipp verließ enttäuscht den Fotoladen und fragte sich, ob ihn der neue Film tatsächlich seinem Ziel näher bringen würde. Andererseits: Wenn er nicht endlich einen entscheidenden Schritt wagte, würde er Vroni nie für sich gewinnen. Er blickte zum Himmel und sah, dass es auch heute wieder extrem heiß werden würde. Als er die Straße überquerte, kam ihm der Hilfsgendarm Stallinger auf dem Moped entgegen, der mit seinem Gefährt vor Veronika Sandleitners Geschäft stehen blieb.

»Fixhalleluja, Naz, lass mich mit deinen verdammten Hirnpofesen in Ruhe. Hast du in der Früh nicht die

Nachrichten gehört?« Aloysius Hintersteiner schlug mit der Faust auf den Tisch, an dem ihm Ignaz Pamminger gegenübersaß. Der Metzger hatte ihn gerade wegen der Fleisch- und Wurstlieferungen für die *Felsenbar* angesprochen.

»Ja, mein Gott, die Wiener Philharmoniker sind halt abgestürzt. Aber was haben denn die Philharmoniker mit Bad Fucking zu tun? Sollten die am Ende hier ein Konzert geben?«

»Nein«, schrie Hintersteiner, »es geht nicht um die Philharmoniker, es geht um die verschwundene Innenministerin, deren Baufirma in Bad Fucking investieren wollte.«

Pamminger wurde hellhörig und sah Hintersteiner lauernd an. »Davon weiß ich ja gar nichts, dass die Gemeinde etwas mit der Innenministerin geplant hat. Um welches Projekt handelt es sich denn? Habt ihr wieder die Idee mit dem Hotel am Höllensee ausgegraben?«

Hintersteiner biss sich auf die Unterlippe. »Ach, nichts, nichts. Das war nur so eine Idee. Also, wie viel willst jetzt für die Lagerung der Leiche haben?«

Der Fleischhauer überlegte kurz und antwortete ausweichend. »Weißt eh, dass heute Abend die Mitgliederversammlung vom Wellisch seinem Verein ist. Und wenn der mitkriegt, dass da etwas im Busch ist mit dem Hotel am Höllensee – .«

»Wer redet denn von einem Hotel?«, unterbrach ihn Hintersteiner schroff. »Ich will wissen, wie viel Miete du für die zwei Tage willst, die die Leiche in deinem Kühlraum liegt.«

Pamminger betrachtete nachdenklich seine dreckigen Fingernägel. »Ich würde sagen, fünfhundert Euro, schließlich –.«

Der Bürgermeister sah den Fleischhauer entgeistert an. »Fünfhundert Euro? Ja, bist du denn vollkommen übergeschnappt? Ich gebe dir hundert Euro aus der Gemeindekasse und Schluss.«

Pamminger stand auf und machte eine abwehrende Geste. »Das ist viel zu wenig. Du weißt ja gar nicht, was für einen Zirkus ich zu Hause habe. Meine Frau macht mir die Hölle heiß wegen der Leiche im Kühlraum.« Er machte eine kurze Pause. »Aber ich mache dir einen Vorschlag. Du beziehst für die *Felsenbar* probehalber für die nächsten zwei Monate warmen Leberkäse, Debreziner und Wurstsemmeln, und dafür gebe ich mich mit zweihundertfünfzig Euro zufrieden. Und auf die Hirnpofesen verzichte ich auch.«

Der Bürgermeister schüttelte den Kopf. »Weißt du, dass das fast eine Erpressung ist, was du mir da vorschlägst?«

»Geh, Lois«, antwortete der Fleischhauer lachend, »mach dich nicht lächerlich. Zwischen uns gibt's keine Erpressung. Ich bin ein kleiner Metzger, ich kann gar niemanden erpressen. Ja, höchstens meine Frau, wenn ich ihr sage, dass sie die Pappen halten soll, weil ich sie sonst auch in den Kühlraum lege.«

Hintersteiner stand auf und begleitete den immer noch lachenden Pamminger zur Tür. »Ilse«, rief er seiner Sekretärin zu, »zahle dem Pamminger zweihundertfünfzig Euro für die Vermietung des Kühlraums aus. Im Betreff schreibst: Begräbnis Vitus Schallmoser.«

»Mit Beleg?«, fragte Frau Sussalek beflissen.

»Natürlich mit Beleg«, antwortete der Bürgermeister ungehalten, »was denn sonst?«

Bereits eine Stunde, nachdem ihr der Hilfsgendarm Arthur Stallinger den Film gebracht hatte, saß Veronika Sandleitner an der alten Entwicklungsmaschine der Firma *Omnia* und kontrollierte die Qualität der Fotos, die langsam durch den Schlitz in den Auffangbehälter geschoben wurden. Die Aufnahmen waren nichtssagend, aber von der Qualität her in Ordnung. Stallinger hatte zwar gesagt, dass Dr. Ulrich die Fotos erst um zwei abholen werde, aber da wenig zu tun war, wollte Veronika die stupide Arbeit so schnell wie möglich hinter sich bringen. Außerdem konnte sie bei dieser Gelegenheit auch gleich den Film der Nervensäge Philipp Hintersteiner entwickeln.

Wenn sie Stallinger richtig verstanden hatte, handelte es sich bei den Fotos um Privataufnahmen Dr. Ulrichs sowie um einige *offizielle Polizeifotos*, die im Zusammenhang mit dem Tod Vitus Schallmosers standen.

An den Hoteldirektor Vitus Schallmoser konnte sie sich nur noch vage erinnern, auch wenn die Turbulenzen rund um den Konkurs des von ihm geführten Hotels *Europa* wochenlang Ortsgespräch waren.

Die Fotos, die im Auffangbehälter landeten, waren typische Schnappschüsse, wie sie milliardenfach in der Urlaubszeit gemacht wurden. Veronika kannte Dr. Ulrichs Frau Jasmin vom Sehen und wusste daher, dass die Frau, die auf den Fotos vor einer Kirche oder einem Restaurant posierte, Dr. Ulrichs Ehefrau war. Nach der Digitalanzeige zu schließen, fehlten noch vier Fotos, und Veronika wartete gespannt auf die *offiziellen Polizeifotos*, von denen Stallinger gesprochen hatte. Das Foto mit der Nummer 33 sah für ein Polizeifoto allerdings merkwürdig aus, und Veronika wartete, bis auch die drei letzten Fotos im Korb gelandet waren.

Sie legte die Fotos mit den Nummern 33, 34, 35 und 36 nebeneinander auf und konnte zwischen diesen Aufnahmen keinerlei Zusammenhang erkennen. Auf dem einen Foto war die stark behaarte Vulva einer Frau zu sehen, die einen grauen Arbeitsmantel trug und offensichtlich auf einem Arztstuhl lag. Die drei anderen Fotos zeigten den toten Schallmoser, wobei die Fotos wegen der schlechten Lichtverhältnisse in der Höhle unscharf waren. Veronika sah sich die Fotos noch einmal in aller Ruhe an, ehe ihr klar wurde, dass das Foto mit der Nummer 33 und die Fotos vom toten Schallmoser nichts miteinander zu tun hatten. Hier konnte es sich nur um ein Missverständnis handeln. Da der Film Dr. Ulrich gehörte, war es naheliegend, dass das ominöse Foto von ihm gemacht worden war.

In Veronika machte sich ein Gefühl von Müdigkeit breit. Sie lehnte sich zurück, schloss die Augen und wünschte sich, irgendwo ganz weit weg zu sein. Was gingen sie all diese Dinge hier an? Der eine fotografierte penisförmige Pilze, der andere eine stark behaarte Vulva, und sie musste sich das alles ansehen. Aber musste sie das wirklich? Sie hätte die Fotos ja auch ungesehen in die Kuverts stecken und den jeweiligen Kunden kommentarlos übergeben können. Es war noch nicht einmal halb zehn am Vormittag, und sie war bereits so erschöpft, dass sie am liebsten gleich wieder ins Bett gegangen wäre. Letzte Nacht hatte sie nicht viel geschlafen, und Veronika fragte sich, wie sie die nächsten Tage, Wochen und Monate überstehen sollte. Noch zehntausend Euro schuldete sie der Bank, die sie frühestens in zwei Jahren zurückzahlen konnte. Frühestens! Und während sie jeden Tag rechnete, bis wann der verdammte Kredit abgezahlt sein würde, vergnügte sich der Zahnarzt mit –. Ja, mit wem eigentlich? Veronika wurde plötzlich hellwach und sah sich das Foto noch einmal an. ›Die Sache liegt doch auf der Hand‹, dachte sie. ›Der Zahnarzt hat was mit seiner Putzfrau, obwohl er verheiratet ist und nach außen hin den treuen Ehemann spielt.‹ Sie hatte zwar keine Ahnung, wie es um Dr. Ulrichs Ehe stand, aber mit etwas Phantasie konnte sie sich ausmalen, was hier gespielt wurde. Veronika spannte das Negativ noch einmal in die Maschine, spulte es bis zum Foto mit der Nummer 33 vor und machte davon einige Abzüge.

Lumpi war ein Phänomen. Keine vierundzwanzig Stunden nach seiner schweren Verletzung machte der Hund bereits die ersten Gehversuche und schien sich ganz wohl zu fühlen. »Braver Lumpi«, sagte Bartl und zog die Wörter in die Länge, damit Lumpi auch wirklich verstand, was sein neues Herrli sagte. Der Verband, den Bartl nach seiner Rückkehr von seinem Ausflug in die Höhle erneuert hatte, war an einigen Stellen zwar immer noch blutdurchtränkt, aber die Wunden am Bauch sahen nicht mehr so schlimm aus wie am Vortag.

Während Bartl überlegte, was er dem Hund zum Fressen geben könnte, streckte dieser sein Hinterteil von sich, machte einige laute Grunzgeräusche und kackte auf den Teppich. Er beschnupperte den von ihm fabrizierten Haufen und legte sich wieder gemütlich auf sein Matratzenlager. Gut möglich, dass der Hund wegen seiner Verletzungen die Orientierung verloren hatte und nicht mehr wusste, wo drinnen und draußen war. Aber auch wenn Bartls Behausung nicht besonders sauber war, gehörte Hundescheiße nicht zu den Dingen, die der alte Hoteldiener in seinen eigenen vier Wänden haben wollte. Bartl sah zuerst auf den Haufen, dann auf Lumpi, und dabei fiel ihm auf, dass der Hund tatsächlich ziemlich hässlich war. Lumpi war eine Mischung aus einem Dackel, einem Pinscher und einem Zwergrattler. Beim Wettbewerb um den Titel *Hässlichster Hund der Welt* hätte er zweifellos große Chancen auf einen Podestplatz gehabt. Bartl holte eine alte Zeitung und wischte, so gut es ging, den Scheißhaufen vom Teppich. Den Papierknäuel mit der Hundescheiße hielt er dem Hund vor die Nase. »Lumpi, ab heute nur noch draußen Gacki, Gacki machen, verstanden?« Der Hund sah ihn an, gähnte ausgiebig und schlief mit einem zufriedenen Knurren ein.

Nachdem er die Hundescheiße entsorgt und sich die Hände gewaschen hatte, setzte sich Bartl an den Tisch und betrachtete die Tierzeichnungen, die er in der Höhle gefunden hatte. Die Holzkiste hatte er im Wald weggeworfen, aber die Zeichnungen wollte er sich als Andenken an Schallmoser behalten. Er setzte seine Brille auf und entdeckte auf der Rückseite der Zeichnung mit dem Pferd eine handschriftliche Notiz.

Hotel Europa – Bartl?

Höhlen von Lascaux + Vallon-Pont-d'Arc

Investoren?

GesmbH

Parkplatz Lichtung Kalteiswald?

War das das ominöse Schriftstück, von dem Schallmoser in letzter Zeit des Öfteren gesprochen hatte? Bartl konnte sich auf das alles keinen Reim machen und fragte sich, ob es einen Zusammenhang mit dem Brief gab, den ihm Schallmoser vor einigen Wochen mitgegeben hatte und der an Kilian in Prag adressiert war. Bartl hatte sich zwar gewundert, weshalb Schallmoser seinem Sohn nach all den Jahren wieder einen Brief schrieb, aber nichts gesagt, weil es darin möglicherweise um das

Sparbuch ging, von dem Bartl das Geld für Schallmosers Versorgung abhob und auf dem nur noch knapp einhundert Euro lagen.

Am meisten Sorgen bereitete Bartl aber das Fragezeichen neben seinem Namen. Sollten die Notizen am Ende bedeuten, dass Schallmoser vorhatte, das Hotel *Europa* zu renovieren und Bartl hinauszuwerfen? Aber von welchem Geld hätte Schallmoser das alles bezahlen wollen? Bartl hatte die genauen Hintergründe von Schallmosers Konkurs und dem damit zusammenhängenden Gerichtsverfahren zwar nie ganz durchschaut, aber er wusste, dass Schallmoser mit Ausnahme des wertlosen Waldgrundstücks, auf dem seine Wohnhöhle lag, alles verloren hatte.

Und was die Notiz *Parkplatz Lichtung Kalteiswald?* bedeuten sollte, war ihm ebenfalls ein Rätsel. Zur Lichtung im Kalteiswald führte weder eine Straße, noch gab es sonst irgendeine Zufahrtsmöglichkeit.

»Aber der Vitus hat doch einen halbwegs vernünftigen Eindruck gemacht, als ich ihn die letzten Male besucht habe«, murmelte Bartl und nahm seine Brille ab. Was ihn quälte, war die Frage, wie es mit seinem Quartier im Hotel *Europa* weitergehen würde. Solange Vitus Schallmoser noch lebte, hätte es niemand gewagt, ihn aus dem Hotel hinauszuwerfen, auch wenn Schallmoser gar nicht mehr Eigentümer des Hotels war, weil er es bereits vor seinem Konkurs auf seine damalige Frau Karin überschrieben hatte.

Die paar Jahre, die ihm noch blieben, wollte Bartl unter allen Umständen in seiner alten Behausung bleiben. »Komm, Lumpi«, sagte er nachdenklich, »wir gehen ein bisschen spazieren.«

Veronika Sandleitner stand vor dem Hotel *Zum Hohen Hirn* und kochte vor Wut. Sie öffnete die Hoteltür und ging geradewegs auf Philipp zu, der hinter der Rezeption am Computer saß und noch immer mit der Belegungsliste beschäftigt war. In der Lobby lungerten ein paar Cheerleader mit ihren Pompons herum und warteten auf den Rest der Gruppe.

»Philipp, ich muss sofort mit dir reden!«

Philipp zuckte zusammen und drückte vor lauter Verwirrung mehrere Tasten gleichzeitig, woraufhin der Computer einen jammernden Ton von sich gab und abstürzte.

»Oh, hallo«, sagte er, und stand auf. »Äh, ja, was gibt es denn? Ich wollte übermorgen ohnehin –.«

»Ich habe deinen Film gerade entwickelt«, unterbrach ihn Veronika, »und möchte mit dir darüber reden. Können wir das in deinem Büro machen?«

Philipp lief rot an und strich sich mit der Zunge über seine Fieberblase. »Ja, natürlich, ja.«

Veronika folgte ihm ins Büro. Philipp warf durch die Glastür einen Blick auf die Cheerleader, von denen einige die Szene interessiert beobachteten.

Veronika setzte sich Philipp gegenüber und legte einen Packen Fotos auf den Tisch. Philipp fuhr sich nervös mit der Hand über den Mund und zuckte leicht zusammen, als er seine Fieberblase berührte.

»Kannst du mir erklären, was das soll?« Veronika legte fünf Fotos wie Spielkarten nebeneinander auf.

Philipp betrachtete die Fotos und stotterte. »Ich habe mir gedacht, dass ich, naja, ich meine –«.

»Was hast du dir gedacht? Dass ich mir die Fotos ansehe, herlaufe und mit dir ins Bett gehe? Hast du dir das gedacht?«

Philipp lachte gequält, weil ihm in diesem Augenblick klar wurde, dass die ganze Aktion ihr Ziel verfehlt hatte.

»Naja, nicht unbedingt. Aber ich dachte, vielleicht gefallen dir die Fotos.«

»Fotos von deinem Pimmel, auf dem mit Filzstift VRONI steht? Warum hast du eigentlich nicht VERONIKA draufgeschrieben?«

Philipp kaute an seinen Fingernägeln.

»Ich sag's dir, warum: Weil er für VERONIKA nicht groß genug ist.«

Philipps Stimme zitterte. »Ist das so schlimm? Alle Leute fotografieren sich nackt. Das wirst du doch am besten wissen. Und ich wollte dir eben auf diese Weise sagen, dass ich immer an dich denke, wenn –.«

»Wenn du dir einen herunterholst? Sag einmal, bist du vollkommen übergeschnappt?« Sie sah Philipp scharf an. »Was glaubst du eigentlich, was passiert, wenn ich diese Fotos deinem Vater zeige?«

Philipp schien nicht genau zu verstehen, was Veronika damit sagen wollte. »Wieso, ich meine, warum solltest du das tun?«, stammelte er. »Das geht doch meinen Vater nichts an.« Philipp spürte, wie die Schweißflecken auf seinem weißen Hemd größer wurden.

»Hör mir jetzt einmal genau zu.« Veronika schaute Philipp in die Augen. »Ich verlange Lösegeld für die Fotos. Du bekommst die Negative samt den Abzügen, wenn du mir fünftausend Euro gibst. Verstehst du?«

Philipp saß wie versteinert da und hoffte, sich verhört zu haben. »Was willst du?« Philipp stand auf und ging auf die andere Seite des Tisches. »Das kann doch nicht dein Ernst sein. Gib mir sofort die Negative.«

Veronika blieb ruhig. »Du glaubst doch nicht, dass ich die Negative bei mir habe. Die befinden sich an einem sicheren Ort, ich bin ja schließlich nicht blöd.«

Philipp ging nervös auf und ab. »Das ist doch völlig

absurd. Erstens habe ich das Geld nicht und zweitens steht dieser Betrag in keinem Verhältnis zu den Fotos. Ich dachte einfach, ich könnte dir auf diese Weise –. Ich weiß auch nicht.«

Veronika hatte davon geträumt, Opernsängerin zu werden, und jetzt saß sie mit einem pickelgesichtigen Burschen in Bad Fucking in einem Büro und verhandelte über Fotos, auf denen ein Pimmel zu sehen war, auf dem in großen Lettern ihr Name stand. Am liebsten wäre sie aufgestanden und weggelaufen. Aber das konnte sie nicht, weil sie heute einige Dinge klären musste. Und zwar ein für alle Mal.

»Gut, wenn du der Meinung bist, dass der von mir geforderte Betrag in keinem Verhältnis zu den Fotos steht, dann sage mir, was dir die Fotos wert sind.«

Durch die Glastür sah Veronika, wie die kichernden Cheerleader die Lobby verließen. Philipp drehte sich kurz um, wandte sich aber gleich wieder Veronika zu. »Ich weiß nicht«, sagte er und zuckte mit den Schultern, »eigentlich sind sie das wert, was die Ausarbeitung kostet. Also die üblichen vierzehn Euro.«

»Vierzehn Euro? Diese Fotos?« Veronika verzog den Mund und lächelte gequält. »Du kannst dir das Ganze bis morgen Nachmittag überlegen. Dann gibst du mir Bescheid. Ich verlange fünftausend Euro und keinen Cent weniger.« Sie stand auf und deutete auf die ominösen Fotos. »Die schenke ich dir. Die kannst du dir auf die Wand neben deinem Bett hängen.«

Es war kurz vor eins, als am Westbahnhof in Wien Milena Jesenská in der Nähe der Schließfächer stand und die nähere Umgebung beobachtete. Milena, die mit richtigem

Namen Ludmilla Jesenská hieß, war sechsundzwanzig Jahre alt, stammte aus Prag und arbeitete als Einbrecherin. Begonnen hatte sie ihre Karriere in den Straßen der tschechischen Hauptstadt, wo sie das Handwerk der Taschendiebin erlernte und später zur Einbrecherin ausgebildet wurde. Seit sie vor einigen Jahren aus einem Prager Antiquariat für einen Kunden Bücher Franz Kafkas gestohlen hatte und bei dieser Gelegenheit den Briefwechsel des Dichters mit Milena Jesenská gelesen hatte, verwendete sie diesen Namen als Nom de Guerre.

Milena trug eine schwarze Perücke und Sonnenbrillen, was nicht weiter auffiel. Die meisten Menschen trugen an diesem heißen Sommertag Sonnenbrillen. Die Umhängetasche, in der sich Toiletteartikel, ein Handy, eine Digitalkamera, eine Pistole und ein paar Kleidungsstücke befanden, fühlte sich wegen der Hitze schwerer an, als sie tatsächlich war. In der linken Hand hielt Milena einen Fotochip, in der rechten einen Zettel mit einem vierstelligen Zahlencode, der ihr vor zwei Stunden telefonisch durchgegeben worden war. Das Mietauto hatte Milena bereits zurückgebracht, und wenn alles gut ging, würde sie den Zug um 13 Uhr 58 noch erreichen und wäre um spätestens sieben zu Hause in ihrer Wohnung in Prag.

Der Deal, den sie gerade zum Abschluss bringen wollte, war lukrativ. Sie hatte an einem bestimmten Ort in Österreich Digitalfotos gemacht und sollte jetzt den Chip in einem Schließfach am Wiener Westbahnhof deponieren. Ihr Honorar in Höhe von dreitausend Euro würde in diesem Schließfach liegen. Es war eines der üblichen Zug-um-Zug-Geschäfte.

An sich hätte der Austausch bereits gestern Abend stattfinden sollen, war aber dann kurzfristig auf heute verschoben worden. Ihr Mittelsmann in Prag hatte sie gestern angerufen und gefragt, ob sie verrückt geworden sei und wie es überhaupt zu diesem Zwischenfall in der Höhle kommen konnte. Milena hatte kein Wort verstanden und mehrmals versichert, dass alles nach Plan abgelaufen sei und sie den Auftrag, wie vereinbart, erledigt habe. Da Milena befürchtete, dass die ihr unbekannten Auftraggeber nur nach einem Vorwand suchten, um sie auszutricksen, erklärte sie ihrem Mittelsmann in aller Deutlichkeit, dass sie auf keinen einzigen Cent des vereinbarten Honorars in Höhe von dreitausend Euro verzichten werde. Eine Stunde später erhielt sie dann einen neuerlichen Anruf ihres Mittelsmannes, der ihr mitteilte, dass es sich offenbar um einen Irrtum gehandelt habe und das Zug-um-Zug-Geschäft am nächsten Tag um dreizehn Uhr am Westbahnhof stattfinden würde.

Nach diesen Telefonaten hatte sich bei Milena ein ungutes Gefühl breit gemacht, und sie wusste, dass sie noch vorsichtiger sein musste als sonst. Außerdem hielt sie sich im Ausland auf, was die ganze Sache noch zusätzlich verkomplizierte.

Als Milena sah, dass sich von der linken Seite zwei Polizisten und von der rechten Seite einige jugendliche Rucksacktouristen den Schließfächern näherten, reagierte sie blitzschnell. Sie eilte zum Fach mit der Nummer 13, gab den Code ein und sah, dass es leer war. Milena drehte sich um, steckte den Chip in ihre Umhängetasche und wollte so schnell wie möglich verschwinden, als sie merkte, dass sie in eine Falle getappt war. Links und rechts von ihr standen plötzlich zwei Typen, die mit ihren Sonnenbrillen, Strohhüten und Stadtplänen auf den ersten Blick wie Touristen aussahen. Einer der Männer, ein bulliger Typ um die dreißig mit Schnauzbart und Mundgeruch, sagte ihr auf Tschechisch, dass sie ihnen den Chip geben solle und dann verschwinden könne. Milena benötigte einige Sekunden, um sich ein Bild von der Lage zu machen. Klar war, dass sie nicht um Hilfe rufen konnte. Wie hätte sie der Polizei die Pistole in ihrer Tasche und die Perücke auf ihrem Kopf erklären sollen? Klar war aber auch, dass sie den Chip unter keinen Umständen hergeben wollte. Die beiden Männer, die sich immer wieder umsahen, drückten Milena gegen die Schließfächer und forderten sie erneut auf, ihnen den Chip auszuhändigen. Nach einer kleinen Rangelei gelang es Milena, sich vom Schließfach zu lösen, was die Typen aber nicht daran hinderte, sie weiterhin an den Armen festzuhalten.

Bereits beim Betreten des Westbahnhofs hatte Milena festgestellt, dass die gesamte Anlage eine riesige Baustelle war. Überall gab es provisorische Holztreppen, Absperrungen, Bauzäune und Umleitungen. Wenn sie eine Chance haben wollte, ihren Bewachern zu entkommen, musste sie sich so schnell wie möglich Richtung Ausgang bewegen. Als einige Passanten bereits interessierte Blicke auf die merkwürdige Dreiergruppe warfen, versuchte Milena, ein paar Schritte nach vorne zu machen. Den beiden Männern blieb gar nichts anderes übrig, als sich eng an Milena zu schmiegen, wodurch die drei wie siamesische Drillinge aussahen. Unter den gegebenen Umständen konnte Milena zwar nur kleine Schritte machen, kam auf diese Weise aber dem Ausgang zumindest schrittweise näher. Zum Glück für Milena patrouillierten die Polizisten in Sichtweite, weshalb die beiden Männer kein Aufsehen erregen durften.

Jetzt war der provisorische Ausgang noch etwa zwanzig Meter entfernt, und Milena sah, dass es auf dem Platz davor ziemlich chaotisch zuging. Autos parkten in zweiter Spur, Bauarbeiter dirigierten LKWs durch Parklücken und Reisende warteten auf Taxis. Milena und ihre Begleiter hatten sich stillschweigend auf ein gemeinsames Tempo geeinigt, das von Milena vorgegeben wurde. Das merkten auch die beiden Männer, die immer nervöser wurden. »Verdammt noch mal«, sagte jetzt der zweite auf Tschechisch, »gib uns sofort den Chip, oder du bekommst Probleme.« Um seiner Drohung Nachdruck zu verleihen, zwickte er Milena so fest in den Oberarm, dass sie kurz aufschrie und sich dabei losriss. Das war ihre Chance. Während sich ihre Bewacher verdutzt ansahen, klemmte sich Milena ihre Tasche unter den Arm und sprintete los. Die beiden nahmen sofort die Verfolgung auf und rannten ein paar japanische Touristen über den Haufen. »Halt, halt, stehenbleiben!«, riefen jetzt auch die Polizisten, die es angesichts der Hitze aber vorzogen, die Amtshandlung gleich wieder abzubrechen. Schließlich war ja nicht erkennbar, ob ihr Eingreifen überhaupt nötig war, und außerdem gab es in der Wachstube bald Kebab vom Türken. Mit viel Zwiebeln und Ketchup.

Milena lief an Radfahrern, Fußgängern, Schülern und Müllmännern vorbei und verschwand irgendwann im Eingang eines Hauses.

Veronika Sandleitner wusste, dass sich eine solche Chance nur einmal bot. Das war auch der Grund, weshalb sie so aufgewühlt war, als sie auf Dr. Ulrich wartete, der um vierzehn Uhr die Fotos abholen wollte. Sie sah alles ganz klar vor sich: Bereits in ein paar Tagen konnte sie den Kredit zurückzahlen, und einer Übersiedelung nach Wien stand nichts mehr im Weg. Es war wie im Märchen.

Als Dr. Ulrich das Fotogeschäft betrat, bekam Veronika Sandleitner weiche Knie.

»Ich möchte die Fotos abholen, die heute Früh abgegeben wurden«, sagte der Zahnarzt unfreundlich.

»Hier sind die Fotos.« Veronika deutete auf den Stapel, der vor ihr lag. »Möchten Sie sie vorher noch ansehen?«

»Nein, nein, geben Sie her, bezahlt sind sie ja bereits.«

»Ja, das schon«, sagte Veronika und schob Dr. Ulrich das Foto entgegen, das er am Vortag in seiner Ordination gemacht hatte.

Dr. Ulrich starrte auf das Foto. ›Verdammte Scheiße‹, dachte er. Er wurde noch wütender, als er ohnehin schon war. »Was soll das?«, fragte er scharf. »Was geht Sie das überhaupt an, welche Fotos ich mache? Geben Sie sofort die Fotos her, sonst –.«

»Sonst was?«, fragte Veronika und wunderte sich über ihre eigene Courage. »Gehen Sie sonst zu Ihrer Frau und sagen ihr, dass Sie in Ihrer Ordination Ihre Putzfrau nackt fotografieren?«

Der Zahnarzt warf einen Blick auf das Foto, auf dem der graue Arbeitsmantel Jagodas und der Behandlungsstuhl klar zu erkennen waren. »Ich glaube, Sie haben zu viele schlechte Filme gesehen.« Er lächelte sarkastisch. »Geben Sie die Fotos sofort her oder ich schicke Ihnen die Polizei vorbei.«

»Bitte, bitte, hier haben Sie die Fotos.« Veronika deutete auf den Packen, der vor ihr auf dem Ladentisch lag. »Den Negativstreifen der letzten sechs Aufnahmen habe ich mir übrigens behalten. Und natürlich auch ein paar Abzüge des Fotos mit der Nummer 33.«

Dr. Ulrich nahm das von Veronika erwähnte Foto und steckte es in die Brusttasche seines weißen Hemds. »Also gut«, sagte er, »was wollen Sie von mir?«

»Ich verlange für das Negativ und die Abzüge fünftausend Euro. Und zwar bis morgen Abend.«

Der Zahnarzt begann laut zu lachen. »Sie sind ja verrückt. Wissen Sie, was Sie von mir bekommen? Einen Tritt in den Arsch bekommen Sie von mir. Und jetzt geben Sie mir das Negativ samt den Abzügen, bevor ich handgreiflich werde.«

»Das Negativ befindet sich an einem sicheren Ort, ich bin ja schließlich nicht blöd.« Veronika hatte das Gefühl, sich in einer Zeitschleife zu befinden. Hatte sie vor wenigen Stunden nicht die gleichen Worte zu Philipp Hintersteiner gesagt? »Sie haben bis morgen Abend Zeit, sich die Sache zu überlegen. Rufen Sie mich an, wie Sie sich entschieden haben. Hier ist meine Telefonnummer.« Veronika drückte dem sichtlich verwirrten Zahnarzt ihre Karte in die Hand.

Dr. Ulrich steckte die Karte ein und nahm die Fotos. »Sie hören von mir, darauf können Sie Gift nehmen«, sagte er im Hinausgehen.

Nachdem Dr. Ulrich die Tür hinter sich geschlossen hatte, setzte sich Veronika nieder und starrte auf den kleinen Vorlegeteppich. Wenn sie von links nach rechts zählte, kam sie auf dreiundzwanzig Farbstreifen, von rechts nach links aber nur auf zweiundzwanzig. Irgendetwas stimmte hier nicht.

Die Modedesigner Sunny Tingfang, Sven Brolin und Adalbert Zucker standen in ihrem Atelier um den großen Zuschneidetisch, auf dem Stoffe, Zeitschriften, Scheren, Maßbänder und Schnittbögen lagen. Durch die Badezimmertür drang das monotone Geräusch einer Dusche. Auf der Couch in der Ecke des Ateliers lagen

Milena Jesenskás Umhängetasche und eine schwarze Perücke.

Die Chinesin Sunny Tingfang, der Schwede Sven Brolin und der Österreicher Adalbert Zucker – alle Ende zwanzig – waren Betreiber des Labels YEAH.MODE. DESIGN. Ihrem Aussehen und dem Haschischduft im Atelier nach zu schließen, waren sie Anhänger der Hippie-Bewegung, eine Vermutung, die durch Poster von Janis Joplin, Jimi Hendrix und Jim Morrison bestätigt wurde. Nicht ganz in diese Ahnenreihe passte freilich ein Plakat der Popgruppe ABBA.

Adalbert, der den Standventilator neben der Couch auf die höchste Stufe gestellt hatte, drückte die Wiederholungstaste des CD-Players, aus dessen Lautsprecherboxen *White Rabbit* von *Jefferson Airplane* klang. Diese Nummer gehörte zu Adalberts Lieblingssongs, weil er die darin geschilderten Drogenerfahrungen selbst gerne einmal gemacht hätte. *When you've just had some kind of mushroom / And your mind is moving slow / Go ask Alice / I think she'll know*, sang Grace Slick mit ihrer unverwechselbaren Stimme.

»Alberto, bitte«, sagte Sunny, »dreh bitte den CD-Player ab, wir haben hier ein Problem zu lösen, bei dem uns deine Alice aus dem Wunderland auch nicht weiterhelfen kann.«

Sunny war die Einzige, die Adalbert *Alberto* nannte, weil sie fand, dass dieser Name besser zu dem verspielten Typen mit dem rotblonden Wuschelkopf passte als das strenge Adalbert.

»O.K.«, sagte Adalbert und drückte die Stopptaste, »aber so groß ist das Problem ja nun auch wieder nicht, wie du tust.«

»Entschuldige«, antwortete Sunny gereizt, »aber da trommelt am helllichten Tag eine Tschechin gegen unsere

Tür und fleht uns an, sie zu verstecken, und du sagst, wir hätten kein Problem. Und dass sie eine Perücke trägt, ist für dich scheinbar auch etwas ganz Normales.«

Adalbert setzte sich auf die Couch und schlug die nackten Beine übereinander. »Was ist denn schon passiert? Fakt ist, dass sie offenbar von jemandem verfolgt wurde. Gut, im Haus habe ich niemanden gesehen, und auf der Straße sind mir auch keine Typen aufgefallen, die so ausgesehen hätten, als wären sie hinter jemandem her, aber man kann ja nie wissen. Ich schlage vor, dass wir erst einmal abwarten, was sie uns erzählt.«

Sunny warf ihrem Freund Sven Brolin einen auffordernden Blick zu. Sven redete nicht gerne. Er hatte Sunny vor fünf Jahren während eines Stromausfalls in der Wiener U-Bahn kennengelernt. Erst nach zwei Stunden hatte er mit der ihm gegenübersitzenden Chinesin die ersten Worte gewechselt, aber dann war es Schlag auf Schlag gegangen, und die beiden wurden bereits ein Jahr später ein Paar. Dass der passionierte Biertrinker Sven ABBA-Fan war, störte Sunny anfangs zwar ein wenig, aber in der Zwischenzeit hatte sie sich an Schnulzen wie *Mamma Mia*, *Knowing Me, Knowing You* oder *The Winner Takes It All* gewöhnt.

Sven, dem als Nordländer die anhaltende Hitzewelle besonders zu schaffen machte, beantwortete Sunnys auffordernden Blick mit einem Achselzucken und einem »Nojo«, was so viel heißen sollte wie »Naja«.

Sunny wollte gerade etwas sagen, als das Duschgeräusch aufhörte. Während sie darauf warteten, dass Milena aus dem Bad kam, läutete es an der Tür. Sunny, Sven und Adalbert sahen einander an. Als es ein weiteres Mal läutete, sprang Adalbert auf und öffnete das Fenster. »Sunny, los, zünde ein paar Räucherstäbchen an.« Er schnappte sich Milenas Rucksack und Perücke und ging, ohne anzuklopfen, ins Badezimmer. Dort wechselte er mit Milena ein paar Worte und kam mit hochrotem Kopf zurück. Er sah sich kurz um und ging hinaus. Wenig später stand er mit zwei Polizisten im Atelier.

»Wonach riecht es denn hier?«, fragte der Jüngere der beiden Polizisten und schnupperte wie ein Hase.

Sunny zeigte auf die Räucherstäbchen und lächelte. »Das sind chinesische Räucherstäbchen, die eine beruhigende Wirkung haben.«

»Arbeiten Sie hier?«, fragte der zweite Beamte und sah Sunny scharf an.

»Ja, ich arbeite hier in diesem Atelier«, antwortete Sunny freundlich.

Der Beamte holte sein Handy aus der Brusttasche seiner Uniformjacke. »Kann ich Ihre Papiere sehen?«

Sunny ging zu ihrem Rucksack, der an einem Bein des Zuschneidetischs lehnte, und überreichte dem Beamten ihre Aufenthalts- und Arbeitspapiere. Als Ausländerin, die seit fast fünfzehn Jahren in Wien lebte, hatte sie es sich zur Gewohnheit gemacht, ihre Dokumente immer mit sich zu führen.

Die Beamten begutachteten die Papiere, und nach einem skeptischen Blick sagte der Ältere. »Geh, Fredl, ruf an und frag, ob die in Ordnung sind.«

Während der jüngere Polizist eine Nummer wählte, sah sich der ältere um und musterte Sven. Adalbert stand neben der Tür zum Bad und hoffte, dass man nicht sah, dass seine Knie schlotterten. Ihm wäre jetzt lieber gewesen, er hätte keine kurze Hose getragen.

»Ja, hier ist Hacker, 25812. Du, schau einmal nach, ob eine gewisse Sunny Tingfang – ja, Tingfang ist der Familienname – geboren am 13. August 1982 in – warte –

in Cangyuan in der Provinz Yunnan – ja, Cangyuan mit C und Ypsilon und Yunnan ebenfalls mit Ypsilon – ja, genau – ob die eine gültige Aufenthalts- und Arbeitserlaubnis hat.«

Nach wenigen Augenblicken sagte der Beamte enttäuscht in sein Telefon. »Ach so, alles in Ordnung. Na gut, kann man nichts machen. Warte kurz.« Der Beamte wandte sich an seinen Kollegen. »Kurtl, dein Kebab auch mit einer Extraportion Ketchup und Zwieberln, oder? – Ja, ja, für ihn auch mit Zwieberln. Alles klar. Ja, ja, wir beeilen uns, bis nachher.«

Der Beamte warf Sunnys Papiere auf den Zuschneidetisch. »Glück gehabt.«

»Entschuldigen Sie, aber worum geht es denn überhaupt?«, fragte Adalbert mit unschuldiger Miene.

»Wir haben vor zehn Minuten zwei Ausländer festgenommen, die auf ihrer Flucht nach einem Einbruch eine Frau mit einem Kinderwagen über den Haufen gerannt haben. Bei ihrer Verhaftung haben sie etwas von einer Komplizin erzählt, die in dieses Haus geflüchtet sein soll.«

»Und die Einbrecher waren Chinesen?«, fragte Sunny.

»Nein, keine Chinesen«, antwortete der Ältere, »Tschechen. Oder Slowaken. Oder Rumänen. So genau wissen wir das noch nicht.«

Der Jüngere, dessen Magen laut knurrte, wurde ungeduldig. »Komm, Kurtl, wir gehen.«

Adalbert begleitete die beiden Beamten nach draußen. Als er ins Atelier zurückkam, warf ihm Sunny einen nicht gerade freundlichen Blick zu.

»Ja, ja, schon gut«, sagte Adalbert schuldbewusst, »wir klären das jetzt alles und sehen dann weiter. Ich sage Milena, dass sie aus dem Bad kommen kann.«

Adalbert ging zur Badezimmertür und klopfte. »O. K., you can come out now.«

Milena öffnete die Tür und hob bedauernd die Schultern. »I'm so sorry, to make you trouble, but you really help me.« Milena trug ein T-Shirt und eine kurze Sporthose. Ihre blonden, halblangen Haare hatte sie nach hinten gekämmt.

»So, what are we doing now?«, fragte Sunny unfreundlich. »The police was here and they are obviously looking for you.«

Milena machte eine beschwichtigende Geste. »No, no, that is a misunderstanding. The police is not looking for me.«

»Let's sit down«, sagte Adalbert und deutete Milena, neben ihm auf der Couch Platz zu nehmen. Sven setzte sich auf einen Sessel, Sunny blieb demonstrativ stehen.

»We will help you«, sagte Adalbert nervös, »but you have to tell us, what's going on. We don't want to get in trouble.«

»Can I have a cigarette?«, fragte Milena in die Runde.

»Of course.« Adalbert bot ihr eine seiner selbst gedrehten Zigaretten an.

Milena nahm einen tiefen Zug und erzählte, dass sie vergangene Woche in Prag, wo sie lebe, von einem Bekannten mit der Bitte angerufen worden war, an einem bestimmten Ort in Österreich Fotos in einer schwer zugänglichen Höhle zu machen.

Auf Sunnys Frage, ob Milena Fotografin sei, antwortete sie ausweichend, dass man das so nicht sagen könne.

Milena erzählte weiters, dass sie den Chip am Westbahnhof in einem Schließfach deponieren sollte, es dabei aber zu Schwierigkeiten kam und sie deshalb flüchten musste.

Schön langsam dämmerte es auch Adalbert, dass die Sache offenbar ein bisschen komplizierter war als er angenommen hatte.

Nach einer längeren Verlegenheitspause schaltete sich auch Sven in das Gespräch ein. »Sunny, vielleicht wäre das ein Fall für deine Götter.«

»He, das ist gar keine schlechte Idee«, pflichtete ihm Adalbert bei und nickte Sunny aufmunternd zu.

»Ich glaube, ich höre nicht recht. Ihr habt euch doch über meine Götterbefragungen immer lustig gemacht, und jetzt auf einmal findet ihr sie gut? Ich verstehe nicht, was das soll? Ihr wisst genau, dass ich eine befristete Arbeitserlaubnis habe, die nur verlängert wird, wenn ich nicht mit dem Gesetz in Konflikt gerate.«

»What did she say?«, fragte Milena.

»We just talk about the situation, there is no problem.«

»No problem?«, fragte Sunny gereizt und sah Milena an. »There are a lot of problems, because we don't know, what's going on here.«

Plötzlich läutete das Telefon und wie auf ein Kommando hin blickten alle vier zum Apparat, der auf einem kleinen Beistelltisch neben der Couch stand. Es läutete ein zweites Mal, und obwohl es ein ganz normaler Klingelton war, machte sich ein Gefühl breit, als würde von draußen etwas Bedrohliches in den Raum eindringen.

»Soll ich abheben?«, fragte Sunny.

»Nein, warte lieber«, sagte Adalbert.

Nach dem fünften Klingelton schaltete sich der Anrufbeantworter ein und man hörte Sunnys Stimme: *Yeah, Sie haben sich entschieden für ein Produkt aus unsrem Haus. Herzlichen Glückwunsch zu diesem guten Kauf. Sunny Tingfang, Sven Brolin und Adalbert Zucker sind momen-*

tan leider nicht erreichbar. Nach dem Signalton können Sie uns gerne eine Nachricht hinterlassen, wir rufen Sie zurück. Danke und alles Gute für die Zukunft.

Nach dem Ertönen des Signaltons blieb es einige Sekunden still, dann knackste es in der Leitung und das Band wurde automatisch zurückgespult.

Sunny atmete tief durch und blickte in die Runde.

»Wahrscheinlich hat sich nur jemand verwählt«, sagte Adalbert. »Everything is o.k., no problem.«

Milena drückte ihre Zigarette aus und stand auf. »O.K., wait a moment.«

Sie ging ins Badezimmer und kam mit ihrer Umhängetasche zurück. Adalbert befürchtete schon, Milena würde gehen, aber sie setzte sich wieder neben ihn und holte eine Digitalkamera und einen Chip aus ihrer Tasche. »Here are the fotos, which I want to show you. Maybe we can see them on your computer.«

Wenige Minuten später saßen die vier um einen Laptop und betrachteten einige schlecht ausgeleuchtete Fotos. Milena zündete sich eine weitere Zigarette an.

»Sind das Höhlenmalereien?«, fragte Adalbert in die Runde.

Auf dem Monitor sah man einen Bison mit heraushängenden Eingeweiden, der mit seinem Schwanz einen kleinen Mann niederstreckte, eine Art Strichmännchen, das mit rechtwinkelig abstehendem Geschlechtsteil nach hinten fiel. Auf anderen Fotos sah man Bären, Antilopen und ein riesiges Nashorn mit nach vorne gebeugtem Schädel und zwei imposanten Hörnern. Dann waren zwei mächtige Mammuts zu sehen, die miteinander kämpften. Und schließlich sah man ein Pferd, dessen Beine im leeren Raum vergeblich nach Halt suchten. Es machte den Eindruck, als würde es vom Himmel fallen.

»So, what is this about?«, fragte Sunny, während sich Milena eine weitere Zigarette anzündete.

»These are the pictures from the cave, which I took yesterday«, antwortete Milena und blies langsam den Rauch in die Luft.

»And where is this cave?«

»The name of the village is Bad Fucking.« Milena blickte in drei fragende Gesichter.

Dr. Ulrich saß am Schreibtisch und wählte dieselbe Nummer, die er am Tag zuvor gewählt hatte, als Jagoda und Bartl gerade den Hund verarzteten. Die Szene im Fotogeschäft hatte das Fass endgültig zum Überlaufen gebracht, und es war höchste Zeit, einige Dinge zum Abschluss zu bringen. Während er auf die Verbindung wartete, betrachtete er das Foto, das der Grund für Veronika Sandleitners lächerlichen Erpressungsversuch war. ›Die sollen mich alle am Arsch lecken.‹

Am anderen Ende der Leitung meldete sich Kilian Schallmoser, der nach wie vor in seinem Zimmer im Hotel *Zur Stadt Prag* saß und vergeblich auf die Übergabe des Chips mit den Fotos von den Höhlenmalereien wartete. Eigentlich hätte diese Aktion der Prolog zu seinem großen Auftritt in Bad Fucking sein sollen, aber so, wie es aussah, musste dieser Auftritt noch ein wenig warten. In seiner grenzenlosen Dummheit hatte er geglaubt, sich die dreitausend Euro für die Beschaffung der Fotos ersparen zu können, indem er zwei Typen losschickte, die der betreffenden Person den Chip einfach abnehmen sollten. Dabei kannte er die Spielregeln ganz genau: Aufträge, die ordnungsgemäß ausgeführt wurden, mussten auch bezahlt werden. Das hatte während der fünf Jahre, die er in Prag im Halbschatten verbrachte, immer so funktioniert. Aber nachdem Kilian vor ein paar Wochen aus Prag abgehauen war und der Deal in Österreich über die Bühne ging, hatte er sich eingebildet, dass sich das alles *irgendwie* schon ausgehen werde.

»Jetzt reg dich nicht auf, verdammt noch einmal«, sagte Kilian gereizt. »Mein Mittelsmann in Prag hat mir versprochen, dass alles glatt über die Bühne gehen wird. Ich habe gerade wieder mit ihm telefoniert, aber er erreicht momentan die zuständigen Leute nicht.«

Das war natürlich gelogen, denn Kilians Mittelsmann in Prag hatte ihn sofort angerufen, als er von Milena erfahren hatte, dass es bei der Übergabe zu Problemen gekommen war, und die sofortige Bezahlung des vereinbarten Honorars verlangt. Wer die Person war, die die Fotos von den Höhlenmalereien gemacht hatte, wusste Kilian natürlich nicht. Die Agenturen arbeiteten grundsätzlich nach dem Prinzip, dass Auftraggeber und Täter aus Sicherheitsgründen einander nicht kannten. Wurde jemand bei einem Diebstahl oder Einbruch erwischt, konnte die Polizei die Spur nie bis zum Auftraggeber zurückverfolgen.

In Prag hatte Kilian fünf Jahre lang für die Agentur *Impex Praha* gearbeitet, die offiziell *Waren aller Art* ein- und ausführte. Während eines kleinen Drogendeals in Prag war Kilian an einen Mitarbeiter dieser Firma geraten, und da er ohnehin nicht wusste, wie er sich über Wasser halten sollte, hatte er den ihm angebotenen Job angenommen. Chef dieser Agentur war Jiří Chalupka, ein ehemaliger Agent des tschechischen Geheimdiensts, den alle nur *Rambo* nannten und der über beste Beziehungen zur Polizei verfügte.

Zu Kilians Tätigkeitsbereich gehörten ausschließlich Autodiebstähle, wobei Gewalt gegen Personen unbedingt zu vermeiden war. Dafür waren andere Agenturen zuständig. Auch die Taschendiebstähle während der Sommermonate wurden von bestimmten Agenturen organisiert, deren Operationsgebiete genau abgesteckt waren. Versuchte jemand, auf eigene Faust Geschäfte zu machen, kam die betreffende Person zunächst einmal mit einem blauen Auge davon, beim zweiten Mal musste sie bereits mit einer gebrochenen Schulter rechnen, und beim dritten Mal konnte es sein, dass ihr das *Lied von der Moldau* vorgesungen wurde: *Am Grunde der Moldau, da wandern die Steine ...*

Als Autodieb hatte man pro Monat zwei bis drei Einsätze zu erledigen, bei denen nur ganz bestimmte Marken gestohlen wurden. Einmal waren Opel-Kleinwägen gefragt, ein andermal Toyota-Jeeps oder Volvo-Kombis. Pro Nacht wurden maximal fünfzehn Autos gestohlen, die bis zu einem bestimmten Zeitpunkt an einem festgelegten Ort abzuliefern waren. Von dort wurden die Fahrzeuge über verschiedene Grenzübergänge nach Polen, Ungarn, in die Slowakei oder – in seltenen Fällen – nach Rumänien gebracht. Für Autoschieber, Drogendealer, Menschenhändler und Geldfälscher waren die offenen Grenzen innerhalb der EU ein Geschenk des Himmels, und es gab keinen Großkriminellen, der auch nur ein schlechtes Wort über die EU verloren hätte. Dass seit der Ermordung von mehr als zweihundert Roma und Sinti in Ungarn die Grenzen zu diesem Land vorübergehend geschlossen waren, war ein Wermutstropfen, der aber leicht zu verschmerzen war.

Das Honorar für einen Autodiebstahl betrug üblicherweise zwischen zwei- und dreitausend Euro. Kilian verdiente also genug, um sich neben einer kleinen Mietwohnung auch noch Drogen und Prostituierte leisten zu können. Auseinandersetzungen mit Dealern und Zuhältern, zu denen es in letzter Zeit immer häufiger gekommen war, waren dann auch der Grund gewesen, weshalb Kilian von *Rambo* gekündigt worden war. *Rambo* legte Wert darauf, dass sich seine Leute möglichst unauffällig verhielten. Da Kilian wusste, wie in Prag der Hase lief, kam diese Stadt als Operationsgebiet für ihn nicht mehr in Frage. Der Brief seines Vaters, der ein Versöhnungsangebot enthielt, das er nicht ausschlagen konnte, war also gerade zum richtigen Zeitpunkt gekommen.

»Mich interessieren diese Geschichten nicht mehr«, schrie Dr. Ulrich in den Telefonhörer. »Ich hätte mir ja denken können, dass alles, was du anpackst, schief läuft. Genau wie damals –.«

Das waren exakt die Worte, die Kilian in seiner momentanen Situation nicht hören wollte. »Hör auf mit dieser alten Geschichte. Du weißt so gut wie ich, dass das nicht meine Schuld war.«

Die *alte Geschichte* hatte sich vor zehn Jahren zugetragen, als Kilian seinem Kumpanen Jakob vorgeschlagen hatte, in den Sommerferien einen Mercedes SLK 500 von München nach Palermo zu überstellen. Die Überstellung von Fahrzeugen war immer schon ein florierender Geschäftszweig gewesen, bei dem Studenten viel Geld verdienen konnten. Obwohl Jakob bei der ganzen Aktion ein mulmiges Gefühl hatte, ließ er sich von Kilian schließlich überreden, und die beiden fuhren nach Palermo, wo sie allerdings kein Überstellungshonorar kassierten, sondern verhaftet wurden. Beim Mercedes hatte es sich um ein gestohlenes Fahrzeug gehandelt, das aber wahrscheinlich trotz der Beschlagnahme durch die Polizei nicht mehr nach Deutschland rücküberstellt wurde.

Die zwei Wochen im Gefängnis von Palermo gehörten jedenfalls zu den schlimmsten Erfahrungen, die Dr. Ulrich je gemacht hatte, und waren auch der Grund für das Ende seiner Freundschaft zu Kilian gewesen. Im Laufe der Jahre hatten sich die beiden zwar wieder versöhnt, aber ihr Verhältnis blieb distanziert. Die Kluft zwischen ihnen hatte sich noch vergrößert, als Jakob sein Medizinstudium abgeschlossen hatte und Kilian plötzlich als Versager dastand. Kilian hatte zwar versucht, im Hotel seines Vaters Karriere zu machen, war aber kläglich gescheitert. Allerdings war sich Dr. Ulrich nicht sicher, ob nicht in Wirklichkeit Kilian die treibende Kraft hinter den finanziellen Turbulenzen war, die Vitus Schallmoser schließlich ins Gefängnis brachten. Dass Kilian nämlich sofort nach der Verurteilung seines Vaters von der Bildfläche verschwand, schien alles andere als ein Zufall gewesen zu sein.

»Und außerdem«, fuhr Kilian zu seiner Verteidigung fort, »brauchst du nicht so zu tun, als hätte nur ich Dreck am Stecken.«

Dr. Ulrich platzte jetzt endgültig der Kragen. »Weißt du was, ich möchte mit der ganzen Sache nichts mehr zu tun haben und bestehe darauf, dass du mir sofort meine fünftausend Euro zurückzahlst. Da ich ja annehme, dass du morgen zum Begräbnis deines Vaters nach Bad Fucking kommst, können wir die ganze Angelegenheit gleich vor Ort regeln.«

Kilians Antwort kam ohne Zögern. »Das kannst du dir abschminken. Wir haben vereinbart, dass du fünftausend Euro in das Unternehmen investierst und du am Ende des Jahres die doppelte Summe herausbekommst. Schau dir die Vereinbarung an, die du unterschrieben hast.«

»Das heißt also, dass ich die fünftausend Euro morgen nicht zurückbekomme?«

»Ich halte mich an unsere Abmachung«, sagte Kilian und legte auf.

Dr. Ulrich saß in der Falle, weil er wusste, dass Kilian noch einen Trumpf im Ärmel hatte. Kilian hatte ihm seinerzeit nämlich jenen Doppelgänger vermittelt, der an der Uni Wien in seinem Namen die Lateinprüfung ablegte, ohne die er das Medizinstudium nicht hätte abschließen können. Jakob war in Latein eine Niete und hätte diese Prüfung nie und nimmer geschafft. Also war er heilfroh, dass ihm Kilian in dieser brenzligen Situation aus der Patsche half. Die Fahrt nach Palermo war so etwas wie Jakobs Gegenleistung für diesen Freundschaftsdienst gewesen, allerdings hatte er das Gefühl, dass der Preis dafür zu hoch war.

Dr. Ulrich wollte gerade zum Tresor gehen, als plötzlich Jagoda Dragičević in der Tür stand.

»Jagoda, was machen Sie hier? Heute ist doch Dienstag.«

»Ja, ich weiß«, antwortete Jagoda und warf einen Blick auf den Schreibtisch, wo das ominöse Foto lag. »Ich bin vorbeigekommen, weil ich mit Ihnen reden muss.«

Dr. Ulrich stellte sich neben den Schreibtisch und schob das Foto unter die Zeitschrift *Dentamed*. »Worüber müssen Sie mit mir sprechen?«

»Es geht um diese Sache zwischen uns«, antwortete Jagoda. »Ich werde Ihrer Frau erzählen, was wir beide gemacht haben.«

Dr. Ulrich war sich für einen kurzen Moment nicht sicher, ob nicht irgendwo im Raum eine Kamera versteckt war. Für eine dieser lustigen Sendungen im Fernsehen. »Was haben Sie gesagt? Sie wollen meiner Frau erzählen –.«

»Ich kann das nicht mehr machen«, sagte Jagoda und legte die Ordinationsschlüssel auf den Schreibtisch. Die Reserveschlüssel hatte sie sich vorsichtshalber behalten.

Jagoda hatte zwar den Faden verloren, wusste aber, dass sie zumindest einen Satz loswerden musste. Und dieser Satz lautete: »Ich möchte von Ihnen viertausend Euro, dann verschwinde ich für immer aus Bad Fucking, und Ihre Frau wird nie erfahren, was zwischen uns vorgefallen ist.«

Dr. Ulrich starrte Jagoda an und versuchte zu lachen. Irgendjemand erlaubte sich gerade einen Mordsspaß mit ihm. In seinem Kopf wurden die Namen Veronika Sandleitner, Kilian Schallmoser und Jagoda Dragičević durch einen Fleischwolf gedreht, und heraus kam so etwas wie VerodaSchallčevićKilonikaDragleitner.

Es war absurd. Vor vierundzwanzig Stunden war sein Leben noch in bester Ordnung gewesen – zumindest bildete er sich das in diesem Augenblick ein – und plötzlich stand alles Kopf.

»Ich verstehe das nicht, Jagoda, ich habe Sie doch immer bezahlt. Wollen Sie mehr Geld?«

»Nein«, antwortete Jagoda, »ich möchte zurück nach Belgrad. Und zwar so schnell wie möglich.«

»Belgrad?«, fragte der Zahnarzt überrascht. »Was wollen Sie in Belgrad? Ich dachte, Sie sind aus Kroatien.«

»Ich stamme aus Belgrad und möchte dorthin zurück, wo ich herkomme.«

»Ich verstehe«, sagte Dr. Ulrich und betrachtete das Cover der Zeitschrift *Dentamed*. Schöne Frauen zeigten schneeweiße Zähne, und braungebrannte Zahnärzte hielten lächelnd Hightech-Bohrer in die Kamera. »Sie wollen also zurück nach Belgrad und brauchen dazu Geld.«

»Ja«, antwortete Jagoda verunsichert. »Ich möchte von Ihnen viertausend Euro, dann wird Ihre Frau nicht erfahren, was zwischen uns beiden geschehen ist.«

»Das ist alles ein bisschen viel. Ich muss erst darüber nachdenken. Lassen Sie uns am Montag darüber sprechen.«

»Es wird keinen Montag mehr geben. Ich möchte das Geld bis morgen Nachmittag um Punkt 16 Uhr. Ich hole es mir hier ab.« Jagoda drehte sich um und verließ die Ordination.

Dr. Ulrich setzte sich nieder und nahm die beiden Schlüssel zur Hand, die Jagoda auf den Schreibtisch gelegt hatte. Auf dem runden Schlüsselanhänger stand *Beograd*, und das Reliefbild zeigte eine Burg und einen Fluss. Er holte das Foto unter der Zeitschrift hervor und betrachtete es wehmütig. »Das ist also auch vorbei«, murmelte er und zerriss das Foto.

»Wahnsinn! Also, wenn sich diese Malereien tatsächlich in dieser Höhle befinden, dann ist das eine absolute Sensation.« Adalbert deutete auf den Monitor seines Laptops. »Hier, das ist ein Bericht über die Höhlen im Ardèche-Tal in Südfrankreich. Wenn ich das richtig verstanden habe, wurde in Europa bisher nur eine einzige Höhle mit solchen Tiermalereien entdeckt. Da steht es: *Speläologen nennen die grandiose, nahezu 35.000 Jahre alte Steinzeitgalerie bei Vallon-Pont-d'Arc einen Jahrhundertfund. Euphorische Archäologen erhoben die prähistorischen Künstler, die mit Pflanzenrot und Kohleruss ganze Horden von Rentieren, aber auch Auerochsen, Rhinozerosse, angreifende Raubkatzen und galoppierende Wildpferde verewigten, zu Eiszeit-Michelangelos.*

Adalbert las murmelnd weiter und fasste das Gelesene zusammen. »Der Ansturm von Touristen hat die ganze Region reich gemacht, und der Besitzer des Grundstücks, auf dem der Eingang zu dieser Höhle liegt, wurde sogar zum Millionär. Aber auch die Entdecker der Malereien haben Unsummen damit verdient. Alleine in Frankreich hat der Abdruck der Fotoserie im ersten Jahr 100.000 Euro eingebracht.«

»Na schön«, sagte Sunny, die aufmerksam zugehört hatte, »aber die entscheidende Frage ist doch: Was hat das alles mit uns zu tun?«

Milena saß neben Adalbert und sah in fragend an. »It seems«, sagte er, »that the paintings in this cave are a sensation. Who was your –«. Er wandte sich an Sven und Sunny. »Was heißt Auftraggeber auf Englisch?« Die beiden zuckten mit den Schultern. »Who was the person, you made the fotos for?«

»I don't know«, antwortete Milena.

»Also Tatsache ist«, schaltete sich Sunny wieder in das Gespräch ein, »dass wir überhaupt nicht wissen, welche Leute hinter der ganzen Sache stecken. Ich finde, wir haben schon genug für diese Frau getan. Eigentlich wollten wir heute die neue Hose für die Fashionweek in zwei Wochen entwerfen, und was machen wir? Wir sehen uns Bisons und Mammuts an, die irgendwer vor ein paar tausend Jahren gemalt hat. In China gibt es übrigens dutzende solcher Höhlen mit Tiermalereien.«

»Naja, China ist ja auch ein bisschen größer als Österreich«, antwortete Adalbert und gab ein neues Stichwort in die Suchmaschine ein. »Also, hier auf der Homepage von Bad Fucking steht kein einziges Wort von einer Höhle, geschweige denn von irgendwelchen Höhlenmalereien. Offenbar weiß niemand, dass diese Höhle überhaupt existiert.«

»Und von wem bekam Milena dann den Auftrag?«, fragte Sunny spöttisch.

Adalbert überlegte kurz. »Did you talk to anyone in Bad Fucking about the fotos? I don't understand, how you got the informations about the cave.«

Milena holte eine Landkarte aus ihrer Umhängetasche und legte sie auf den Tisch. »This was very easy.« Sie zeigte mit dem Finger auf eine angekreuzte Stelle. »They told me exactly, what I had to do. So I went by a rented car to Bad Fucking, walked through this wood and waited near a small cave, till a man and his dog went for a walk. Than I crawled from this small cave through a slut into this big cave, where I took the fotos of these paintings.«

Sunny runzelte die Stirn. »There were a man and a dog in this cave? That means, that the paintings are known?«

»No, no. The man and his dog do not live in the big cave with the paintings. They live in a small cave, which is separated from the other cave. They told me, that this man, who has long hair and a long beard, lives there as a kind of –.« Sie suchte nach dem passenden Wort. »As a kind of lonesome person.«

»Als Einsiedler vielleicht?«, fragte Adalbert.

»Ich verstehe nur Einbahn.« Sven stand auf, um sich einen Kaffee zu holen.

Adalbert lachte gequält. »Das heißt Bahnhof, nicht Einbahn. Do you also want a coffee?«

Milena nickte und zündete sich eine Zigarette an.

Die Kaffeemaschine zischte und gluckerte, und nachdem Sven die beiden Kaffeetassen auf den Tisch gestellt hatte, schaltete sich Sunny wieder in das Gespräch ein. »You said, they told you, what to do. But who are *they?*«

Milena nahm einen Schluck Kaffee und zuckte mit den Schultern. »I don't know. I never know, who the contractees are. I'm working for an agency –.« Sie griff erneut nach ihrer Tasse.

»Ich glaube, ich weiß, was hier gespielt wird«, sagte Sunny. »Das ist sicher eine kriminelle Organisation, für die sie arbeitet.«

Milena machte eine abwehrende Geste. »No, no, it was not criminal, what I did. But I understand, what you think. I only ask you, that I can stay till tomorrow here at your place. Tomorrow I will leave you.«

Adalbert machte ein unglückliches Gesicht. »Wir sollten das alles noch einmal in Ruhe überdenken. Diese Höhlenmalereien könnten tatsächlich eine Sensation bedeuten, und ich möchte in dieser Sache noch ein wenig recherchieren.«

Svens abschließender Kommentar lautete kurz und bündig: »Ich glaube, dass Sunny ihre Götter befragen sollte.«

Zur Jahreshauptversammlung des Vereins *Rettet die Aale* hatten sich im Extrastüberl des Gasthauses *Zum Mohren* der Vereinsobmann Julius Wellisch (enthusiastisch), der Hilfsgendarm Arthur Stallinger (widerwillig), der Gemischtwarenhändler Manfred Nutz (man muss im Geschäft ja mitreden können), der Totengräber Franz Schreckenschlager (wegen dem Gratisbier), die pensionierte Handarbeitslehrerin Theresia Sonnleitner (Umweltschutz!) und der Fleischhauer Ignaz Pamminger (sicher ist sicher) eingefunden. Wegen der Hitze hatte die

Kellnerin Roswitha bereits in der Früh die Vorhänge zugezogen, weshalb es im Stüberl noch mehr stank als sonst. Der Zigarettenrauch, der sich im Laufe der Jahrzehnte in die Wände hineingefressen hatte, und der Alkohol, der in die Holzdielen gesickert war, trugen das Ihre zur speziellen Duftnote in diesem Raum bei. Aber das schien die Anwesenden, von der Handarbeitslehrerin einmal abgesehen, nicht weiter zu stören.

Wellisch, der in der Abstellkammer neben dem WC ein altes Rednerpult gefunden hatte, legte sich seine Notizen zurecht und holte weit aus: »Es gibt keine Ausländer und auch keine Inländer. Wir kommen nämlich alle in Wirklichkeit aus dem Wasser. Das ist der Ursprung des Lebens, also auch von uns Menschen.«

»Genau, die Ausländer gehören alle ins Wasser!«, schrie der schwerhörige Totengräber, um sich sofort wieder seinem Bier und seiner stinkenden Virginia zu widmen.

Wellisch tat so, als hätte er den Zwischenruf gar nicht gehört. »Und gerade der Aal spielt in dieser Hinsicht eine ganz wichtige Rolle. Ich glaube, dass der Aal von den Indianern zu Recht als heiliges Tier verehrt wird. In diesem Punkt sollten wir uns ein Beispiel an den Indianern nehmen.«

Der Totengräber rief begeistert: »Genau, der Winnetou ist ein Heiliger!«

»Die Indianer haben den Aal in Ehren gehalten, weil er ihnen das Überleben ermöglicht hat. Der Aal könnte auch uns hier in Bad Fucking das Überleben sichern. Alles, was wir tun müssen, ist darauf vertrauen, dass er am 15. Juli bei Vollmond wieder in den Höllensee zurückkehrt.«

Die Handarbeitslehrerin war kurz eingenickt und ließ im Halbschlaf einen so lauten Furz, dass sie davon aufwachte. Peinlich berührt richtete sie sich ihre Frisur und tat so, als wäre nichts passiert. Der Fleischhacker Pamminger rümpfte die Nase und sagte halblaut: »So eine Sau.«

Wellisch bekam von diesem kleinen Zwischenfall nichts mit. »Sie werden kommen, in rauen Mengen werden sie kommen über die Wiesen und über die Felder und durch die Wälder, und sie werden sich im Höllensee niederlassen, und dann können wir sie fangen und die Touristen können kommen, sie können jedes Jahr kommen und Aale fangen, soviel sie wollen, und wir werden alle reich und schön werden.«

Plötzlich machte Wellisch eine Kunstpause und hob drohend seinen rechten Zeigefinger. »Aber es gibt einige in unserem Ort, die nicht wollen, dass die Aale zurückkommen. Es gibt einige, die am Höllensee ein Hotel bauen wollen, wo dann für die Aale kein Platz mehr wäre. Was soll dann aus den Aalen werden, frage ich euch?«

Der Gemischtwarenhändler Manfred Nutz fühlte sich angesprochen und antwortete achselzuckend: »Das weiß ich doch nicht.«

»Kennt ihr nicht das große Buch der Aale, an dem seit Jahrtausenden spitzfindige Denker, Mystiker und Skeptiker, Fabulierer und brillante Wissenschaftler arbeiten? Kennt ihr nicht den berühmten John Sidley, der 1980 in einer einzigen Saison einundzwanzig Aale mit mehr als einem halben Kilogramm, einundsiebzig Aale mit mehr als einem, vierundfünfzig Aale mit mehr als eineinhalb, fünfzehn Aale mit mehr als zwei, zwei Aale mit mehr als zweieinhalb und zwei Aale mit mehr als drei Kilogramm gefangen hat?«

»John wie? Ich kenne nur den John Wayne, aber der hat keine Aale gefangen, sondern Indianer«, murmelte Schreckenschlager.

»Kennt ihr nicht die Geschichte aus Pisa, wo im Jahr 1667 im Arno innerhalb von fünf Stunden eineinhalb Tonnen, das sind 500 Millionen Stück, Steigaale gefangen wurden? Wisst ihr, was das für Bad Fucking bedeuten würde?«

Die Handarbeitslehrerin Theresia Sonnleitner versuchte krampfhaft, Wellischs Ausführungen zu folgen. »Das heißt nichts anderes, als dass jeder der 1456 Einwohner Bad Fuckings Eigentümer von 343.406 Aalen wäre.«

So, wie Wellisch jetzt sprach, hätte man meinen können, einen amerikanischen Wanderprediger vor sich zu haben. »Ein Kilo Aal kostet heute auf dem Markt zehn Euro, bei 343.406 Aalen wären das für jeden Bad Fuckinger« – Wellisch machte an dieser Stelle eine Kunstpause – »wären das äh, äh, Unsummen, die er verdienen könnte, genau genommen wären das also 343.406 Euro.« Wellisch, dem das Rechnen bereits in der Schule Probleme bereitet hatte, wischte sich den Schweiß von der Stirn.

Der Fleischhauer Pamminger versuchte, das eingetrocknete Schweineblut von seinen Fingern herunterzukratzen, die Handarbeitslehrerin Sonnleitner war wieder eingeschlafen, der Totengräber Schreckenschlager nahm einen kräftigen Schluck von seinem Bier, der Hilfsgendarm Stallinger dachte sehnsuchtsvoll an seine Dachrinne, und der Gemischtwarenhändler Nutz tippte ein paar Zahlen in seinen Taschenrechner.

Als Wellisch weitersprechen wollte, wurde er von Nutz unterbrochen. »Moment, Wellisch, du hast doch gesagt, dass die Aale eineinhalb Tonnen gewogen haben, damals in Italien unten. Aber wenn ein Kilo Aal zehn Euro kostet, dann kriegt ja jeder Bad Fuckinger nur

17.115 Euro und 38 Cent, und nicht 343.406 Euro, wie du behauptet hast.«

Wellisch hatte ein wenig den Faden verloren und die Zahlenspielereien ja nur in seine Rede eingebaut, um die Leute zu ködern. Dass er sich aber so gewaltig verrechnet hatte, warf kein gutes Licht auf seine Tätigkeit als Vereinsobmann. Er trat in dieser Situation die Flucht nach vorne an. »Ich wollte doch nur herausfinden, ob ihr euch eure eigenen Gedanken macht bei dieser ganzen Angelegenheit, weil das ist ja das Wichtigste. So, ich schlage vor, wir stimmen jetzt darüber ab, damit ich dem Bürgermeister sagen kann, dass die Bürger von Bad Fucking dafür sind, dass der Höllensee so bleibt, wie er ist, und dass wir keinem Bauprojekt zustimmen werden.«

Als Erster hob der Fleischhauer die Hand. »Moment einmal, wie ist das denn, wenn jeder nur mehr Aale isst, kann ich dann meine Fleischhackerei zusperren, oder wie stellst du dir das vor?«

Wellisch antwortete ruhig. »Schau, die Bad Fuckinger werden am Anfang sicher öfter Aale essen als sonst. Aber denk daran, dass unter den tausenden Touristen auch viele Moslems sein werden, die gar keinen Aal essen dürfen, weil er bei denen ja als unreines Tier gilt.«

»Aber, Moment«, protestierte der Fleischhauer Pamminger, »die Moslems essen ja auch kein Schweinefleisch. Was soll ich denn mit den Moslems in Bad Fucking anfangen?«

Der schwerhörige Totengräber wusste überhaupt nicht mehr, worum es ging, und schlug mit der Faust auf den Tisch. »Die Moslems wollen in Bad Fucking eine Moschee errichten? Um Gottes willen, wo kommen wir denn da hin? Und was ist dann mit unserem Friedhof?

Ja seid's ihr denn alle narrisch geworden? Und die verschleiern uns am Ende noch unsere Frauen. Aber wann krieg ich jetzt endlich mein Geld für die Aale?«

Die pensionierte Handarbeitslehrerin wollte ebenfalls nach Hause gehen, um ihren Schal fertigzustricken, und hob zum Zeichen ihrer Zustimmung die Hand. »Ich bin auch dafür, dass wir jetzt abstimmen. Ich unterstütze den Antrag vom Herrn Inspektor Wellisch, weil der Umweltschutz vor allem für die Jugend wichtig ist.« Frau Sonnleitner griff zu ihrem Himbeer-Soda und nahm einen kräftigen Schluck.

Wellisch fasste das Schweigen im Saal als Zustimmung auf und erklärte die Sitzung kurzerhand für geschlossen.

Im Extrazimmer des Chinarestaurants *Zum himmlischen Frieden* hatten Sunny Tingfangs Eltern einen kleinen Altar aufgebaut, wie er in jener Gegend Chinas, aus der sie stammten, in fast jedem Haus zu finden war.

In der Mitte des Altars stand ein Gemälde, auf dem die drei Helden Guan Yu, Liu Bei und Zhang Fei zu sehen waren. Für Sunny Tingfang, Sven Brolin und Adalbert Zucker hatte dieses Bild durchaus Symbolcharakter, denn so wie sich Guan Yu, Liu Bei und Zhang Fei vor vielen hundert Jahren in einem Pfirsichgarten Treue geschworen hatten, hatten sich auch Sunny, Sven und Adalbert Treue geschworen. Allerdings nicht in einem Pfirsichgarten in China, sondern in einem Heurigenlokal in Wien.

Neben den erwähnten Helden war auf dem Bild auch noch Qinyi Zhen, *der Geist im blauen Rock*, der in China als Schutzgottheit der Seidenraupenzucht verehrt wird, zu sehen. Sunny war fest davon überzeugt, dass ihr

Qinyi Zhen in ihrem Beruf, in dem sie ja oft mit Seide zu tun hatte, Glück bringen würde. Flankiert wurde das Bild von zwei Buddha-Statuen.

Vor dem Gemälde stand ein kleiner, dreifüßiger Weihrauchkessel, um den zweiunddreißig *Gupais*, sogenannte *Knochenkarten*, gruppiert waren. Durch das Aufdecken dieser *Karten* und ihr Anlegen in Kreis- oder Rechteckkombinationen erhielt man von den Göttern Antworten auf wichtige Fragen. Sunny beschäftigte sich schon lange mit diesen aus Knochen hergestellten *Karten*, die, Dominosteinen ähnlich, unterschiedlich viele *Augen* aufwiesen. Aus der Art und Weise, wie die *Gupais* neben- oder untereinander zu liegen kamen, konnte man die Botschaften der Götter ablesen. Die Kombination *Drei oben* und *Vier unten* kündigte beispielsweise *ein ganzes Jahr voll Unruhe und Nervosität* an.

Sunny hatte sich ein reich besticktes Priestergewand aus Seide angezogen und vor dem Altar Aufstellung genommen. Sie zündete den Weihrauch an und murmelte ein paar Worte auf Chinesisch. *Gutes wird mit Gutem vergolten, Böses mit Bösem. Nichts wird vergessen, die Zeit der Vergeltung wird kommen.*

Obwohl Sven die Götterbefragung angeregt hatte und Adalbert die Idee gut fand, kamen sich beide jetzt reichlich deplatziert vor. Da saßen sie mitten in Wien im Extrazimmer eines Chinarestaurants und sahen ihrer Freundin Sunny bei einem Ritual zu, durch das sie angeblich eine Antwort auf die Frage erhalten würden, ob sie Milena Jesenská nun helfen sollten oder nicht. Für Adalbert stand allerdings bereits jetzt fest, dass er Milena nicht wegschicken würde, wie immer die Götterbefragung auch ausgehen mochte. Er hatte sich nämlich längst in sie verliebt.

Während Sunny den Weihrauchkessel schwenkte und sich im Raum ein angenehmer Duft verbreitete, kamen Sven Zweifel, ob es richtig gewesen war, Milena alleine im Atelier zurückzulassen. »Du, ich habe irgendwie ein komisches Gefühl«, flüsterte er Adalbert zu. »Womöglich steckt diese Braut mit irgendwelchen Ganoven unter einer Decke und die räumen seelenruhig unser Atelier aus, während wir hier sitzen und Sunny bei ihrer Götterbefragung zusehen.«

»Was sollten sie denn schon mitnehmen? Mit unseren Stoffen könnten sie ja gar nichts anfangen.«

»Und was ist mit dem Laptop? Und à propos Stoff: Wo hast du eigentlich den Stoff hingetan?«

»Das Kolumbianische Gold?«, fragte Adalbert überrascht. »Das habe ich doch heute dir gegeben, nachdem wir uns am Nachmittag die Joints gedreht haben. Und das Haschisch habe ich, wie immer, hinter den Bildbänden über afrikanische Stoffe verstaut.«

Sunny, die gerade die *Knochenkarten* mischte, drehte sich um. »Würdet ihr bitte ruhig sein. Wenn ihr dauernd redet, kann ich nicht verstehen, was mir die Götter sagen wollen.« Sie wandte sich wieder ihren *Gupais* zu, die sie in einer bestimmten Kombination auflegte, und blies vorsichtig in den Weihrauchkessel. Sie beobachtete aufmerksam den Rauch und hielt anschließend zwei Steine in die Höhe. Nach einer längeren Pause sagte sie mit feierlicher Miene: »Ich habe von den Göttern zwei Botschaften erhalten. Durch den Weihrauch ließen sie mir ausrichten: *Wer schon bei Kleinigkeiten Ungeduld verspürt, wird bei größeren Unternehmungen Fehler begehen.* Und die beiden *Gupais* zeigen mir die Kombination *yinian siji*, was so viel heißt wie: *Eine Frau sucht einen Geliebten in der falschen Jahreszeit.*«

Sunny verbeugte sich mehrmals vor dem Altar und blieb noch kurz mit geschlossenen Augen stehen. Dann zog sie sich ihr Priestergewand aus und setzte sich zu Sven und Adalbert an den Tisch.

»Also«, fragte Adalbert ungeduldig, »was bedeuten diese Botschaften im Detail und wie lauteten überhaupt deine Fragen?«

»Nur mit der Ruhe.« Sunny nahm einen Schluck grünen Tee. »Also, ich habe zwei Fragen gestellt. Die erste lautete: *Ist es klug, einem Menschen zu helfen, der etwas Böses getan hat?* Und die zweite: *Droht uns von jener Person, die heute Nachmittag in unser Atelier gekommen ist, Gefahr?*«

Adalbert erhob sofort Einspruch. »Moment mal, wer sagt denn überhaupt, dass Milena etwas Böses getan hat?«

Sunny holte vom Altar die beiden *Knochenkarten*, durch die sie die letzte Botschaft erhalten hatte, und legte sie auf den Tisch. »Das ist doch ganz klar: Der Weihrauch gab die Antwort auf die Frage, ob es klug sei, Milena zu helfen, und die Götter sagten eindeutig *nein*. Und die *Knochenkarten* antworteten auf die Frage, ob uns von Milena Gefahr drohe, mit *ja*. Hier an den Knochen sieht man, dass uns die Götter mitgeteilt haben, dass Milena zum falschen Zeitpunkt einen Geliebten sucht. Wenn ihr mich fragt, sollten wir Milena noch heute wegschicken.«

Adalbert betrachtete nachdenklich die beiden *Gupais*. Die Knochen hatte Sunny vor einigen Jahren aus ihrem Heimatort Cangyuan mitgebracht, um auf diese Weise den Kontakt zu ihren Ahnen aufrechtzuerhalten. Sie stammten von Sunnys Großvater mütterlicherseits, dessen Leichnam man einer alten Tradition gemäß zehn Jahre nach seinem Tod ausgegraben hatte, um seine Knochen in einer Urne zu sammeln und in einem Schrein auf dem Dorfplatz aufzubewahren. Bei einem späteren Besuch in Cangyuan sah Sunny, wie alte Frauen vor ihren Häusern Menschenknochen reinigten. Von ihren Eltern erfuhr sie, dass die Nachkommen das Recht hätten, aus den Knochen ihrer Vorfahren bestimmte Kultgegenstände herzustellen, durch die sie in direkten Kontakt mit ihren Ahnen treten konnten.

Adalbert griff nach einem der *Gupais* und strich langsam über die Vertiefungen. Beim Gedanken, dass es sich dabei um einen Knochen von Sunnys Großvater handelte, überkam ihn ein eigenartiges Gefühl. Was, wenn die Götter Recht hatten und Milena tatsächlich Dreck am Stecken hatte? Er wurde plötzlich unruhig und stand auf. »Wisst ihr was, ich fahre sofort ins Atelier und unterhalte mich noch einmal mit ihr.« Er blickte auf seine Armbanduhr. »Ich kläre die Angelegenheit und bin um Mitternacht wieder zurück. Wartet so lange auf mich.«

»Sollen wir nicht besser mitkommen?« In Svens Frage schwang ein besorgter Unterton mit.

Adalbert winkte ab. »Keine Angst, ich mache das schon. Und, Sunny, sag deiner Mutter, sie soll heute die Küche wirklich bis Mitternacht offen lassen. Ich sterbe nämlich vor Hunger.«

In jener Nacht beobachteten Meteorologen über dem Atlantik ein Phänomen, das ihnen gänzlich unbekannt war und von dem sie nicht wussten, was sie davon halten sollten. Es ging um die Verschiebung der Tropopause in eine Höhe, in der sich üblicherweise nur in den Tropen Gewitter bildeten. Seit Tagen zeigten Satellitenbilder aber, dass es sich bei den Gewitterzellen, die über dem

Atlantik in einer Höhe von mehr als zwanzig Kilometern entstanden, nicht um sogenannte *Overshooting Tops* handelte, sondern um ausgewachsene Gewitterherde mit einer Gesamtlänge von etwa fünfhundert Kilometern. Da die Intensität von Gewittern auch stark von der vorhandenen Labilitätsenergie abhängt, bedeutete dies, dass sich hier Unwetter zusammenbrauten, die es in dieser Form in diesem Teil der Erde noch nie gegeben hatte. Die Meteorologen standen vor einem Rätsel und hofften, dass die Gewitter, die sich in der Übergangsphase vom Wachstumsstadium zum Reifestadium befanden, noch vor Erreichen des europäischen Kontinents zerfallen würden. Berechnungen deuteten allerdings darauf hin, dass sich diese Superzellengewitterfront samt den dazugehörenden Tornados in wenigen Tagen direkt über Mitteleuropa entladen würde.

Als Adalbert das Atelier betrat, lag Milena auf der Couch und rauchte eine Zigarette. Sie hatte die Rollos heruntergezogen und einige Kerzen angezündet.

»Hello, Milena, how are you?«, fragte der Wuschelkopf aufgeräumt.

Milena setzte sich auf. »I'm o.k., but a little tired.« Sie drückte die Zigarette aus und deutete auf den Platz neben sich. »Come on, sit down and tell me, what the gods said.«

»Well, I don't know, how to explain it.« Adalbert wusste tatsächlich nicht, wie er ihr die Botschaft der chinesischen Götter hätte erklären sollen. »Do you want something to drink? I need a beer.« Er ging zum Kühlschrank und holte zwei Flaschen Bier. Er reichte Milena eine Flasche und setzte sich neben sie. »I hope, you like beer. Cheers.« Er stieß mit ihr an.

»Yes, yes, it's fine.« Milena lächelte. »I'm from Prague, so I'm used to drink beer.«

Er nahm einen kräftigen Schluck und stellte die Flasche auf den Couchtisch.

»You are very thirsty«, sagte sie, immer noch lächelnd.

»Yes, this terrible heat kills me.« Adalbert drehte die Flasche so, dass das Etikett zu ihm schaute.

Milena deutete auf Adalberts kurze Hose. »You have a nice short.«

»Oh, it's my design. It's very simple.«

»Yes, but it looks good. And the Flip-Flops?«

»They are designed by Sunny. She likes flowers.« Adalbert überlegte, ob er Milena den Entwurf für die Hose zeigen sollte, an der sie gerade arbeiteten. Der Stoff lag auf dem Zuschneidetisch, und er hätte sich als Designer ein bisschen in Szene setzen können.

Milena sah Adalbert an und lächelte. Er bekam eine Gänsehaut und griff nach der Flasche. Nach einem weiteren Schluck stellte er sie wieder so hin, dass das Etikett in seine Richtung schaute.

»I'm a little confused.« Milena streifte beiläufig seinen Arm. Mühle auf.

Adalbert verschluckte sich fast. »Me too«, sagte er und ärgerte sich im selben Moment, dass er das gesagt hatte.

Milena legte ihre Hand auf Adalberts Oberschenkel. »I know, it's complicated and I will explain it to you later. But please let me stay this one night here – with you.« Sie sah ihm in die Augen. Mühle zu.

Adalberts Herz schlug plötzlich neunzigmal pro Minute, was einem leichten Herzrasen gleichkam. Er holte sein Handy aus der Hosentasche und sah, dass es bereits halb zwölf war. »Just a minute, I have to make a phone call.«

Milena machte ein ängstliches Gesicht.

»It's o.k. I just have to call my friends.« Er wählte die Nummer des Restaurants und bat Frau Tingfang, Sunny ans Telefon zu holen. Sunnys Mutter sagte ihm in einem geheimnisvollen Tonfall, dass sie etwas *ganz Spezielles* für ihn gekocht habe. Wenige Augenblicke später kam Sunny ans Telefon. Adalbert druckste herum und erklärte ihr schließlich, dass er heute leider nicht mehr kommen könne und sie sich morgen um zehn im Restaurant treffen würden. Sunny war sauer, weil ihre Mutter extra eine Hundekeule aus ihrer Schatztruhe geholt hatte und er sich offenbar auch nicht an das Urteil der Götter halten wollte. Adalbert versicherte ihr, dass dem nicht so sei, und verabschiedete sich. Er schaltete das Handy aus und steckte es in die Hosentasche.

»Is everything o.k.?«

»Yes, yes.« Adalbert leerte die Flasche. Das Bier beruhigte ihn. Er stand auf, ging zum Kühlschrank und stellte zwei weitere Flaschen auf den Couchtisch. »Just a second«, sagte er und verschwand für ein paar Minuten im Badezimmer. Was er dort gemacht hat, weiß nur er.

Als er zurückkam, hielt Milena ein Buch in der Hand. Sie deutete auf das Bücherregal. »I have found it there.«

»Oh, Kafka.« Adalbert setzte sich neben Milena. »I love Kafka.« Er lächelte sie an und sah, dass sie auf der Nase ein paar Sommersprossen hatte. Süß.

»I love him too. Here, for example: *Ein Landarzt.* This is one of my favorite stories. May I read a part of it for you?« Mühle auf.

Adalbert war völlig durcheinander. Er nickte nur und sagte. »Yes, please.«

»Come here, lay down.« Milena deutete auf ihren Schoß. Mühle zu.

Milena schaltete die Lampe neben der Couch ein und begann zu lesen.

Ja, der Junge ist krank. In seiner rechten Seite, in der Hüftengegend hat sich eine handtellergroße Wunde aufgetan. Rosa, in vielen Schattierungen, dunkel in der Tiefe, hell werdend zu den Rändern, zartkörnig, mit ungleichmäßig sich aufsammelndem Blut, offen wie ein Bergwerk obertags. So aus der Entfernung. In der Nähe zeigt sich noch eine Erschwerung. Wer kann das ansehen, ohne leise zu pfeifen?

Adalbert hatte die Augen geschlossen und Sunnys Götter längst vergessen. Milena fuhr ihm durch die Haare und las weiter.

Würmer, an Stärke und Länge meinem kleinen Finger gleich, rosig aus eigenem und außerdem blutbespritzt, winden sich, im Innern der Wunde festgehalten, mit weißen Köpfchen, mit vielen Beinchen ans Licht. Armer Junge, dir ist nicht zu helfen.

Milena hörte kurz zu lesen auf. »Jetzt kommt eine meiner Lieblingsstellen.«

Ein Schulchor mit dem Lehrer an der Spitze steht vor dem Haus und singt eine äußerst einfache Melodie auf den Text:

›Entkleidet ihn, dann wird er heilen,
Und heilt er nicht, so tötet ihn!‹

Sie legte das Buch zur Seite und schaltete die Lampe aus. Adalbert, der noch immer mit geschlossenen Augen auf ihrem Schoß lag, fuhr plötzlich hoch.

»Moment einmal«, sagte er verwirrt, »warum kannst du denn so gut Deutsch?«

Milena lächelte ihn an und machte ein unschuldiges Gesicht. »Es tut mir leid, aber ich war mir nicht sicher, ob ich euch vertrauen kann, und da dachte ich, es ist besser, zunächst einmal abzuwarten.«

Adalbert war baff. War Milena nur ein durchtriebenes Luder, das ihn ausnutzen wollte, oder war sie tatsächlich in Gefahr und in ihn verliebt? Er fragte sich, ob die Tatsache, dass sie ihm ausgerechnet die Erzählung *Ein Landarzt* vorlas, etwas zu bedeuten hatte. Würde ihn Milena töten, wenn er sich nackt zu ihr ins Bett legte? Und bezog sich der Satz: *Armer Junge, dir ist nicht zu helfen*, auf ihn? Er dachte an die Götter, deren zweite Antwort gelautet hatte: *Eine Frau sucht einen Geliebten in der falschen Jahreszeit.* Jetzt war Sommer, die Erzählung *Ein Landarzt* spielt im Winter. Hatte das etwas zu bedeuten oder ging gerade seine Phantasie mit ihm durch?

Milena zog ihr T-Shirt aus und sah Adalbert an. Mühle auf. Er bekam einen trockenen Mund. Sein Herz schlug jetzt bereits einhundertmal pro Minute. Mehr wäre bereits gesundheitsgefährdend gewesen. Adalbert versuchte, an etwas zu denken, was ihn ablenkte. An etwas völlig Unerotisches. An Adalbert Stifter, zum Beispiel.

Nicht einmal Sunny und Sven wussten, dass Adalbert nach diesem Schriftsteller benannt worden war. Zum Zeitpunkt von Adalberts Geburt war sein Vater Stifterianer gewesen, weshalb sein Sohn klarerweise nur Adalbert heißen konnte. Adalbert war über diesen Namen nicht besonders glücklich, gleichzeitig aber froh, nicht später geboren worden zu sein. Da war sein Vater nämlich bereits Anhänger von Jean Paul. Und Adalbert Zucker war ihm allemal lieber als Jean Zucker. Adalbert dachte also an Stifter, und schon konnte er Milenas Brüste betrachten, ohne gleich in Ohnmacht zu fallen. Trotzdem hielt er sich sicherheitshalber an seiner Bierflasche fest.

Milena griff nach seiner freien Hand und legte sie zwischen ihre Schenkel. Erst jetzt fiel Adalbert die Tätowierung an Milenas Hüfte auf. Drei ineinander verschlungene Schlangen formten einen Kreis, in dessen

Mitte sich ein Totenkopf befand. Adalbert ließ die Bierflasche los und kniete sich vor Milena auf den Boden. Milena drehte ihren Körper und deutete auf die Tätowierung: »You want to kiss it?«

Adalbert fragte sich, weshalb Milena ausgerechnet jetzt wieder englisch sprach, aber noch bevor er eine Antwort darauf fand, entledigte sie sich ihrer Shorts. Unterhose trug sie keine. Fickmühle zu.

Mit den Aalen, die Richtung Höllensee unterwegs waren, stimmte etwas nicht. Der Königsaal, der den mittlerweile unübersehbaren Schwarm anführte, hatte in dieser Nacht bereits zwei Kursänderungen vornehmen müssen. Zwischen dem Magnetfeld der Erde und den Sternen war es an bestimmten Stellen zu Divergenzen gekommen, wodurch die Aale von ihrem Anführer zu weit nach Norden geführt worden waren und erst über Umwege wieder die richtige Route fanden. Möglicherweise hing diese Irritation auch damit zusammen, dass sich hoch über den Laichplätzen der Aale im Atlantik eine gigantische Gewitterfront zusammenbraute, die sich zum ersten Mal nicht Richtung Westen, sondern Richtung Osten bewegte. Aber die Aale waren wieder auf Kurs und sollten den Höllensee planmäßig in der Vollmondnacht des 15. Juli erreichen.

»Können wir eine Pause machen?«, fragte Adalbert erschöpft.

»Aber wir haben doch noch gar nicht richtig angefangen.« Milena lachte und streckte ihm wieder ihren Hintern entgegen.

›Leck Arsch‹, dachte Adalbert und versuchte, sich abzulenken. Er stellte sich vor, dass er mit dem Jungen aus dem *Landarzt* im Bett lag und dessen eiternde Wunde mit diesen ekligen Würmern betrachtete. ›Sehr gut, das funktioniert‹, dachte er zufrieden und nahm sich vor, wieder mehr Kafka zu lesen. Ob Kafka je so tief in Grete Bloch eingedrungen war wie Adalbert in Milena?

Irgendwann war aber Schluss und Adalbert legte eine CD in den Player. Janis Joplin sang *Piece of My Heart.* Er griff hinter die Bücher über afrikanische Stoffe und holte eine Dose hervor. »Den brauche ich jetzt.« Er drehte sich einen Joint und setzte sich zu Milena auf die Couch. »Aaah, das tut gut«, sagte er und reichte ihr den Joint.

Milena inhalierte und hielt die Luft an. Sie blies Adalbert langsam den Rauch ins Gesicht, der daraufhin zu kichern begann.

»Pass auf, Milena, jetzt lese ich dir etwas vor.« Er ging zum Bücherregal und kam mit Adalbert Stifters *Nachsommer* zurück. Im Hintergrund krächzte Janis Joplin: *I want you to come on, come on, come on, come on and take it, / Take another little piece of my heart now, baby, / Break another little bit of my heart now, darling, yeah.*

»Achtung, jetzt wird's pornographisch.« Adalbert stand auf und deklamierte.

Ich war von Empfindung überwältigt, ich zog sie näher an mich und neigte mein Angesicht zu ihrem. Sie wendete ihr Haupt herüber und gab mit Güte ihre schönen Lippen meinem Munde, um den Kuß zu empfangen, den ich bot.

›Ewig für dich allein‹, sagte ich.

›Ewig für dich allein‹, sagte sie leise.

Während er las, stattete Milena Adalberts Außenminister einen Freundschaftsbesuch ab. Er wurde beim Lesen immer langsamer.

Schon als ich die süßen Lippen an meinen fühlte, war mir, als sei ein Zittern in ihr und als fließen ihre Tränen wieder.

Da ich mein Haupt wegwendete und in ihr Angesicht schaute, sah ich die Tränen in ihren Augen.

Adalbert kicherte und dachte zur Ablenkung an den dicken Stifter und dessen noch dickere Frau Amalia.

Zu Vitus Schallmosers Verabschiedung hatten sich in der Kirche von Bad Fucking etwa fünfzig Personen eingefunden. Sie standen im Mittelgang in einer Zweierreihe hinter dem Sarg und warteten ungeduldig darauf, durch das kleine Glasfenster endlich einen letzten Blick auf den Toten werfen zu können. Üblicherweise schaute man sich den Verstorbenen ja vor der Messe in der Aufbahrungshalle an, aber aufgrund der nicht funktionierenden Kühlanlage sah sich der Pfarrer gezwungen, den Ablauf der Zeremonie zu ändern.

Pater Bonifazius hatte sich zwar kurz überlegt, diesen Teil der Feierlichkeit überhaupt ausfallen zu lassen, aber da er wusste, dass viele Leute nur wegen dieses letzten Blicks auf den Toten zu den Begräbnissen kamen, hatte er sich dafür entschieden, das Sichtfenster im Sargdeckel doch noch offen zu lassen. Vor einigen Jahren, als ein junger Mann beerdigt wurde, der sich bei einem Motorradunfall schwerste Kopf- und Gesichtsverletzungen zugezogen hatte, begannen einige Bekannte des Toten in der Aufbahrungshalle sogar zu randalieren, weil sich Pater Bonifazius angesichts des grauenhaften Zustands der Leiche geweigert hatte, das Sargfenster offen zu lassen. Vitus Schallmoser hatte sich beim Sturz in der Höhle glücklicherweise nur am Hinterkopf verletzt.

Pater Bonifazius beobachtete die schwitzenden Männer und Frauen, die unaufhörlich nach vorne drängten. Er schwitzte ebenfalls und ärgerte sich, dass er nicht zumindest seinen schwarzen Rock in der Sakristei gelassen hatte. Überhaupt wäre es gescheiter gewesen, alles auszuziehen und nur mit dem Priestergewand bekleidet die Messe zu zelebrieren. Er stellte sich vor, wie sein nasser Körper nach der Messe von der Pfarrersköchin mit dem Handtuch von der Bausparkasse trockengerieben wurde, konnte den Gedanken aber nicht mehr zu Ende denken, weil die Trauergäste unaufhaltsam Richtung Sarg drängten.

Die Ersten hatten bereits begonnen, Hintersteiner und seiner Frau Karin ihr Beileid auszusprechen. Da der Bürgermeister seine Frau mit Beruhigungsmitteln vollgepumpt hatte, verlor diese immer wieder ihr Gleichgewicht und musste von ihm gestützt werden.

Wellisch, der in der ersten Reihe neben Stallinger saß, war schon seit der Früh schlecht aufgelegt, weil ihm beim Angeln die Schnur mit dem *Black-Beauty*-Blinker abgerissen war. *Black Beauty* war ein zehn Gramm schwerer Drillingsblinker, dessen schwarzes Rotationsblättchen mit gelben Punkten eine Bachforelle imitieren sollte. Wellisch hatte schon viele Blinker in den Bächen und Flüssen der Umgebung ausprobiert, aber gegen *Black Beauty* kam keiner an. Der Postenkommandant wurde aus seinen Gedanken gerissen, als die Trauergäste begannen, das kleine Holztreppchen neben dem Sarg zu besteigen.

Bereits der Erste, der von oben einen Blick auf den toten Schallmoser warf, zuckte kurz zusammen und sah sich Hilfe suchend um. Als dann die alte Angelmaier-Bäuerin, die als Zweite an der Reihe war, einen spitzen

Schrei ausstieß und sich dreimal bekreuzigte, lehnte Hintersteiner seine Frau kurzerhand an eine Kirchenbank und ging zum Sarg. Da dort bereits ein ziemliches Gedränge herrschte, musste er sich den Weg durch die Menge unter Einsatz seiner Ellenbogen und seines dicken Bauchs bahnen. Hintersteiner beugte sich über das Glasfenster und traute seinen Augen nicht. Schallmoser sah aus, als käme er direkt von einem Faschingsumzug. Sein Mund war mit rotem Lippenstift zu einem grotesken Lächeln geschminkt und seine Stirn bedeckten lange Fransen, die knapp über den Augen schnurgerade abgeschnitten waren. Und als ob das alles nicht schon gereicht hätte, trug der Tote auch noch einen Jägerhut.

Hintersteiner hätte am liebsten laut aufgeschrien, aber das Letzte, was er jetzt brauchen konnte, war ein Eklat bei Schallmosers Beerdigung. Also bekreuzigte er sich und klappte den Deckel über dem Sargfenster kurzerhand zu. Als diejenigen, die noch keinen Blick auf Schallmoser werfen konnten, gegen die Schließung des Sichtfensters protestierten, hob der Bürgermeister beschwichtigend die Hand. »Meine lieben Trauergäste, bitte habt Verständnis, dass wir wegen der großen Hitze und dem schlechten Gesundheitszustand meiner Frau mit der Begräbniszeremonie fortfahren müssen.« Er gab Schreckenschlager ein Zeichen, der daraufhin den Holzdeckel über dem Sargfenster mit dem Akku-Schrauber festschraubte.

Nach diesem Zwischenfall verließen einige Bad Fuckinger empört die Kirche, und Pater Bonifazius konnte nun endlich mit der Messe beginnen.

»Im Namen des Vaters und des Sohnes und des Heiligen Geistes.«

»Amen.«

»Zum Altare Gottes will ich treten.«

Eine knappe Stunde später öffnete sich das Kirchentor, und der Trauerzug formierte sich hinter dem Sarg, der von Wellisch, Stallinger, Nutz und Lassacher getragen wurde. Stallinger, der ahnte, dass seine etwas übertriebene Schminkaktion zu diesem peinlichen Zwischenfall in der Kirche geführt hatte, versuchte, Hintersteiner aus dem Weg zu gehen. Was ihm aber nicht gelang, weil er sich als Sargträger ja nicht frei bewegen konnte. Und während die Blaskapelle vor der Kirche Aufstellung nahm, zischte Hintersteiner den Hilfsgendarmen an: »Du Volltrottel, ich habe dir gesagt, du sollst die Leiche so herrichten, dass niemand seine Wunde sieht, und was machst du? Du schminkst ihn wie einen Faschingsnarren.«

Stallinger, der den Sarg bereits schwer auf seiner Schulter lasten spürte, antwortete eingeschnappt: »Dann hättest ihn halt selbst hergerichtet. Weißt du, wie schwer das ist, eine tiefgefrorene Leiche zu schminken?«

Es war kurz nach zehn, als sich der Trauerzug im Takt eines langsamen Marsches von der Kirche Richtung Friedhof bewegte. Keine Wolke war am Himmel zu sehen, und die Sonne, die immer noch unbarmherzig auf Bad Fucking niederbrannte, spiegelte sich nicht nur in den goldenen Blasinstrumenten der Musikkapelle, sondern auch in den glitzernden Pompons der Cheerleader.

Als die Trauergemeinde von der Hauptstraße Richtung Friedhof abbog und die Blaskapelle eine kurze Pause einlegte, hörte man vom Sportplatz rhythmische Gesänge, die zumindest vier alten Herren bekannt vorkamen. Sandra Redmont feuerte ihre Mädchen lautstark mit einem *Chant* an und achtete bei den *Herbie*- und *Knee-Kicks* darauf, dass die Beine auch tatsächlich die festgelegten Höhen erreichten.

Wie auf ein Kommando hin richteten sich die Blicke der Trauernden auf die jungen Mädchen, die wild herumhüpften und viel nackte Haut zeigten. Selbst der Pfarrer starrte gebannt auf die spärlich bekleidete Gruppe und fragte sich, wann dieses verdammte Zölibat endlich abgeschafft werden würde. Die beiden hinteren Sargträger Nutz und Lassacher drehten sich ebenfalls Richtung Cheerleader und hätten dabei die vorderen Sargträger Wellisch und Stallinger beinahe zu Fall gebracht. Diese stolperten kurz und fanden erst im letzten Moment ihr Gleichgewicht wieder.

Karin Hintersteiner, die apathisch hinter dem Sarg hergegangen war, begann nach diesem Zwischenfall laut zu weinen. Der Pfarrer gab der Musikkapelle ein Zeichen, die gleich wieder einen Marsch anstimmte. Die Cheerleader unterbrachen, sehr zum Leidwesen der männlichen Trauergäste, kurz ihre Trainingseinheit und tanzten dann munter weiter.

Wenig später erreichte der Leichenzug den Friedhof, wo Bartl und Lumpi bereits neben dem offenen Grab warteten. Als sich die Sargträger näherten, begann der immer noch einbandagierte Hund laut zu bellen und nervös in der Erde zu scharren. Vor lauter Aufregung kackte er auf den Erdhaufen neben dem Grab, woraufhin ihm Hintersteiner einen ordentlichen Tritt versetzte. Der Hund schlich winselnd zu Bartl, der dem Bürgermeister einen vernichtenden Blick zuwarf und Lumpi wie ein kleines Kind in seinen Armen wiegte.

Ächzend und stöhnend stellten die Träger den Sarg auf die quer über der offenen Grube liegenden Bretter und griffen nach den Enden der beiden Seile, die unter dem Sarg durchgezogen waren. »Erde zu Erde, Staub zu Staub«, murmelte Pater Bonifazius, und Schreckenschlager und

Stöckl zogen die beiden Bretter heraus, woraufhin Wellisch, Stallinger, Nutz und Lassacher den Sarg langsam ins Grab gleiten ließen.

Während Karin Hintersteiner hysterisch zu schreien begann, spielte die Musikkapelle *Ich hatt' einen Kameraden.* Anschließend segnete der Pfarrer den Sarg und warf ein Schäuflein Erde in die Grube. Karin Hintersteiner, die sich ins offene Grab stürzen wollte, musste von ihrem Mann und der Gemeindesekretärin Sussalek zurückgehalten werden.

In der Zwischenzeit hatte Schreckenschlager neben dem Pfarrer Aufstellung genommen und verteilte gegen eine kleine Spende das Totenbild des Verstorbenen.

Um halb elf war die Zeremonie beendet, und Schreckenschlager und Stöckl begannen das Grab zuzuschaufeln. Stöckl, der Angst hatte, dass ihm die Trauergäste nichts mehr vom Rindfleisch übrigließen, trieb Schreckenschlager zu mehr Eile an. Der Totengräber hörte aber gar nicht zu, sondern rauchte in aller Ruhe seine Virginia. Ihm war das Rindfleisch egal, ihm reichte es, wenn er sein Bier bekam. Und das ging im *Mohren* so schnell nicht aus. Stöckl beschleunigte daraufhin sein Tempo und motivierte sich zusätzlich mit dem Spruch: »Bei mir z'haus bin i nia z'haus, aber im Wirtshaus bin i wia z'haus.«

»Nochmals: Sie ist keine Kriminelle. Also keine Kriminelle im herkömmlichen Sinn. O.K., sie hat da einen Auftrag übernommen, der ein bisschen undurchsichtig ist, aber ich werde ihr da raushelfen und dann ist alles in bester Ordnung.« Adalbert war sichtlich übernächtig und betrachtete mit einer gewissen Skepsis das Fleisch, das vor ihm auf dem Teller lag. Außerdem fühlte sich sein Piephahn so an, als wäre er letzte Nacht ordentlich gerupft worden.

Sunny schüttelte ungläubig den Kopf. »In bester Ordnung? Sag einmal, Alberto, bist du noch Herr deiner Sinne? Ich weiß ja nicht, was ihr letzte Nacht getrieben habt, aber irgendetwas muss da passiert sein, was dir dein Hirn vernebelt hat.«

Obwohl es erst halb elf war, hatte es sich Sunnys Mutter nicht nehmen lassen, für Adalbert neuerlich eine Hundekeule zuzubereiten. Hunde, Katzen, Schlangen und Frösche kamen im Restaurant *Zum himmlischen Frieden* nur selten auf den Tisch und wurden nur absolut vertrauenswürdigen Gästen serviert.

Adalbert kaute an einem Stück des scharf gewürzten, aber dennoch leicht süßlich schmeckenden Fleisches des gebratenen Chihuahua und sehnte sich nach einer Leberkäsesemmel und einem gespritzten Himbeersaft. Das Hundefleisch trug jedenfalls nicht dazu bei, das flaue Gefühl in seinem Magen zu vertreiben. An den Katzenbraten, den ihm Sunnys Mutter einmal zubereitet hatte, und das blutige Katzenfell in der Küche durfte er in diesem Augenblick gar nicht denken.

»Sunny«, sagte Adalbert und spülte das Fleisch mit einem Schluck grünen Tee hinunter, »ich kann Milena in dieser Situation nicht alleine lassen. Ja, und was ich noch sagen wollte, eigentlich heißt sie gar nicht Milena, sondern Ludmilla. Milena ist sozusagen ihr Künstlername, und außerdem spricht sie sehr gut Deutsch.« Er zupfte nervös an seinem T-Shirt, auf dem *No Sturm – No Drang* stand.

Sunny brauchte eine Weile, um zu begreifen, was Adalbert gerade gesagt hatte. »Bitte was? Das glaube ich einfach nicht. Wer, um Himmels willen, ist diese Frau? Worauf lässt du dich da ein, Alberto? Das ist doch alles Wahnsinn. Außerdem hast du am Hals einen riesigen Lutschfleck.«

Adalbert wurde ein wenig verlegen und griff sich an die Stelle, auf die Sunny gezeigt hatte.

»Sven, sag du endlich auch einmal etwas zu diesem ganzen Schwachsinn.«

Sven zuckte mit den Schultern. »Naja, in Schweden gibt es ein Sprichwort, das heißt *Liebe macht dumm.*«

Sunny wartete, dass er weitersprechen würde. »Und? Mehr fällt dir dazu nicht ein?«

»Entschuldige, Sunny«, schaltete sich Adalbert ein, »aber ich finde, dass du maßlos übertreibst. Was hätte sie denn machen sollen in ihrer Situation? Sie hatte doch keine Ahnung, mit wem sie es in unserem Fall zu tun hatte. Stell dir vor, sie wäre auf irgendwelche Spießer getroffen, die hätten doch gleich die Polizei gerufen.«

»Moment einmal, aber als Spießerin lasse ich mich nicht bezeichnen, nur weil ich mit einer undurchsichtigen Person nichts zu tun haben möchte.«

»Das habe ich auch nicht gesagt.« Adalbert schob den Teller mit der halben Keule von sich. »Aber jetzt, wo wir schon mitten in dieser Geschichte drinnen sind, können wir nicht so einfach aussteigen.«

»Alberto, bitte sei dir im Klaren darüber, dass Sven und ich nichts mit dieser Geschichte zu tun haben wollen. Wenn du mich fragst, ist das eine verfickte Scheiße.«

»Hey, Sunny, solche Wörter habe ich von dir noch nie gehört«, sagte Sven lächelnd.

»Ist mir doch egal«, antwortete Sunny gereizt. Sie stand auf und trug den Teller mit der halben Hundekeule in die Küche zurück.

»Verfickte Scheiße ist aber der richtige Ausdruck.« Adalbert versuchte, mit einem Zahnstocher die hängengebliebenen Fleischfasern zwischen seinen Zähnen zu entfernen. Dabei erwischte er auch ein Haar, das entweder von Milena oder vom Hund stammte. So genau ließ sich das jetzt nicht mehr sagen.

Sven kratzte sich am Kinn. »Also, ganz kapiere ich das alles auch nicht. Was macht diese Milena oder Ludmilla eigentlich? Ich meine, hat sie irgendeinen Beruf oder ist sie am Ende wirklich nur eine Betrügerin, wie Sunny vermutet?«

Obwohl Adalbert auch gewisse Zweifel hatte, redete er sich ein, dass er Milena (oder Ludmilla) vertrauen konnte. Die Chancen standen fünfzig zu fünfzig. Wenn ihn Milena hereinlegte, hatte er Pech gehabt. Wenn sie aber kein falsches Spiel mit ihm trieb, war das Glück auf seiner Seite. Dass in beiden Fällen die Freundschaft zu Sunny und Sven auf eine harte Probe gestellt wurde, war allerdings ein ziemlich hoher Preis, den er zu zahlen hatte.

Sunny kam zurück und war noch wütender als zuvor. »Meine Mutter empfindet es als Beleidigung, dass du die Hundekeule nicht aufgegessen hast.«

»Es tut mir leid, aber ich kann um halb elf noch keinen Hund essen. Auch wenn er von deiner Mutter hervorragend zubereitet wurde. Ich gehe gleich zu ihr und entschuldige mich.«

»Schon gut, aber das ist nicht das größte Problem, das wir zurzeit haben. Pass auf, Alberto, ich habe nachgedacht. Für die Show in zwei Wochen müssen wir nicht nur die Hose für Oliver fertig nähen, sondern auch noch ein Kleid und eine Jacke für Sofie. Wie stellst du dir vor, dass das unter diesen Umständen funktionieren soll?«

Oliver und Sofie waren die Models, die auf Modenschauen die neuesten Kreationen des Labels YEAH vorführten.

»Moment einmal, ich habe da eine super Idee.« Adalbert bekam leuchtende Augen. »Milena – oder von mir aus Ludmilla – sieht doch nicht nur gut aus, sondern hat auch eine erstklassige Figur. Wie wär's, wenn wir sie als unser neues Model aufbauen würden? Die Sofie hat doch kürzlich ohnehin gesagt, dass sie sich wieder mehr ihrem Studium widmen möchte. Sunny, Sven, Adalbert und Ludmilla. Hey, das fährt doch, oder?«

Die beiden sahen Adalbert schweigend an.

»O.K., ich verspreche euch, dass ich mich heute dahinterklemme und auch die Nacht durcharbeite, damit zumindest die Grobarbeiten bei der Hose erledigt sind. Die Feinarbeiten könnt ihr dann morgen machen, und wenn alles gut geht, bin ich übermorgen wieder zurück.«

»Bitte, was?« Sunny sah Adalbert mit großen Augen an. »Was heißt das, du bist übermorgen wieder zurück?«

Adalbert wetzte nervös auf seinem Sessel hin und her. »Naja, ich werde mit Ludmilla nach Bad Fucking fahren und ihr helfen, die viertausend Euro einzukassieren, die ihr zustehen. Außerdem möchte ich mir die Höhlenmalereien vor Ort ansehen und ein Bild von der Lage machen. Ich habe in dieser Sache nämlich noch einmal recherchiert, und eines sage ich euch: Wenn es diese Malereien tatsächlich gibt, dann könnte es sein, dass wir alleine mit den Fotorechten Unsummen verdienen.«

Sven verstand nicht ganz, wovon Adalbert sprach. »Was heißt das? Und warum werden ausgerechnet wir durch die Verwertung der Fotos Geld verdienen?«

Adalbert wusste, dass die Geschichte ein wenig sonderbar klang. »Also, die Sache ist die: Ludmilla hat von einer

Agentur in Prag den Auftrag erhalten, in einer Höhle in Bad Fucking Wandmalereien zu fotografieren. Was nicht ganz legal war, weil niemand weiß, wem die Höhle eigentlich gehört. Überhaupt dürfte die Existenz dieser Malereien nur wenigen Leuten bekannt sein. Ludmilla hätte für die Fotos dreitausend Euro bekommen sollen, wurde aber bei der Übergabe am Westbahnhof hereingelegt. Sie hat heute Früh noch einmal mit ihrem Agenten in Prag Kontakt aufgenommen, der extrem sauer war. Aber nicht auf Ludmilla, sondern auf den Auftraggeber, der Ludmilla über die Agentur engagiert hat. Versteht ihr?«

Sunny und Sven sahen Adalbert entgeistert an.

»Wenig später hat ihr Agent dann angerufen und Ludmilla mitgeteilt, dass die Geldübergabe morgen in Bad Fucking stattfinden wird, weil sich der Auftraggeber bereits dort aufhält. Außerdem wurde Ludmillas Honorar von der Agentur auf viertausend Euro erhöht, die natürlich der Auftraggeber bezahlen muss.«

»Schön langsam komme ich mir vor wie in einem ganz, ganz schlechten Film«, sagte Sunny genervt. »War irgendetwas in dem Haschisch, das du letzte Nacht geraucht hast? Oder hat sie im Bett einen besonderen Trick angewandt?«

»O. K., ich habe mit ihr geschlafen. Ist das verboten? Ich bin ja nicht mit euch verheiratet.«

»Entschuldige, aber kein Mensch mit ein bisschen Hirn im Kopf lässt sich auf so eine dubiose Geschichte ein. Das stimmt doch hinten und vorne nicht zusammen, was dir diese Milena oder Ludmilla da erzählt.«

Svens einziger Kommentar lautete: »Liebe macht dumm.«

»Das hast du vorhin schon einmal gesagt«, sagte Adalbert und nahm einen Schluck grünen Tee, von dem sein Sodbrennen auch nicht besser wurde.

»Also, was machen wir?«, fragte Sunny.

»Ich verspreche euch, dass ich alles tun werde, damit wir mit unserer Kollektion rechtzeitig bis zur Fashionweek fertig werden. Guan Yu, Liu Bei und Zhang Fei sind mir jedenfalls wichtiger als Ludmilla. Ehrenwort.« Dabei kreuzte er unter dem Tisch zwei Finger.

»Bei uns gibt es ein Sprichwort, Alberto: *Hu jia hu wei. Der Fuchs nutzt die Maske des Tigers.* Ich hoffe nur, dass Ludmilla keine Füchsin ist.«

Als Karin Hintersteiner aufwachte, musste sie lange überlegen, was am Vortag geschehen war. Erst nach und nach dämmerte ihr, dass ihr Exmann Vitus Schallmoser tot war – und ihr Leben endgültig keinen Sinn mehr hatte. Stöhnend erhob sie sich von der Couch und ging in die Küche. Ihr Mann hatte bereits das Haus verlassen und auf dem Tisch einen Zettel mit einer kurzen Nachricht hinterlassen: *Kilian kommt nicht zum Begräbnis. Ich habe heute viel zu erledigen und werde erst später nach Hause kommen. Philipp wird etwas für mich kochen. Wenn was übrig bleibt, nehme ich es dir mit.*

Das war alles. Kein Gruß, nichts.

Karin Hintersteiner zerriss den Zettel und warf die Schnipsel auf den Boden. Sie nahm ein Blatt Papier und einen Kugelschreiber und schrieb mit zitternder Hand:

Ich möchte nicht sterben, bevor ich nicht alles gesagt habe, was damals an diesem schrecklichen Tag tatsächlich passiert ist. Ich habe viele Fehler gemacht, aber ich vertraue darauf, daß Gott alles vergibt.

Die Wahrheit ist, daß der Kilian nicht das Kind vom Vitus ist, sondern vom Alois. Das war auch der Grund, weshalb ich ihn später geheiratet habe, aber da war er schon ein ganz anderer Mensch wie damals, und es war ohnehin schon alles kaputt. Daß der Kilian dem Alois sein Kind ist, weiß niemand außer mir. Aber wenn man es nicht glaubt, soll man eine Blutprobe machen.

Am 6. Juni 1973 ist meine Martina bei einem Unfall ums Leben gekommen. Die Martina war damals fünf Jahre alt und hat gerade mit unserer kleinen Katze gespielt, die aus dem Haus hinaus auf die Straße gelaufen ist. Die Martina ist ihr nach und hat sie mitten auf der Straße erwischt. Ich habe gerade aus dem Küchenfenster geschaut und gesehen, wie die Martina die Katze an sich gedrückt, gestreichelt und geküßt hat. In diesem Augenblick ist ein Auto um die Kurve gekommen und hat die Martina frontal getroffen. Der Katze ist nichts passiert, die ist nur auf die Seite gehüpft und hat geschrien. Ich habe auch geschrien, bin hinausgerannt und habe die Martina in einer Blutlache auf der Straße liegen sehen. Das Blut ist hinten aus dem Kopf geronnen, im Gesicht hat man gar nichts bemerkt und auch sonst hat sie ausgeschaut, wie wenn sie schlafen würde. Ich habe sie an mich gedrückt, und da habe ich gewußt, daß sie tot ist. Ich weiß nicht, wieso, aber ich habe es gleich gespürt.

Der Fahrer des Autos hat nicht angehalten, und ich weiß bis heute nicht, wer das war, der meine Tochter überfahren hat. Ich habe nur ein weißes Auto gesehen, aber mir nicht einmal die Marke gemerkt. Nach ein paar Minuten ist ein Gendarm gekommen und dann der Doktor, und die haben mich und die Martina ins Haus gebracht. Dann ist der Pfarrer gekommen und hat der Martina die letzte Ölung gegeben. Irgendwann war plötzlich der Alois da, der gerade auf dem Weg zum Hotel war. Ich habe das alles nur durch einen Schleier mitgekriegt. Der Vitus war an diesem Tag nicht hier, weil er auswärts etwas zu erledigen hatte. Nach zwei Stunden ist der Leichenbestatter gekommen und hat die Martina abgeholt, dann sind auch der

Pfarrer und der Doktor und der Gendarm gegangen, nur der Alois, der kein Wort gesagt hat, ist dageblieben. Ich kann mich an das alles nur erinnern, wie man sich an einen alten Film erinnert. Ich habe so geweint und den Alois umarmt. Ich weiß nicht, wie das gekommen ist, aber auf einmal haben wir uns geküßt, und plötzlich sind wir nackt auf dem Boden gelegen und da ist es dann passiert. Danach bin ich erst richtig zu mir gekommen, und ich habe mich so geschämt, daß ich überhaupt nicht mehr gewußt habe, was ich tun soll. Der Martina gegenüber habe ich mich seither nicht nur schuldig gefühlt, weil ich nicht auf sie aufgepaßt habe, sondern auch wegen der Sache mit dem Alois ein paar Stunden nach ihrem Tod. Der Alois ist gleich gegangen, und wir haben nie wieder darüber geredet. Auch nicht, nachdem wir geheiratet haben. Später habe ich gelesen, daß so eine Reaktion in so einer Situation gar nichts Abnormales ist, aber ich konnte mit niemandem darüber reden.

Nach einem Monat habe ich dann gemerkt, daß ich keine Blutung bekomme, und da ich es mit dem Vitus nach diesem schrecklichen Ereignis längere Zeit nicht tun konnte, habe ich gewußt, daß ich vom Alois schwanger war. Ich habe dann alles daran gesetzt, daß der Vitus wenigstens einmal mit mir xxxxx. Wie der Kilian zur Welt gekommen ist, habe ich dann gesagt, daß er ein Acht-Monats-Kind ist, weil er ja eigentlich um einen Monat zu früh zur Welt gekommen ist, was gar nicht gestimmt hat. Aber das ist jetzt eh alles egal. Es ist alles egal und darum gehe ich.

Karin Hintersteiner war ganz ruhig und sah alles in einer Klarheit vor sich, die sie überraschte. Am meisten überraschte sie aber, dass sie keine Angst mehr hatte und fast so etwas wie Euphorie verspürte. Ein Gefühl, das ihr gänzlich unbekannt war. Sie überlegte kurz, ob sie den Brief an eine bestimmte Person richten sollte, kam aber zu dem Schluss, dass es ihr vollkommen gleichgültig war, wer den Brief las oder was mit ihm geschah. Für sie war nur wichtig, dass sie sich von einer Last befreit hatte, die sie jahrzehntelang fast erdrückt hatte. Sie wollte nicht mit einer Lüge sterben. Alles andere war völlig bedeutungslos.

Karin Hintersteiner löste sämtliche Tabletten, die sie in der Schublade fand, in einem großen Glas Wasser auf und wartete, bis die Flüssigkeit milchigweiß geworden war. Im Bad sah sie sich noch einmal in den Spiegel und legte dann den Brief im Wohnzimmer auf den Couchtisch. Sie nahm das Bild ihrer kleinen Tochter von der Wand und küsste es lange. Dann setzte sie sich auf die Couch und trank die trübe Flüssigkeit in langsamen Zügen. Auf der Zunge spürte sie den leicht bitteren Geschmack, den die kleinen Körnchen der aufgelösten Tabletten hinterließen. Sie stellte das Glas ab, warf noch einmal einen Blick auf das Foto und begann hemmungslos zu weinen. Während ihr hagerer Körper von Krämpfen geschüttelt wurde, schlief sie ein. Eine halbe Stunde später war Karin Hintersteiner tot, und der Sensenmann lachte sich ins knöcherne Fäustchen.

Das Erste, was Maria Sperr wahrnahm, war der Geruch von Teer. Als Kind hatte sie einige Male in einer Hütte gespielt, in der es im Sommer genauso gerochen hatte wie hier. Obwohl sie im Mund einen merkwürdigen Geschmack hatte und kaum Luft bekam, fiel ihr ausgerechnet jetzt eine Szene ein, die sich in dieser Hütte zugetragen hatte. Während ihr ein Nachbarsbub von hinten den Mund zuhielt, riss ihr ein anderer die Unterhose herunter und lachte idiotisch, als er sah, dass sie statt eines Zipferls einen Schlitz hatte.

Da war aber noch ein anderer Geruch, und der war wesentlich unangenehmer. Er erinnerte sie an das Pflegeheim, in dem ihre Großmutter jahrelang gelegen war. Es war der Geruch von Urin und Kot. Woher dieser Geruch kam, konnte sich Maria Sperr nicht erklären. Erst nach und nach realisierte sie, dass sie gerade im Begriff war, aus einem tiefen Schlaf aufzuwachen. Sie versuchte, die Augen zu öffnen, was ihr nicht leicht fiel. Sie blinzelte und sah vor sich ein von Spinnweben überzogenes, verdrecktes Fenster, das außen vergittert war.

›Um Gottes willen, wo bin ich hier?‹ Der Geruch nach Urin und Kot wurde stärker, und als Maria Sperr ihren Kopf senkte, sah sie, dass sie die Verursacherin dieses Geruchs war. Sie war nackt und saß auf einem Holzstuhl. Ihre Beine hatte man mit Kabelbindern an den Stuhl gefesselt, ihre Hände waren hinter der Lehne mit einer Plastikschnur zusammengebunden. Ihre Arme schmerzten und ihr Gesicht war schweißnass. Sie hatte Herzrasen und wollte schreien, aber aus ihrem zugeklebten Mund kamen nur Grunzlaute.

›O.K., ganz ruhig bleiben und langsam durch die Nase ein- und ausatmen.‹ Auch wenn der Geruch unangenehm war, tröstete sie sich damit, dass es ihre eigenen Ausscheidungen waren, die so stanken. Sie blickte erneut nach unten und sah, dass sich die ersten Fliegen zwischen ihre Oberschenkel gesetzt hatten, genau an die Stelle, wo sich der Kot mit dem Urin vermischte.

Maria Sperr drehte langsam den Kopf. Ihre Kleider und ihre Handtasche lagen in einer Ecke auf dem dreckigen Boden. Hinter ihr befand sich, soweit sie das aus ihrer Position erkennen konnte, ein weiteres Fenster, das ebenfalls vergittert war. ›Bitte, bitte, lieber Gott, hilf mir‹, flehte sie und scharrte mit den Füßen. ›Wo bin ich hier?‹ Den Vogellauten nach zu schließen, stand die Hütte, in der sie gefangen war, in einem Wald. Dass es draußen hell war, beruhigte sie, gleichzeitig hatte sie aber Angst, dass sie bei Einbruch der Dunkelheit noch immer hier sitzen würde. Ihr Magen krampfte sich zusammen, und sie hatte plötzlich das Gefühl, erbrechen zu müssen. ›Nur das nicht, wenn ich jetzt speiben muss, ersticke ich.‹ Maria Sperr versuchte, gleichmäßig und tief durch die Nase zu atmen. Langsam beruhigte sich ihr Magen und sie fühlte sich ein wenig besser.

Die trockene Hitze in der Hütte hatte sie bisher nicht als unangenehm empfunden, allerdings war sie durstig. Noch war der Durst erträglich, aber wenn sie in den nächsten Stunden nichts zu trinken bekäme, würde sie wahrscheinlich ohnmächtig werden. Wieder machte sich Panik in ihr breit. ›Nein, nein, das gibt es nicht. Die werden mich bald finden, es muss ja längst eine Suchaktion gestartet worden sein.‹ Maria Sperr wurde wütend. ›Warum können mich die Sicherheitsbehörden nicht über mein Handy orten? Da werden Millionen in neue Überwachungssysteme investiert, und dann ist die Polizei nicht einmal in der Lage, die Innenministerin zu finden. Ein Skandal.‹ Das penetrante Summen der Fliegen, die sich mittlerweile auch auf ihre Schamhaare gesetzt hatten, empfand sie in ihrer Situation als besonders quälend. Sie bewegte ihren Unterkörper hin und her, um die Fliegen zu verscheuchen, aber es nützte nichts. Die Fliegen schienen sich da unten wohl zu fühlen.

Maria Sperr hatte keine Ahnung, wo sie war und wer sie hierher gebracht hatte. Ihr war das alles ein Rätsel. Sie versuchte, die letzten Stunden zu rekonstruieren. ›Heute bin ich – oder war es gestern, als ich mit Nicolae im Dienstwagen von Wien Richtung Bad Fucking unterwegs war? Moment, Moment, was war da? Da war doch irgendetwas mit Nicolae.‹ Die Innenministerin hatte das Gefühl, dass es in ihrem Gedächtnis etliche Lücken gab. Sie konnte sich nicht mehr erinnern, was während der Fahrt passiert war. Sie dachte angestrengt nach. ›Ich bin hinten gesessen und habe zuerst einen Bericht über die Lage in Ungarn nach diesen Zigeunermorden gelesen. Dann habe ich mir die Mappe mit den geheimen Unterlagen über das geplante Asylantenheim in Bad Fucking angesehen.‹

Maria Sperr hielt plötzlich inne, weil sie dachte, draußen ein Geräusch gehört zu haben. Sie konzentrierte sich, und tatsächlich klang es so, als würde sich jemand vorsichtig der Hütte nähern. Das Geräusch kam näher, und sie versuchte, sich bemerkbar zu machen. Sie kratzte mit den Füßen auf dem Boden, ließ es aber gleich wieder sein, weil das Gekratze nur Schmerzen verursachte. Dann schrie sie, was mit zugeklebtem Mund eher wie das Wimmern eines jungen Ferkels klang. Plötzlich war es still, und vor dem Fenster wurde ein Kopf sichtbar. Maria Sperr hielt den Atem an. Was, wenn ihre Entführer zurückgekommen waren, um sie zu töten? Vor dem verdreckten Fenster tauchten aber keine Entführer auf, sondern ein Reh, das sie mit großen, braunen Augen neugierig ansah. ›Das darf doch nicht wahr sein.‹ Das Reh beugte seinen Kopf ein wenig zur Seite und wackelte mit den Ohren. Es sah jetzt genauso aus, wie man sich ein liebes, treuherziges Reh vorstellt. Wenig später war das Tier wieder verschwunden, und Maria Sperr hörte, wie es sich langsam durch das trockene Gras entfernte.

Sie beruhigte sich, und ihr wurde wieder bewusst, in welch beschissener Lage sie sich befand. Zu allem Überfluss musste sie auch noch dringend pinkeln. Sie wollte es zurückhalten, ließ es dann aber einfach laufen. ›Oh, Gott, hoffentlich findet mich in dieser Situation kein Journalist, das wäre das Ende meiner Karriere.‹

Nach ein paar Minuten war sie wieder so weit, dass sie über den weiteren Verlauf des heutigen – oder gestrigen – Tages nachdenken konnte. Plötzlich erinnerte sie sich an die Szene auf dem gesperrten Autobahnparkplatz. Sie hatte zunächst gar nicht mitbekommen, dass Nicolae auf diesen Parkplatz gefahren war. Erst als sie realisierte, dass der Dienstwagen hinter einem Gebüsch stehengeblieben war, fragte sie ihren Fahrer, was los sei. »Muschilecken«, hatte Nicolae frech geantwortet, woraufhin sie ihm klarmachte, dass er sich gefälligst zusammenreißen solle.

Nachdem sie es in den letzten Monaten mehrmals mit Nicolae getrieben hatte, war ihr Fahrer immer dreister geworden. Maria Sperr, die mit ihrem Mann schon seit Jahren keinen Begattungswalzer mehr tanzte, fühlte sich geschmeichelt, von einem jüngeren Mann begehrt zu werden, und ließ ihm daher einiges durchgehen. Und obwohl sie grundsätzlich nicht abgeneigt gewesen wäre, es sich von Nicolae auf dem aufgelassenen Autobahnparkplatz besorgen zu lassen, hatte letztendlich doch die Vernunft gesiegt, und sie hatte ihn angewiesen, weiterzufahren. Alleine die Vorstellung, dass die Innenministerin der Republik Österreich von der Autobahnpolizei erwischt wurde, wie sie sich von ihrem Fahrer im Dienstwagen ihre Muschi lecken ließ, war Grund genug, die Sache auf ein andermal zu verschieben.

›Aber was war dann?‹, fragte sich Maria Sperr und dachte angestrengt nach. Nicolae hatte sich zu ihr umgedreht, blöd gegrinst und ein weißes Taschentuch in der Hand gehalten. Als ihr klar wurde, dass sie offenbar von Nicolae betäubt und anschließend hierher gebracht worden war, begann ihr Herz schneller zu schlagen. ›Aber warum hat er das getan? Und warum hat er mich ausgerechnet in diese Hütte gebracht? Und wo ist die verdammte Polizei?‹ Maria Sperr fiel auch noch ein, dass sie mit dem Bürgermeister von Bad Fucking das abschließende Gespräch über die Errichtung des Asylantenheims am Höllensee gehabt hätte. Ob das Treffen allerdings gestern oder heute gewesen wäre, wusste sie nicht. ›Scheiße, wenn der Besamer das mit dem Asylantenheim herausfindet, schießt er mich ab.‹ Vor lauter Nachdenken hatte die Innenministerin gar nicht realisiert, dass sich zwischen ihren Oberschenkeln bereits ein ganzer Schwarm fetter Fliegen niedergelassen hatte.

Sandra Redmont stand mit einigen Cheerleadern an der Rezeption und ließ sich von Philipp Hintersteiner anhand einer Skizze den Weg zur Internet-Plattform erklären. »Aber bitte verlassen Sie nicht den markierten Weg, die Gegend ist nämlich nicht ungefährlich.«

Sandra versprach, sich exakt an die Beschreibungen zu halten, und bedankte sich bei Philipp, der sich sofort wieder seinem Buch mit den Pilzrezepten widmete.

Überraschenderweise hatten sich die meisten Mädchen nach anfänglichen Entzugserscheinungen damit abgefunden, die Gespräche mit ihren Freundinnen und Freunden von den Festnetztelefonen auf ihren Zimmern aus zu führen. Lediglich Nadja (mit dem Tattoo), Hannah (mit dem Nasenring), Dodo (mit der Glitzerkappe) und Sonja (mit dem neuen Blackberry) konnten es nicht mehr erwarten, endlich wieder ihre E-Mails zu checken und zu schauen, was es auf Facebook und Myspace Neues gab.

Der Weg durch den Wald war gut markiert und nicht allzu anstrengend. Wenn man den gelben Richtungspfeilen *Zur Internet-Plattform* folgte, konnte eigentlich gar nichts passieren. Sandra wunderte sich, weshalb Philipp Hintersteiner ständig darauf hingewiesen hatte, dass die Strecke gefährlich sei.

Nach etwa einer halben Stunde hatte die Gruppe das Ende des Waldes erreicht, wo sich der Weg gabelte. Das verwitterte Holzschild *Zum Höllensee* zeigte nach links, der gelbe Richtungspfeil *Zur Internet-Plattform* nach rechts. Der Pfad zum Höllensee war ziemlich verwachsen, was darauf schließen ließ, dass er schon längere Zeit nicht mehr benutzt worden war.

Für Sandra und die Mädchen begann hier der eigentliche Aufstieg. Sandra ermahnte ihre Schützlinge noch einmal zusammenzubleiben.

»Yes, Sir«, antwortete Hannah (mit dem Nasenring) und salutierte.

Dodo (mit der Glitzerkappe) sagte nur: »Bam, Oida, Scheiß-Berg.«

Nadja (mit dem Tattoo) und Sonja (mit dem neuen Blackberry) sagten gar nichts, sondern banden sicherheitshalber noch einmal die Bänder ihrer Bergschuhe fest.

Die fünf gingen zunächst durch eine Rinne mit losem Felsgestein, überquerten dann eine Schotterhalde und standen schließlich vor einer Wand, in die Stufen gehauen waren. Dass der Steig mit Stahlseilen gesichert war, beruhigte die Bergsteigerinnen nicht wirklich.

»Leck Arsch«, sagte Dodo und schob ihre Kappe nach hinten, »da sollen wir hinauf?«

»Naja, wenn wir uns konzentrieren, sollten wir das schaffen. Aber wir können auch wieder umkehren, wenn ihr wollt.«

Sonja schüttelte energisch den Kopf. »Wenn wir jetzt umkehren, glauben die anderen, wir sind Seicherln.«

Zwanzig Minuten später hatten die fünf das Plateau erreicht und waren fix und fertig.

»Scheiß-Internet«, sagte Hannah und zeigte dem Schild *Willkommen auf der Internet-Plattform von Bad Fucking* den Stinkefinger. »Willkommen am Himalaja.«

Sonja warf einen besorgten Blick in die Runde. »Wie kommen wir denn da jemals wieder runter?«

Sandra, die ebenfalls ziemlich erledigt war, versuchte, die Mädchen zu beruhigen. »Also, ich habe gehört, dass das Hinunterklettern einfacher ist, als das Hinaufklettern. Aber jetzt schauen wir zuerst, ob wir hier überhaupt einen Empfang haben.«

Die Mädchen holten ihre Handys aus den Taschen und jede suchte sich ein stilles Plätzchen. Dann schalteten sie die Telefone ein, und siehe da: Die Handys funktionierten tatsächlich, und schon hallte von der Internet-Plattform die österreichische Version der babylonischen Sprachverwirrung wider. »Was, echt?« »Cool.« »Ah, geh?« »Die Sau!« »Leck die Fetten.« »Mit dem Arsch?« »Ja, kein Schmäh.« »Den Magen ausgepumpt?« »Voll lieb.« »Die Söhne Meidlings?« »Ja, drei Herbie-Kicks.« »Vier alte Deppen.« »In fünf Tagen.« »Wie viele Sechser-Tragerl?« »Wow, sieben Wodka-Cranberry!«

Nach einer Stunde hatten alle – außer Sandra – rote Ohren und die Mädchen widmeten sich als Nächstes ihren Laptops. Es wurden E-Mails gecheckt, Fotos verschickt, Facebook-Einträge geschrieben und ein Blick auf neue You-Tube-Videos geworfen. Alle waren glücklich, außer Sandra, die nur kurz mit Greg telefoniert hatte und sich bereits langweilte. Sie sah auf die Uhr und erinnerte die Cheerleader daran, dass in zwei Stunden das Nachmittagstraining begann. Außerdem musste sie dringend pinkeln, was sie am Rückweg im Wald erledigen wollte.

Nach etwas mehr als einer halben Stunde hatte die Gruppe mit zitternden Knien endlich den Wald erreicht, und die Mädchen ließen den Auf- und Abstieg immer wieder aufs Neue Revue passieren, wobei die Schilderungen am Ende so klangen, als hätten sie die Eiger-Nordwand bezwungen. Ohne Seil, versteht sich.

»Geht schon mal vor, ich muss kurz pinkeln«, sagte Sandra und blieb stehen.

»O. K., no problem«, antwortete Nadja, und die vier Mädchen gingen gemächlich weiter.

Sandra entdeckte in der Nähe ein größeres Gebüsch, das ihr für ihre Zwecke geeignet erschien. Sie steuerte das Gebüsch an und fand eine Stelle, wo sie von den Mädchen nicht gesehen werden konnte. Sie hockte sich hin, und als der erste Strahl den Waldboden erreichte, atmete sie erleichtert auf. Während sie die kleine Pfütze zwischen ihren Füßen beobachtete, hatte sie plötzlich das Gefühl, dass der Boden unter ihr schwankte. ›Die Hitze‹, dachte sie, ›und getrunken habe ich auch zuwenig.‹

Gerade, als sich Sandra mit einem Papiertaschentuch abwischen wollte, merkte sie, dass der Boden tatsächlich nachgab. Vor ihr hatte sich bereits ein Riss gebildet, und noch bevor sie reagieren konnte, brach das Erdreich unter ihr ein und sie stürzte in die Tiefe. Im Augenblick des Sturzes begriff sie überhaupt nicht, was gerade vor sich ging. Ihr war zwar klar, dass etwas passierte, was nicht passieren sollte, aber was das genau war, wusste sie nicht. Erst als sie nach einigen Sekunden auf etwas Hartem aufschlug und an mehreren Stellen ihres Körpers heftige Schmerzen verspürte, dämmerte ihr, dass sie irgendwo eingebrochen sein musste. Um sie herum war alles schwarz, und Sandra dachte zunächst, dass sie sich beim Sturz die Augen verletzt hatte. Sofort tastete sie ihr Gesicht ab und stellte zu ihrer Beruhigung fest, dass die Augen unverletzt waren. Sie versuchte, etwas zu sehen, einen Lichtschein oder einen Sonnenstrahl, aber sosehr sie sich auch bemühte, es blieb dunkel um sie herum. Sandra wollte aufstehen, schaffte es aber nicht, weil Beine und Becken zu sehr schmerzten.

›Jetzt nur nicht bewegen‹, dachte sie und spürte einen stechenden Schmerz im rechten Knie. Sie berührte ihr Knie, das aufgeschlagen war, und geriet in Panik. Erst jetzt wurde ihr bewusst, dass sie halbnackt auf dem Boden lag. Nach mehreren Anläufen gelang es ihr, ihre Hose wieder hinaufzuziehen.

Der Felsboden fühlte sich feucht an, und es roch nach Moder. »Hilfe, hier bin ich. Hallo, hört ihr mich?« Sandra schrie, so laut sie konnte. Dem Hall nach zu schließen, war es eine große Höhle, in der sie sich befand. Oder war es ein Stollen? Sandra wunderte sich, dass von nirgendwo her Licht in die Höhle drang. Wieder kam Panik auf. ›Wenn man nicht sieht, wo ich eingebrochen bin, wie soll man mich da jemals finden?‹ Sie hoffte, dass die Mädchen gesehen hatten, wohin sie zum Pinkeln gegangen war, und ärgerte sich, dass sie damit nicht bis zur Rückkehr ins Hotel gewartet hatte.

Sandra suchte im Rucksack nach ihrem Handy und atmete erleichtert auf, als sie es gefunden hatte. Natürlich konnte sie von hier aus niemanden anrufen, aber vielleicht gab das Display zumindest so viel Licht, dass sie sich ein wenig orientieren konnte. Sie schaltete das Handy ein und leuchtete damit ihre unmittelbare Umgebung ab. Außer feucht glänzenden Felsen konnte sie aber kaum etwas erkennen. Neben ihr lagen ein paar lose Steine. Trotz ihres schmerzenden Ellenbogens nahm Sandra einen Stein und warf ihn nach vorne. Der Stein fiel irgendwo zu Boden. Sie griff nach einem zweiten Stein, der allerdings wesentlich leichter war als der erste. ›Moment, das ist ja gar kein Stein. Das fühlt sich an wie ein Knochen.‹ Sandra hielt den Gegenstand ganz nahe an das Handy-Display und erschrak, als sie sah, dass es tatsächlich ein Knochen war. Ob es sich um den Knochen eines Menschen oder eines Tieres handelte, wusste sie nicht. Sie steckte den Knochen in ihre Jackentasche und horchte. Alles war ruhig, aber es war eine eigenartige Stille, die hier unten herrschte. Sie war sich nicht sicher, ob das leise Rauschen nur in ihrem Kopf existierte oder ob es irgendwo einen unterirdischen Wasserlauf gab. Hing das Geräusch am Ende mit dem Höllensee zusammen, der dem Schild nach zu schließen ja ganz in der Nähe sein musste? Oder war es das Rauschen des Wasserfalls? ›Nein, das ist unmöglich, der Ort ist viel zu weit entfernt von hier.‹

Sie warf einen Blick auf das Display. Es war jetzt exakt 15 Uhr 13. In knapp zwei Stunden sollte das Nachmittagstraining beginnen. Dass sie dieses Training heute nicht leiten konnte, war klar, aber vielleicht konnte sie zumindest vom Spielfeldrand aus Anweisungen geben. Sandra betastete ihr Becken und ihr Knie und hatte das Gefühl, dass die Schmerzen stärker wurden. Auf ihrer Stirn bildete sich kalter Schweiß. ›Die Feuchtigkeit macht alles noch schlimmer.‹ Sie schob vorsichtig den Rucksack unter ihren Hintern, was aber keine Erleichterung brachte.

»Hilfe, Hilfe, hier bin ich! Hallo, hört mich jemand?« Alles blieb ruhig. Sandra war niedergeschlagen und begann zu schluchzen. Das letzte Mal, dass sie geweint hatte, war, als sie erfahren hatte, dass ihre kleine Nichte Carrie an Krebs erkrankt war. Auch wenn sie Carrie, die in Winesburg, Ohio, lebte, schon lang nicht mehr gesehen hatte, war sie tagelang niedergeschlagen gewesen. Carrie lebte zwar noch, aber es ging ihr nicht gut. Sandra redete sich ein, dass sie wegen Carrie weinte.

Sie drehte sich vorsichtig auf die Seite und fand eine Position, die ihre Schmerzen erträglicher machte. Sie sah erneut auf das Display. 15 Uhr 21. Sandra war überrascht, weil sie das Gefühl hatte, bereits eine Stunde in dieser vollkommenen Dunkelheit zu liegen. Langsam wurde ihr kalt, und sie begann, ihre Arme und Beine zu massieren. »Warum bin ich auch in den Wald pinkeln gegangen? Ich hätte genauso gut einen Meter neben dem Weg pinkeln können«, murmelte Sandra und wurde wütend. »Verdammte Scheiße!«, schrie sie und warf einen Stein in die Dunkelheit.

›Das bringt nichts, ich muss mir einen Plan machen. Die Mädchen werden zurückgegangen sein, um Hilfe zu holen, also wird man in frühestens einer Stunde nach mir suchen. Die Frage ist nur, ob man das Loch findet, wo ich hinuntergestürzt bin.‹

Sandra stellte sich vor, wie die Mädchen und die Polizei – gab es in diesem Kaff überhaupt eine Polizei? – vergeblich nach ihr suchten und sie hier unten elendiglich zugrundeging. ›Ich würde dann früher sterben als Carrie. Oh Lord, have mercy.‹

Hannah, Nadja, Dodo und Sonja waren fünf Minuten, nachdem Sandra zum Pinkeln ins Gebüsch gegangen war, stehengeblieben, um auf sie zu warten. Die vier Mädchen unterhielten sich über dieses und jenes und wunderten sich irgendwann, dass Sandra so lange brauchte.

»Sollen wir zurückgehen?«, fragte Sonja.

Dodo lachte und machte mit den Lippen ein Furzgeräusch. »Vielleicht hat sie ja nicht nur pinkeln müssen.«

»Dann ist das aber eine lange Sitzung«, sagte Hannah. »Ich glaube, es wäre gescheiter, wir würden zurückgehen.«

»O. K., dann gehen wir halt zurück.« Dodo zuckte mit den Schultern, und die vier Mädchen marschierten in die Richtung, aus der sie gekommen waren. Nach ein paar Minuten blieben sie stehen.

»He, Moment, ich glaube, hier war es, wo sie in den Wald gegangen ist.« Hannah deutete auf ein Gebüsch.

»Nein, das hat anders ausgeschaut«, sagte Sonja, »das war weiter hinten.«

»Sandra! Hallo, Sandra!«, rief Nadja.

Die Mädchen sahen einander besorgt an.

»Komisch, die muss uns doch hören.« Sonja warf einen Blick auf das Display ihres Blackberrys. »Die ist jetzt seit mindestens einer viertel Stunde weg. Selbst wenn sie kacken musste, kann das doch nicht so lang dauern.«

»Sollen wir uns aufteilen und jede von uns einen bestimmten Teil vom Wald absuchen? Vielleicht hat sie sich verlaufen oder ist hingefallen«, sagte Hannah.

»Es ist besser, wenn wir beisammen bleiben. Erinnert euch, was der Typ im Hotel gesagt hat. Wir sollen den markierten Weg auf keinen Fall verlassen«, meinte Nadja.

»Scheiße, warum hat sich Sandra nicht daran gehalten?« Dodo sah sich um. »Ich kann mich überhaupt nicht mehr an die Stelle erinnern, wo sie hinters Gebüsch gegangen ist. Hier schaut ja alles gleich aus.«

Sonja schüttelte ihr Blackberry. »Verdammt, wir können nicht einmal jemanden anrufen. Also, was machen wir?«

»Sandra! Sandra! Hörst du uns?« Nadja schrie, so laut sie konnte, aber auch dieses Mal kam keine Antwort. »Die ist wie vom Erdboden verschluckt.«

»Ich hoffe nur, dass sie sich keinen schlechten Scherz mit uns erlaubt, dann wäre ich nämlich echt sauer«, sagte Hannah.

Sonja schüttelte den Kopf. »Entschuldige, aber so schätze ich die Sandra nicht ein.«

»Egal, was machen wir?«, fragte Hannah.

Dodo nahm ihre Glitzerkappe ab und kratzte sich am Kopf. »Gute Frage, ich habe keine Ahnung.«

»Also, wenn ihr mich fragt, sollten wir schnellstens zum Hotel zurückgehen und dem Typen an der Rezeption erzählen, was passiert ist. Der kennt sich hier in der Gegend aus und weiß, was zu tun ist. Zur Not muss man die Polizei verständigen.«

Nadjas Vorschlag klang vernünftig, und nachdem alle noch einmal nach Sandra gerufen hatten und auch dieses Mal keine Antwort erhielten, eilten sie zurück zum Hotel.

»Pass auf, Philipp, so funktioniert das nicht. Ich habe dir klipp und klar gesagt, dass ich bis heute Nachmittag fünftausend Euro für die Fotos möchte. Jetzt ist es vier Uhr, und du erzählst mir seelenruhig, dass du es nicht geschafft hast, das Geld aufzutreiben.« Veronika stand hinter dem Ladentisch und war wütend, weil sie wieder einmal das Gefühl hatte, dass in ihrem Leben nichts funktionierte.

Philipp kaute an seinen Fingernägeln. »Ich habe es ja versucht, aber wo soll ich in dieser kurzen Zeit fünftausend Euro hernehmen? In der Hotelkasse liegen zweitausend Euro. Davon könnte ich unter Umständen im Laufe eines Monats die Hälfte abzweigen, ohne dass mein Vater etwas merkt.«

»Also gut, dann gehe ich heute zu deinem Vater und zeige ihm die Fotos.«

»Vroni, bitte, das kannst du nicht machen. Du ruinierst mir ja meine Zukunft im Hotel. Mein Vater sucht ohnehin nur nach einem Vorwand, um mich endgültig hinauszuwerfen.«

Veronika schlug mit der Faust auf die Glasabdeckung des Ladentischs. »Dann mach mir endlich einen Vorschlag, verdammt noch einmal!«

Philipp spürte, wie sich sein Magen verkrampfte. »Gut, ich mache dir einen ganz konkreten Vorschlag. Du bekommst von mir innerhalb der nächsten fünf Monate fünftausend Euro, wenn du einmal pro Monat mit mir schläfst.« Philipp war erstaunt, dass er den Satz tatsächlich über seine Lippen brachte.

In Veronikas Kopf begann sich alles zu drehen. Sie fühlte sich ausgelaugt und müde und wollte nur noch schlafen. »Hau ab«, sagte sie und ging zur Tür. »Raus mit dir!«

Philipp zögerte kurz und schlich sich dann wie ein geprügelter Hund an ihr vorbei.

Auf der Straße war es immer noch drückend heiß. In Gedanken versunken ging Philipp Richtung Hotel, als er hinter sich Mädchenstimmen hörte.

»Hallo, warten Sie!«

Er drehte sich um.

»Gut, dass wir Sie treffen.« Sonja war ziemlich außer Atem. »Die Sandra muss sich im Wald verlaufen haben.

Wie wir von der Internet-Plattform zurückgegangen sind, ist sie kurz pinkeln gegangen und nicht mehr aufgetaucht. Wir haben nach ihr gerufen und sie gesucht, aber sie ist wie vom Erdboden verschluckt.«

»Moment, Moment«, antwortete Philipp, während er weiter Richtung Hotel ging, »was heißt das, ›sie hat sich verlaufen‹? Wieso habt ihr nicht auf sie gewartet, bis sie zurückgekommen ist? Und wer ist Sandra?«

»Na, unsere Trainerin, die Amerikanerin.« Nadja schüttelte genervt den Kopf.

»Wir haben eh auf sie gewartet«, sagte Dodo ungeduldig, »und auch nach ihr gesucht, aber sie ist verschwunden.«

»Vielleicht ist sie ja schon im Hotel.« Philipp hoffte inständig, dass ihn die Mädchen bald in Ruhe ließen.

Hannah griff sich an die Stirn. »Daran habe ich gar nicht gedacht, dass sie uns womöglich überholt hat.«

»Bam, Oida, wenn das der Fall ist, dann kann sie aber etwas erleben.« Dodo wischte sich verärgert über ihr verschwitztes Gesicht.

»Entschuldige, aber dann können wir froh sein, dass ihr wenigstens nichts passiert ist«, sagte Sonja.

Wenig später war klar, dass Sandra nicht ins Hotel zurückgegangen war. Die Nachricht von Sandras Verschwinden hatte die meisten Cheerleader in der Lobby erreicht. Außer Hannah, Nadja, Dodo und Sonja hatten bereits alle ihre Trainingsklamotten an und wussten jetzt nicht, was sie tun sollten.

Für Philipp kam das Verschwinden Sandra Redmonts zu einem äußerst ungünstigen Zeitpunkt. Einerseits musste er sich überlegen, wie er auf Veronikas Drohung reagieren sollte, andererseits erwartete er seinen Vater zum Abendessen. Sein Vater hatte auf die Einladung zunächst zwar skeptisch reagiert, aber nach Philipps Hinweis, dass das Ganze eine Art Versöhnungsessen sei, schließlich doch zugesagt.

Philipp sah auf die Uhr. Es war jetzt zwanzig vor fünf und sein Vater wollte um sieben kommen. Da er spätestens um sechs mit dem Kochen beginnen musste, war klar, dass sich eine Suchaktion nicht mehr ausgehen würde. Er ging ins Büro und rief beim Gendarmerieposten an. Wellisch reagierte ungehalten und meinte, dass er Besseres zu tun habe, als sich um Amerikanerinnen zu kümmern, die »zu blöd zum Brunzen« seien. Aber zumindest versprach er, »morgen weiterzuschauen«.

Philipp teilte den Mädchen mit, dass die Gendarmerie die Entwicklung abwarten wollte, und zuckte bedauernd mit den Schultern.

»Das darf doch nicht wahr sein!«, rief Sonja empört. »Da verschwindet unsere Trainerin und die Polizei unternimmt nichts.«

»Bam, Oida«, sagte Dodo, »ich kann nur hoffen, dass ihr wisst, was ihr tut.«

Philipp suchte hinter dem Empfangstresen Schutz. »Ich kann nichts machen, aber es haben sich schon öfter Leute verirrt, die dann wieder aufgetaucht sind.«

Sofie sah Philipp böse an. »Was heißt das, ›es haben sich schon öfter Leute verirrt, die dann wieder aufgetaucht sind‹?«

»Naja, dass noch nie etwas passiert ist und alle wieder zurückgekommen sind. Das wird auch bei eurer Trainerin der Fall sein.« Philipp warf einen verstohlenen Blick auf seine Armbanduhr. »Ich habe jetzt wichtige Dinge zu erledigen, aber im Fall des Falles können Sie mich ja über das Haustelefon erreichen. Meine Nummer steht ganz groß auf den Apparaten in euren Zimmern.«

Philipp verschwand und ließ die verwirrten Mädchen in der Lobby zurück.

»Ich schlage vor, dass wir alle gemeinsam noch einmal in den Wald gehen und nach Sandra suchen. Es ist jetzt dreiviertel fünf, das heißt, dass wir fast fünf Stunden Zeit haben, bevor es dunkel wird.«

Nicht alle Mädchen waren mit Nadjas Vorschlag einverstanden. Einige hatten Angst, andere wollten umgehend ihre Eltern verständigen.

»Ich halte das für einen kompletten Schas, wenn wir jetzt unsere Alten anrufen«, meinte Dodo. »Die bringen nur noch mehr Verwirrung in die Sache hinein. Ich bin auch dafür, dass wir noch einmal in den Wald gehen. Vielleicht liegt Sandra ja irgendwo und kann sich nicht mehr rühren, weil sie sich den Fuß gebrochen hat oder sowas in der Art.«

»Und was ist, wenn sich dann von uns auch jemand verläuft? Der Typ an der Rezeption hat ja immer gesagt, dass der Weg zu dieser Internet-Plattform nicht ungefährlich ist.« Corinna, die sich bisher im Hintergrund gehalten hatte, gehörte zu jenen, die am liebsten sofort nach Hause gefahren wären

Laura nickte zustimmend. »Die Frage ist überhaupt, was passiert, wenn Sandra nicht mehr auftaucht? Unser Bus holt uns erst am Sonntag Vormittag ab, heute ist Mittwoch. Was machen wir bis Sonntag, wenn Sandra tatsächlich nicht mehr zurückkommt?«

Nach längerem Hin und Her hatten sich die Mädchen schließlich darauf geeinigt, ihre Eltern erst am nächsten Tag zu verständigen. Unabhängig davon wollten einige noch einmal in den Wald gehen und nach Sandra suchen.

»Und was ist mit Greg?«, fragte Corinna. »Ich finde, Greg müssen wir auf jeden Fall informieren, was mit

Sandra passiert ist. Greg ist schließlich ihr Freund, und wenn ich mir vorstelle, dass mein Freund –.« Corinna hörte mitten im Satz zu sprechen auf und wurde rot.

»He, seit wann hast du einen Freund?«, feixte Katja.

»Geh, Katja, spar dir deine Schmähs für später«, sagte Nadja. »Ich schlage vor, dass wir Greg anrufen, sobald wir von der Suchaktion zurückkommen. Da wissen wir dann mehr.«

Während sich die Gruppe um Nadja, Dodo, Hannah und Sonja auf den Weg Richtung Wald machte, zogen sich die restlichen Cheerleader in die *Felsenbar* zurück und hofften, dass sie noch heute Sandras Rückkehr entsprechend feiern konnten. Mit U-Booten und allem, was dazugehörte. Jetzt mussten sie sich allerdings mit Wasser begnügen, da Philipp Hintersteiner anderweitig beschäftigt war.

Aloysius Hintersteiner saß mit seinem Sohn in dessen kleiner Wohnung im Hotel *Zum Hohen Hirn* und kam aus dem Staunen nicht mehr heraus.

»Ich wusste gar nicht, dass du so gut kochen kannst«, sagte er, als Philipp zwei Teller mit Pilzgulasch und Semmelknödeln auf den Tisch stellte.

»Naja, du weißt ja auch nicht, dass ich ein guter Hotelmanager bin.« Philipp lachte gequält und schenkte seinem Vater Rotwein ein.

Hintersteiner, der als passionierter Biertrinker von Wein keine Ahnung hatte, schnupperte an seinem Glas und nickte zufrieden.

»Das war die einzig akzeptable Flasche, die ich beim Nutz bekommen habe«, sagte Philipp. »Die Nutz schaut mit ihrer Gesichtslähmung und der schwarzen Augenklappe übrigens fürchterlich aus. Aber essen wir erst einmal, bevor es kalt wird. Mahlzeit!«

»Ja, Mahlzeit.« Aloysius Hintersteiner nahm einen kräftigen Schluck.

Philipp beobachtete seinen Vater aus den Augenwinkeln und war gespannt, was passieren würde. Das Essen seines Vaters hatte er ja nicht kosten können, da er in dessen Portion nicht nur einen kleinen Nadelholzhäubling, sondern auch einen halben Grünen Knollenblätterpilz gemischt hatte. Dieses Pilzgericht war Philipps Antwort auf die Ohrfeige, die ihm sein Vater vor zwei Tagen gegeben hatte.

Der Grüne Knollenblätterpilz machte Philipp keine Sorgen, da dieser laut seinem Nachschlagewerk angenehm nussartig schmeckte. Anders verhielt es sich mit dem Nadelholzhäubling, dessen gurkig mehliger Geschmack die Portion seines Vaters möglicherweise ungenießbar machte. Philipp hatte das Gulasch zwar mit viel Zwiebeln, Paprika und Kümmel gewürzt, trotzdem wusste er nicht, wie das Essen tatsächlich schmeckte. Nach den ersten Bissen hielt sein Vater kurz inne, kaute nachdenklich und sagte: »Ein bisschen scharf ist es, aber ansonsten schmeckt es tadellos. Welche Schwammerl sind denn da überhaupt drinnen?«

»Das ist eine Mischung aus Eierschwammerl, Steinpilzen, Parasolen und schwarzen Kraterpilzen«, antwortete Philipp beflissen.

»Aha.« Sein Vater nahm einen weiteren Schluck Rotwein. »Gibt es für die nächsten Wochen eigentlich schon Reservierungen?«

»Ja, natürlich. So, wie es aussieht, wird das Hotel im Juli zu siebzig Prozent ausgebucht sein«, log Philipp.

Auch wenn Hintersteiner diese Auslastung für viel zu

gering hielt, wollte er heute mit seinem Sohn keinen Streit anfangen. Außerdem hatte er ganz andere Sorgen. ›Wenn ich bis morgen nicht weiß, was mit der Innenministerin los ist, und Bendar, dieser Hund, auch noch mein restliches Geld in den Sand setzt, kann ich mich gleich umbringen.‹

Philipp beobachtete seinen Vater und wunderte sich, dass seine kleine Rache so problemlos funktionierte. Bei der Dosierung hatte er sich exakt an die Angaben in seinem Buch über Pilzgifte gehalten. Darin stand, dass die tödliche Dosis des im Knollenblätterpilz enthaltenen Giftes Aminitin 0,1 Milligramm pro Kilogramm Körpermasse beträgt. Im Falle seines Vaters, der wohl an die einhundert Kilo wog, hätten das demnach 100 Milligramm sein müssen. Eine Rechnung, die nicht ganz stimmte und einmal mehr bewies, dass Philipp im Kopfrechnen eine Niete war. Den kleinen Nadelholzhäubling hatte er noch extra dazugegeben, weil er befürchtete, dass die Wirkung des halben Knollenblätterpilzes zu schwach sein könnte. Schließlich wollte er, dass es seinem Vater einmal so richtig dreckig ging.

Nach dem Essen hatte Aloysius Hintersteiner das Gefühl, dass sich sein Magen wieder einigermaßen eingerenkt hatte. Er blickte auf seine Armbanduhr und sah, dass es erst halb neun war. ›Vielleicht mache ich noch einen Abstecher in den *Neger* auf einen Verdauungsschnaps.‹ Er nahm den letzten Schluck Rotwein und stand auf.

»Ja, also, danke für die Einladung. Vielleicht kannst du ja einmal bei uns kochen. Deine –« er machte eine kurze Pause »– also deine Stiefmutter würde sich darüber sicher freuen. Und ich mich natürlich auch.«

»Ja, man muss abwarten, wie das Wetter wird«, sagte Philipp, während er die Teller wegräumte. »Jetzt ist es halt sehr trocken. Sobald es regnet, wird es aber im Wald wieder mehr Pilze geben.«

Von der Lobby drang Lärm in Philipps kleine Dienstwohnung am Ende des Gangs.

»Was ist denn da draußen los?«, fragte sein Vater, der sich den Schweiß von der Stirn wischte.

»Das ist diese Cheerleader-Gruppe aus Wien. Ihre Trainerin hat sich am Nachmittag im Wald verlaufen, und einige Mädchen haben sie gesucht. Wahrscheinlich sind sie jetzt mit ihr zurückgekommen. Ich schaue dann gleich einmal nach.«

»Du, ich nehme den Hinterausgang, ich brauche dringend frische Luft.« Philipps Vater hielt sich an einer Sessellehne fest. »Jetzt war mir kurz schwindlig. Kein Wunder bei dieser Hitze.«

Philipp merkte, wie seine Pickel zu jucken begannen. Er begleitete seinen Vater hinaus.

»Jetzt fällt mir noch ein«, sagte Hintersteiner, »dass mich heute die Sandleitner Vroni angerufen hat. Die will unbedingt morgen zu mir kommen und mir etwas Wichtiges zeigen. Hast du eine Ahnung, was das sein könnte?«

Philipp bekam einen trockenen Mund. »Die Vroni? Keine Ahnung, was die von dir will. Vielleicht will sie Fotos für die Gemeinde machen.«

»Naja, ich hab eh keine Zeit.« Sein Vater öffnete die Tür, durch die trotz der späten Stunde noch immer heiße Luft hereinströmte. »Scheiß Hitze«, murmelte Aloysius Hintersteiner und drehte sich um. »Also, ich schaue morgen wieder vorbei im Büro.«

»Ja, bis morgen«, antwortete Philipp und schloss mit einem Seufzer die Tür. Durch das Glas sah er, wie sein Vater leicht wankend die Straße entlang ging.

Dass seine geliebte Vroni ihre Drohung wahr gemacht hatte, bestürzte ihn. Allerdings war er sich sicher, dass sein Vater in den nächsten zwei, drei Tagen im Gemeindeamt nicht anzutreffen sein würde. Er holte das Buch über Pilzgifte hervor und las noch einmal die Passage, die er angestrichen hatte: *Der Verzehr einiger Pilzarten löst das Coprinus-Syndrom aus, wenn gleichzeitig oder danach Alkohol genossen wird. Dabei wird der zweite Schritt des Abbaus von Ethanol gestört. Coprin blockiert hierbei das Enzym Acetaldehyd-Dehydrogenase, das den toxischen Acetaldehyd in harmloses Acetat umwandelt. Folglich reichert sich Acetaldehyd im Körper an und bewirkt die charakteristischen Vergiftungserscheinungen. Die eigentliche Latenzzeit nach dem Genuss von Pilzen und Alkohol ist kurz. Das Trinken von Alkohol kann aber noch mehrere Tage nach dem Verzehr der Pilze die Vergiftung auslösen.*

Während Philipp das Geschirr abwusch, überlegte er, was er mit Vroni machen sollte. Spätestens in drei Tagen, wenn sein Vater wieder fit sein würde, musste er eine Entscheidung getroffen haben. Ein heftiges Klopfen an die Tür riss ihn aus seinen Gedanken. Er öffnete und wusste sofort, dass die Cheerleader ihre Trainerin nicht gefunden hatten.

»Ihr seid richtige Arschlöcher in diesem verfickten Kaff!«, brüllte Dodo, noch ehe Philipp ein Wort sagen konnte.

»Also, was passiert jetzt?«, schrie Katja mit Tränen in den Augen.

Philipp begann zu stottern. Zuerst sein Vater, dann Vroni und jetzt die Cheerleader. »Ja, also, das tut mir leid, aber ich bin mir sicher, dass sie unversehrt wieder auftaucht. Morgen werden wir in der Früh gemeinsam mit der Gendarmerie die Suchaktion starten. Das hat mir der Postenkommandant versprochen. Ich werde mich natürlich auch an der Suche beteiligen, weil ich das Gelände ja gut kenne.«

Sonja richtete ihren Zeigefinger direkt auf Philipps Brust. »Eines sage ich Ihnen, wenn Sandra etwas passiert ist, können Sie etwas erleben. Es gibt zwanzig Zeugen, dass wir Ihnen gesagt haben, dass unserer Trainerin wahrscheinlich etwas zugestoßen ist. Und jetzt sperren Sie gefälligst die *Felsenbar* auf, sonst bedienen wir uns selbst!«

Camilla Glyck kauerte in der Ecke eines riesigen Raums und beobachtete zwei Kobras, die sich langsam auf sie zubewegten. Plötzlich stellte eine der Schlangen ihren Oberkörper auf und schoss mit gespreiztem Nacken auf sie zu. Die Zähne der Kobra bohrten sich tief in ihre linke Hand, und Camilla spürte, wie sich das Gift in ihrem Körper ausbreitete. In Panik versuchte sie, zur Tür zu kriechen, war aber viel zu schwach dazu. Kurz bevor sie ohnmächtig wurde, hörte sie das Bellen eines Hundes. Es war ein unangenehmes Kläffen, das immer lauter wurde.

Camilla öffnete langsam die Augen. Sie betastete ihre linke Hand und spürte unter dem Heftpflaster einen leichten Schmerz. Die harmlose Schnittwunde hatte sie sich am Vortag beim Brotschneiden zugefügt. Obwohl es noch nicht einmal neun am Abend war, fühlte sich Camilla wie gerädert. Nach einem anstrengenden Tag im Büro hatte sie sich nur kurz hinlegen wollen, war dann aber eingeschlafen.

»Scheiß Traum.« Camilla hasste solche Träume, noch mehr hasste sie aber das Gebell des Hundes, das vom Hof in ihre Wohnung drang. Schweißgebadet lag sie auf dem

Bett, ihr T-Shirt und ihre Unterhose klebten an ihrem Körper.

Seit mittlerweile zwei Wochen wurde Europa von einem Superhoch beherrscht, das den schönen Namen *Isabella* trug. Der Hurrikan, der vor einigen Jahren New Orleans zerstört hatte, hieß *Katrina*, weshalb sollte also ein Superhoch über Europa nicht *Isabella* heißen? *Isabella, der Schwur Gottes.*

Dem Hund war *Isabella* allerdings vollkommen egal, der bellte auch, wenn es minus zehn Grad hatte.

Wie so oft in den letzten Monaten ging Camilla hinaus auf ihren kleinen Balkon im dritten Stock, wo sich ihr das gewohnte Bild bot. Der verdammte Köter, eine Mischung aus einem Dobermann und etwas Schwarzem mit langem Fell, rannte wie von einer Tarantel gestochen im Hof hin und her und jaulte ohne Unterlass. Sie beugte sich über das Geländer und schrie: »Ruhe, verdammt noch einmal! Blödes Hundsvieh.« Der Hund blickte zu ihr hoch, um kurz darauf nur noch lauter weiterzukläffen. Wütend ging sie zurück in die Wohnung, wo es heiß war wie in einem Backofen.

Der Hund gehörte einem Typen, der sich nur selten an die frische Luft wagte. Wahrscheinlich saß er die meiste Zeit vor seinem Computer und geilte sich an Kinderpornos auf. Camilla hatte den Hundebesitzer, der im Parterre wohnte und daher den Hund direkt von seiner Wohnung in den Hof lassen konnte, vielleicht zwei- oder dreimal gesehen. Er war fett, hatte lange Haare und trug immer dieselbe verdreckte Trainingshose und dasselbe verdreckte T-Shirt. Selbstverständlich war er an den Armen tätowiert, und Camilla hätte es nicht gewundert, wenn seinen Rücken ein großes Hakenkreuz geschmückt hätte.

Camilla zupfte an ihrem T-Shirt, um etwas Luft an ihre Haut zu lassen. Sie setzte sich auf die Bettkante und fluchte. »Irgendwann erschieße ich diesen verdammten Köter noch einmal.« Sie stellte sich vor, wie sie den Hund mit ihrer Dienstwaffe kurzerhand abknallte. Ob sie ihn gleich mit dem ersten Schuss erwischen würde? Wahrscheinlich schon, schließlich war sie eine ganz gute Schützin. Natürlich, wenn sie den Hund tatsächlich erschoss, konnte sie sich ihre Karriere beim Bundeskriminalamt in die Haare schmieren, auch wenn diese schön gelockt und brünett waren.

In den letzten Monaten hatte Camilla vergeblich versucht, die Polizei und die Bezirksverwaltung auf das Problem mit dem Hund aufmerksam zu machen. Obwohl sie beim Bundeskriminalamt arbeitete, winkten die Beamten im nahegelegenen Kommissariat nur gelangweilt ab. *Es tut uns leid, Frau Glyck, aber dafür sind wir nicht zuständig, da müssen Sie sich an das Bezirksamt wenden.* Beim Bezirksamt versprach man, einen Lokalaugenschein vorzunehmen. Drei Monate später erhielt sie vom Bezirksvorsteher einen Brief, in dem stand, dass das Veterinäramt die Angelegenheit überprüft habe und alles in bester Ordnung sei. Mit herzlichen Grüßen! Camilla tobte vor Wut und ersuchte den Bezirksvorsteher um einen Termin. Auf den wartete sie immer noch.

Der Hund bellte ohne Unterlass weiter, wobei das Gekläffe immer hysterischer wurde. ›Ich könnte dieses Hundsvieh ja mit meiner Beretta abknallen. Das ist schließlich meine Privatwaffe, die nirgendwo registriert ist.‹ Camilla ging zum Schrank und holte eine Schatulle hervor, die hinter ihren gebügelten Blusen lag. PIETRO BERETTA-CAL 9-CORTO-Mo 1934-BREVET. GARDONE V.T. stand auf dem Lauf. Das kühle Eisen fühlte sich gut an. Sie schraubte den Schalldämpfer auf den Lauf und ging mit der Pistole im Anschlag hinaus auf den Balkon. Sie beugte sich über das Geländer und zielte auf den kläffenden Hund. Wäre die Waffe geladen gewesen, wäre es mit der Bellerei ein für alle Mal vorbei gewesen. »Peng«, sagte sie und sah im selben Moment auf der Dachterrasse jenseits des Hofes einen Mann in einer Badehose stehen, der sie mit einem Feldstecher beobachtete. »Scheiß Spanner«, murmelte Camilla, und steckte die Waffe unter ihr T-Shirt. Sie ging in die Wohnung zurück und zog die Vorhänge zu.

Der Mann mit dem Feldstecher war allerdings kein Spanner, sondern ein Schriftsteller, der seit Monaten verzweifelt nach einer Geschichte suchte. Jetzt hatte er sie endlich gefunden.

»Idiot.« Camilla legte die Waffe in den Schrank zurück und schaltete das Radio ein. In den Nachrichten wurde gemeldet, dass von der Innenministerin Maria Sperr nach wie vor jede Spur fehlte, und je weniger die Öffentlichkeit erfuhr, desto wilder wucherten die Spekulationen. Dass Sperr von *linken Chaoten* entführt worden war, wie die Boulevardpresse anfangs vermutet hatte, glaubte in der Zwischenzeit kein Mensch mehr. Wer die linke Szene kannte, wusste, dass diese für eine solche Entführung viel zu desorganisiert war. Rechte Gruppen wiederum hatten nicht den geringsten Grund, die Innenministerin zu entführen, da sie de facto deren verlängerter Arm in der Regierung war.

Auch wenn Camilla Glyck nicht Mitglied der *Sonderkommission Sperr* war, wusste sie, dass man dort in eine Richtung ermittelte, von der die Regierung hoffte, dass sie sich als Sackgasse erweisen würde. Konkret ging es um den Verdacht, dass Sperr ein Techtelmechtel mit ihrem Chauffeur hatte. Das Pikante an der Sache: Ihr Chauffeur, Nicolae Petrescu, war 1989 aus Rumänien nach Österreich geflüchtet und hatte hier um politisches Asyl angesucht. Das Letzte, was die Regierung jetzt brauchen konnte, war eine rechts gerichtete Innenministerin, die ausgerechnet mit einem ehemaligen politischen Flüchtling untertauchte, um ihr spätes Liebesglück zu genießen.

Thema Nummer zwei in den Nachrichten war natürlich der Flugzeugabsturz, bei dem fünfundvierzig Mitglieder der Wiener Philharmoniker ums Leben gekommen waren. Seitens des Orchesters wurde aber bereits Entwarnung gegeben, da man aufgrund der dreifachen Besetzung sämtlicher Orchesterpositionen die Auftritte bei den Salzburger Festspielen und dem neu gegründeten Festival *Prölliade* in Radlbrunn wie geplant würde absolvieren können.

Die dritte Meldung betraf das Pogrom an mehr als zweihundert Roma und Sinti in Ungarn. Obwohl die Morde bereits vor drei Wochen von rechtsradikalen Killerbanden verübt worden waren, konnte sich die EU noch immer nicht auf Sanktionen gegen Ungarn einigen. Österreich hatte zwar unmittelbar nach den Massakern die Grenzen zu seinem Nachbarland geschlossen, allerdings nicht aus Protest gegen die dort agierenden Nazis, sondern aus Angst, dass Roma oder Sinti nach Österreich flüchten könnten.

Auch für Camilla Glyck hatte die geschlossene Grenze zu Ungarn unangenehme Folgen. Ihre Putzfrau, die zwischen Fertőszentmiklós und Wien pendelte, hatte nämlich die drei letzten Termine absagen müssen, weil sie nur mit einem Sondervisum nach Österreich hätte einreisen können. Dazu hätte Frau Horváth allerdings eine

Arbeitsbestätigung benötigt, die ihr aber niemand ausstellen konnte, da sie – nicht nur bei Camilla Glyck – schwarz arbeitete.

Nicht ohne Stolz wurde schließlich gemeldet, dass ein burgenländischer Metzger bei der Blutwurstweltmeisterschaft in Frankreich mit einer Sautanz-Blunze die Goldmedaille gewonnen hatte.

Camilla überlegte, ob sie den verdammten Hund, der nach wie vor wie ein Verrückter bellte, nicht doch lieber mit einer Wurst vergiften sollte. Es musste ja keine Sautanz-Blunze sein.

Auf seinem Weg nach Hause hatte Aloysius Hintersteiner das Gefühl, als würde er sich auf einem Schiff befinden. ›Ich hätte wegen dem hohen Blutdruck keinen Rotwein trinken sollen‹, ging es ihm durch den Kopf. Überhaupt ärgerte er sich, dass er die Einladung seines Sohnes angenommen hatte. ›Wäre ich ins Wirtshaus gegangen und hätte meinen Schweinsbraten gegessen und mein Bier getrunken, würde es mir jetzt besser gehen.‹ Er drosselte das Tempo und wischte sich mit dem Taschentuch den Schweiß von der Stirn. In seinem Bauch begann es zu rumoren. ›Jetzt geht das schon wieder los‹, fluchte er und hoffte, bald zu Hause zu sein.

Er sehnte sich nach seinem Bett. Und dem Klo. ›Warum bin ich plötzlich so müde?‹, fragte er sich verwirrt. Er hörte die Kirchturmglocken und zählte die Schläge mit. Bei neun war Schluss. Also war er fast zwei Stunden bei seinem Sohn gewesen. ›Worüber habe ich mit ihm eigentlich gesprochen?‹ Ihm fiel nichts ein. Obwohl es noch hell war, hatte er den Eindruck, als würden die Häuser verschwimmen. ›Brauche ich schon wieder neue Augengläser oder habe ich nur zuviel getrunken?‹

Hintersteiner wurde schwindlig, und er hatte das dringende Bedürfnis, sich zu übergeben. Er hoffte, dass seine Frau bereits schlief, wenn er nach Hause kam. Das Letzte, was er jetzt brauchen konnte, war ein Streit mit seiner Frau.

Das Aufsperren der Haustür fiel ihm zwar schwerer als sonst, aber nachdem er auch diese Hürde genommen hatte, lief er schnurstracks auf die Toilette, wo er sich sofort erbrach. Das Zeug, das sich in der Klomuschel sammelte, sah nicht nur äußerst unappetitlich aus, sondern roch auch grauenhaft. Aber noch bevor er sich darüber Gedanken machen konnte, ging es mit dem Durchfall los. Binnen kürzester Zeit stank es im Klo, als wäre eine Giftmülldeponie in die Luft gegangen. Hintersteiner wusste nicht mehr, was er zuerst machen sollte. Irgendwann war ihm alles egal und er kotzte und kackte gleichzeitig.

Eine halbe Stunde später schleppte er sich ins Badezimmer, wo er sich mit kaltem Wasser das Gesicht wusch. Als er sein Gesicht im Spiegel betrachtete, erschrak er. Seine Augen waren aus den Höhlen herausgetreten, und die Adern auf seinen Hängebacken sahen aus wie ein rotes Flusslabyrinth auf einem unbekannten Planeten.

Hintersteiner war verwirrt und betrat den Vorraum, von dem aus er einen Blick ins Wohnzimmer warf. Dort lag seine Frau auf der Couch und hatte sich die Decke über den Kopf gezogen. ›Gut, dass sie ihre Schlaftabletten genommen hat.‹

Obwohl es ihm gar nicht gut ging, überkam Hintersteiner plötzlich die Lust auf ein kaltes Bier. Er verwarf den Gedanken aber gleich wieder, weil es in seinem Bauch neuerlich zu rumoren begann. Er ließ einen lauten Furz, was ein Fehler war. »Jetzt habe ich mich auch noch angeschissen«, fluchte er und spürte, wie etwas Breiartiges an seinen Beinen hinunterrann. Aber selbst das war ihm egal, und er wollte nur noch schlafen, schlafen, schlafen. Irgendetwas irritierte ihn. Bildete er sich das nur ein, oder war von Karin tatsächlich kein Mucks zu hören? Das war ungewöhnlich, weil man ihr lautes Schnarchen normalerweise im ganzen Haus hörte. Aber noch etwas fiel ihm auf: Es war ein Zettel, der auf dem Couchtisch lag. Mit letzter Kraft schleppte sich Hintersteiner zum Tisch und sank erschöpft in einen der abgewetzten Fauteuils. Die Scheiße roch unangenehm, und er fragte sich, wie seine Frau am nächsten Tag auf den verdreckten Stuhl reagieren würde. ›Scheiß drauf.‹ Mit zittrigen Händen griff er nach dem Zettel und versuchte, die Schrift zu entziffern. Er rieb sich die Augen und brauchte lange, bis er endlich begriff, was seine Frau geschrieben hatte.

Er starrte ins Leere. Versunkene Bilder tauchten auf. Hintersteiner dachte an seine Mutter, die er kurz vor ihrem Tod im Krankenhaus besucht hatte. Er sah ihren geschundenen Körper vor sich, die Blutergüsse von den Nadeln, die man ihr in Hals und Arme gesteckt hatte. Er sah die Schläuche, die aus Mund und Bauch heraushingen. Er erinnerte sich an ihr Röcheln und dass sie kurz vor ihrem Tod plötzlich die Augen aufriss und ihn anstarrte. *Glaubst du an Gott?* Er streichelte ihre knochige Hand. *Ja, Mama, ich glaube an Gott,* hatte er geantwortet, obwohl es nicht stimmte.

Aber Hintersteiner dachte auch an das Fahrrad, das er als Kind zu Weihnachten bekommen hatte und das ihm ein paar Monate später gestohlen worden war. Er fühlte wegen des verschwundenen Fahrrads eine große Trauer aufkommen. Für den kleinen Loisi war dieser Diebstahl ein traumatisches Ereignis gewesen.

Er begann zu phantasieren. ›Der Kilian ist also das Fahrtrecht und das Asylantenheim wird mit den Aktien und der Vitus im Dreck und der Philipp mit der Ohrfeige und dem Pilzgulasch –.‹ Hintersteiner hielt den Atem an. Jetzt sah er plötzlich alles ganz deutlich vor sich. Das Pilzgulasch war es. »Karin!«, rief er mit letzter Kraft. »Karin, du musst mir den Magen auspumpen. Sofort!«

Aber niemand hörte Aloysius Hintersteiners Hilferuf.

Der Tod rieb sich kurz seine klapprigen Hände und war auch schon wieder verschwunden. Er hatte sich nicht einmal die Zeit genommen, sich nach Karin und Aloysius Hintersteiner umzudrehen.

»Holy shit«, murmelte Sandra Redmont und leckte ihre feuchte Handfläche ab. Das Wasser schmeckte zwar modrig, aber wenigstens hatte sie keinen Durst mehr. Seitdem Sandra durch das Erdloch in die Höhle gefallen war, schwankte ihr Gemütszustand zwischen Angst und vager Zuversicht. Immer und immer wieder rechnete sie sich aus, wie lange sie es ohne Hilfe hier unten noch aushalten würde. Wenn man sie bis morgen Abend nicht fand, war es aus mit ihr. Bei der Vorstellung, hier sterben zu müssen, begann sie zu heulen. ›Ich bin siebenundzwanzig Jahre alt und kann doch nicht einfach hier in diesem verfluchten Loch zugrundegehen. Ich habe doch noch gar nicht richtig gelebt.‹

In den letzten Stunden war ihr klar geworden, dass sie sofort nach ihrer Rettung ihr Leben ändern musste. Nicht, dass ihr der Job als Cheerleader-Trainerin nicht

Spaß gemacht hätte, aber irgendwie war ihr das alles zu wenig. Auch würde sie mit Greg sprechen, ob sie nicht nach Winesburg, Ohio, zurückkehren sollten. Sie würde sich um ihre krebskranke Nichte Carrie kümmern, und Greg könnte als Quarterback bei einer Footballmannschaft spielen. Es musste ja nicht gleich die NFL sein.

Sandra warf einen Blick auf das Display ihres Handys. Es war jetzt 23 Uhr 13, was bedeutete, dass man in den nächsten Stunden nicht nach ihr suchen würde. Neuerlich kam Panik in ihr auf.

Sie schloss die Augen und konzentrierte sich auf ihre Beine. Sie stützte sich mit den Armen ab und versuchte, die Beine anzuwinkeln und aufzustehen. Aber es gelang ihr nicht, die Schmerzen waren einfach zu groß. Beim Gedanken, dass man erst bei Sonnenaufgang wieder nach ihr suchen würde, bekam sie Herzrasen. ›Und was, wenn man die Suche bereits aufgegeben hat?‹ »Hilfe, Hilfe, hier bin ich!«, schrie sie. Als Antwort hörte sie aber nur ein dumpfes Echo.

Sie starrte in die Dunkelheit, die sich in den letzten Stunden irgendwie verändert hatte. Aus der anfänglichen Schwärze war nach und nach ein dunkles Grau geworden. Sandra fragte sich, ob sie geschlafen hatte und es bereits halb zwölf am Morgen war. Nein, das war völlig unmöglich. Es musste einen anderen Grund haben, weshalb sie in der Höhle immer mehr Konturen wahrnahm. Sandra konzentrierte sich auf den Bereich links von ihr, wo sie einen feinen Lichtstrahl zu erkennen glaubte. Da sich das Licht im Zeitlupentempo bewegte, konnte es nicht von einer Taschenlampe stammen. ›Der Mond, es muss der Mond sein‹, schoss es Sandra durch den Kopf. Irgendwo musste es also einen Spalt geben, durch den das Mondlicht in die Höhle dringen konnte.

Wie gebannt beobachtete sie den Weg des Lichtstreifens, der nach und nach größer wurde und plötzlich nicht mehr nur die Felswand beleuchtete, sondern noch etwas anderes. Als schließlich der Kopf eines Mammuts sichtbar wurde, stieß sie einen Schrei aus und machte unversehens eine ruckartige Bewegung, die einen stechenden Schmerz verursachte. Wenig später beschien das Mondlicht eine Antilope und ein langfelliges Nashorn, ehe es langsam schwächer wurde und verschwand.

Sandra griff in die Tasche ihrer Jacke und holte den Knochen hervor, den sie nach ihrem Absturz gefunden hatte. Der Ort, an dem sie sich befand, muss also bereits vor langer Zeit von Menschen bewohnt worden sein. Diese Vorstellung beruhigte Sandra irgendwie. Auch die Tatsache, dass von draußen Licht in die Höhle drang, ließ Hoffnung in ihr aufkommen. Mit einem eigenartigen Gefühl strich sie über den Knochen.

Die Meteorologen starrten auf ihre Bildschirme und waren verwirrt. Wenn sich die Gewitterfront, die über dem Atlantik bereits gigantische Ausmaße angenommen hatte, weiterhin mit dieser Geschwindigkeit Richtung Europa bewegte, würden in der Nacht von Donnerstag auf Freitag über weite Teile des Kontinents Unwetter niedergehen, wie man sie in diesen Breiten bisher noch nie erlebt hatte. Da die Prognosen aber auf Hypothesen beruhten, weigerten sich die Politiker in den betroffenen Ländern, Katastrophenalarm auszulösen.

So blieb den Meteorologen nichts anderes übrig, als zu hoffen, dass es sich bei diesem einzigartigen meteorologischen Phänomen um eine Fata Morgana handelte.

Nachdem Greg Sutherland in der Nacht über Sandras Verschwinden informiert worden war, stand er bereits um sieben Uhr neben der Autobahnauffahrt. Da er mit dem Zug, dem Bus und der Pferdekutsche nach Bad Fucking fast acht Stunden gebraucht hätte, entschied er sich fürs Autostoppen. Auf einen Pappkarton hatte er in großen Lettern BAD FUCKING geschrieben, den er den Autofahrern nun entgegenhielt.

Das Bild, das Greg Sutherland den schwitzenden Menschen bot, war aus mehreren Gründen ungewöhnlich: Mister Sutherland war nämlich nicht nur zwei Meter groß, sondern auch ein ziemlicher Brocken. Nicht umsonst war er als Quarterback bei den *Vienna Sandflies* tätig. Außerdem war Greg schwarz. Und zwar tiefschwarz. Also nicht hellschwarz wie Barack Obama oder fast weiß wie Michael Jackson, sondern schwarz wie die dunkelste Nacht. Kein Wunder, dass bereits drei Minuten, nachdem er mit seinem Schild BAD FUCKING am Straßenrand Aufstellung genommen hatte, der erste Auffahrunfall passierte. Vor lauter Schauen und Abbremsen war ein Purkersdorfer einem Amstettener hinten hineingefahren, was sofort einen kleinen Stau zur Folge hatte. Die beiden Lenker stiegen fluchend aus und beschimpften einander nicht – wie in solchen Fällen üblich – als *Vollkoffer* oder *Wimmerl*, sondern wandten sich in ihrem Zorn dem vermeintlichen Verursacher des Unfalls zu. Als sich die beiden dicken und eher kleinen – also typisch österreichischen – Autofahrer allerdings vor Greg Sutherland in Stellung bringen wollten, mussten sie zu ihrem Bedauern feststellen, dass ihr Kontrahent um mindestens drei Nummern zu groß für sie war. Also zogen sie es vor, an den Straßenrand zu fahren und ihre Versicherungsnummern auszutauschen. Das war weniger schmerzhaft, als von Greg Sutherland ungespitzt in die Erde geschlagen zu werden.

Nach einem weiteren Unfall – dieses Mal war einer Klosterneuburgerin eine Korneuburgerin in ihr funkelnagelneues Auto hineingefahren – beruhigte sich die Lage, und bereits eine viertel Stunde später hielt tatsächlich ein Wagen an. Es war ein klappriger Volvo mit einem jungen Mann mit Wuschelkopf am Steuer und einer attraktiven Blondine mit halblangen Haaren am Beifahrersitz. Die Beifahrerin kurbelte das Fenster hinunter, und nachdem der Fahrer zunächst den Gürtel des Autostoppers gefragt hatte, ob er tatsächlich nach Bad Fucking wolle, tauchte langsam Gregs schwarzes Gesicht im Fensterrahmen auf, und der Quarterback antwortete mit seiner tiefen Stimme: »Yeah, man, was fur ein Zufall.« Mit den Umlauten tat sich Greg immer noch schwer.

Es war kurz nach sieben, als Camilla Glyck vom Gebell des Hundes geweckt wurde. ›Jetzt gibt es kein Zurück mehr, koste es, was es wolle.‹ Camilla stand auf und wusch sich das Gesicht mit eiskaltem Wasser. Zähneputzen und duschen wollte sie erst, nachdem sie den Hund abgeknallt hatte.

Camilla schlüpfte in ihren Morgenmantel und holte die Beretta hervor. Sie schraubte den Schalldämpfer auf den Lauf und steckte drei Patronen in das Magazin. Obwohl sie fest entschlossen war, den Hund ein für alle Mal zum Schweigen zu bringen, zögerte sie plötzlich. ›O. K., ich gebe ihm noch drei Minuten.‹ Sie legte die Beretta neben den Laptop und kontrollierte ihre E-Mails. In ihrer privaten Mailbox lagen fünf neue Nachrichten, vier davon waren Spams. *Topaktuell: Schamlippenkorrektur. Ästhetische Korrekturen der meist inneren zu großen Schamlippen zählen derzeit zu den am häufigsten durchgeführten OP's. Der Leidensdruck Betroffener führt oft zu sozialer Isolation und nach erfolgter OP zeigt sich eine extreme Verbesserung der Lebensqualität und des Selbstwertgefühls.* In den anderen Mails wurde sie über Lottogewinne und günstige Beteiligungsmöglichkeiten an Goldminen in Nigeria informiert. Die einzige Mail, die an sie persönlich gerichtet war, kam vom Pathologen Dr. Markus Gotthardt. Es war eine Einladung zu seinem Vortrag über *Neueste gerichtsmedizinische Untersuchungsmethoden bei stark verwesten Leichen. PS: Wenn Du Lust hast, können wir nachher ja noch etwas trinken gehen ...*

›Uuuups‹, dachte Camilla, ›hat der Gotthardt wieder einmal einen Samenstau.‹ Die drei Punkte am Ende des Satzes konnten ja nur bedeuten, dass dem Trinken noch etwas folgen sollte. Gotthardt hatte sich offenbar daran erinnert, dass er und Camilla vor zirka einem Jahr einmal Sex miteinander gehabt hatten. Das war während eines Wochenendseminars gewesen, wo viel getrunken wurde und sie und Gotthardt schließlich eine Stehpolka miteinander tanzten. Und zwar im Liegen. Ein Kunststück, das ihnen erst einmal jemand nachmachen musste.

Camilla löschte auch diese Mail und klappte den Laptop zu. Sie steckte die Beretta in die Tasche ihres Morgenmantels und hörte plötzlich den Hund nicht mehr. ›Verdammte Scheiße‹, dachte sie und ging auf den Balkon. Und tatsächlich: Der verhasste Köter war verschwunden. Statt des Hundes sah sie allerdings wieder den Typen auf der Dachterrasse jenseits des Hofs, der sie mit dem Feldstecher beobachtete. Camilla zeigte ihm den Stinkefinger, woraufhin der Mann verschwand.

»Das gibt's doch nicht«, murmelte sie, »bin ich hier von lauter Idioten umgeben?«

Gerade, als sie in die Dusche steigen wollte, klingelte ihr Handy. Camilla zögerte, hob dann aber doch ab.

»Glyck«, sagte sie und wusste bereits, was kommen würde.

»Auf«, antwortete Dr. Klopf und lachte. Dr. Klopf war der Einzige, der den Spruch *Glyck auf* lustig fand. Camilla war vom Anruf Dr. Klopfs überrascht, da sie ihren Chef in spätestens zwei Stunden im Büro treffen würde. »Camilla, ich hoffe, ich habe Sie nicht geweckt.«

»Nein, nein, ist schon in Ordnung. Was gibt es denn?«

Camilla betrachtete sich im Spiegel, und während sie ihrem Chef zuhörte, tastete sie mit der freien Hand ihre Schamlippen ab. Sie waren weder zu groß noch zu klein, aber dass ihr gerade jetzt Dr. Gotthardt einfiel, ärgerte sie.

»Hören Sie, ich habe da ein kleines Problem. Es geht um die Sperr. Ich habe vor einer Stunde einen Hinweis bekommen, der ein bisschen, wie soll ich sagen, delikat ist. Ich möchte am Telefon nicht ins Detail gehen, aber wenn Sie Ihren Aktenordner öffnen, werden Sie alle notwendigen Informationen finden. Allerdings müssten Sie gleich jetzt nachsehen, weil ich wissen möchte, ob ich auf Sie zählen kann. Sind Sie in der Nähe eines Computers?«

»Ja, natürlich«, antwortete Camilla. »Ich bin ja noch zu Hause. Wollen Sie warten oder soll ich zurückrufen?«

»Schauen Sie sich die Sache in Ruhe an, aber rufen Sie mich bitte so schnell wie möglich zurück. Ich zähle auf Sie. Auf Wiederhören.«

Seit mittlerweile vier Jahren war Dr. Christian Klopf Chef des Bundeskriminalamtes und hielt sich auf diesem

Schleudersitz wahrscheinlich nur deshalb so lange, weil er ein eingefleischter Verschwörungstheoretiker war. Kein Wunder also, dass er hinter jeder noch so unbedeutenden Personalentscheidung einen Schachzug seiner Feinde vermutete und in den Umstrukturierungsplänen der Innenministerin in erster Linie einen Angriff auf seine Person sah. Während seines Studiums soll Dr. Klopf Mitglied einer stalinistischen Studentengruppe gewesen sein und sich intensiv mit Stalins Sicherheitsapparat beschäftigt haben. Interessanterweise waren später aus den Archiven der Staatspolizei ausgerechnet jene Akten verschwunden, die Informationen über Dr. Klopfs damalige Tätigkeit enthalten haben sollen. Seit Jahren waren auch Gerüchte im Umlauf, wonach Dr. Klopf bereits als Chef der *Abteilung 1 für Kriminalstrategie, Öffentlichkeitsarbeit und zentrale Administration* an wichtigen Positionen innerhalb des Apparats Leute sitzen hatte, die ihn exklusiv mit relevanten Informationen versorgten. Auf diese Weise soll er sich auch bei der Besetzung des Chefpostens den entscheidenden Wissensvorsprung verschafft haben. Als Mitarbeiterin der *Abteilung 4 für Kriminalanalyse* kam Camilla Glyck mit Dr. Klopf ganz gut zurecht, obwohl sie nicht einmal zu seinem engsten Mitarbeiterkreis zählte. Möglicherweise lag das aber auch daran, dass sich Camilla weitgehend aus den nervenaufreibenden internen Querelen heraushielt.

Dass ihr Dr. Klopf am Telefon nichts Näheres verraten wollte, hing mit seiner fixen Überzeugung zusammen, dass sein Telefon im Auftrag der Innenministerin abgehört wurde. Aus diesem Grund schickte er die streng geheimen Informationen an Camilla über den FTP-Server des Bundeskriminalamts, der von einem seiner Vertrauensleute betreut wurde.

Camilla wusch sich die Hände und klappte erneut ihren Laptop auf. Sie gab auf der Seite des BKA ihren zwölfstelligen Zahlencode und die beiden Passwörter ein und hatte nach wenigen Sekunden Zugriff auf ihr Postfach. Darin lag lediglich ein Dokument. Es war ein Dossier, in dem sie von Dr. Klopf darüber informiert wurde, dass Maria Sperrs Verschwinden offenbar nicht nur mit ihrem Chauffeur Nicolae Petrescu, sondern möglicherweise auch mit ihrem Konkurrenten, dem Bauunternehmer Alois Besamer, zusammenhing. Außerdem, so war weiter zu lesen, würden einige Spuren in einen Ort namens Bad Fucking führen, wo Sperr angeblich von ihrer eigenen Baufirma ein Asylantenheim errichten lassen wollte.

Abgesehen davon, dass Camilla den Namen Bad Fucking noch nie gehört hatte, fragte sie sich, weshalb Dr. Klopf ausgerechnet ihr diese Informationen zukommen ließ. Drei Zeilen später bekam sie die Antwort. *Ich möchte Sie daher dringend bitten, umgehend nach Bad Fucking zu fahren und dort einige Informationen einzuholen. Es ist mir äußerst wichtig, dass diese heikle Angelegenheit vertraulich behandelt wird. Wenn in der Öffentlichkeit bekannt wird, dass das BKA in die erwähnte Richtung ermittelt, könnte das für gewisse Personen äußerst unangenehme Konsequenzen haben. Sollten Sie bereit sein, noch heute Vormittag nach Bad Fucking zu fahren, würde ich Ihnen sofort ein weiteres Dossier mit allen für Sie relevanten Informationen zukommen lassen.*

Liebe Frau Kollegin Glyck, ich schätze Sie seit langem als loyale Mitarbeiterin und wäre Ihnen äußerst verbunden, wenn Sie diesen Auftrag annehmen würden. Ich gehe davon aus, dass Ihr Aufenthalt in Bad Fucking höchstens zwei, drei Tage dauern würde. Dass Sie auf meine volle Unterstützung zählen können, versteht sich von selbst.

Zum Stichwort *Bad Fucking* gab es im Internet 32.200 Einträge. Diese reichten von *Happy Jihad's House of Bad Fucking Pancakes* über *Bad Fucking Ass* bis zu einer Band namens *Bad Fucking*. Die Werbeeinschaltungen auf der Startseite machten allerdings sofort deutlich, welche Leute das Stichwort *Bad Fucking* üblicherweise eingaben: *Seitensprung – unkompliziert. Sex sofort – nur privat. Sadomaso – per SMS. Tausende suchen wie Du. Geile Stute sucht Deckhengst.*

Der Eintrag zum Ort Bad Fucking folgte erst an siebenter Stelle. Camilla klickte die Seite an und erfuhr, dass der Ort vor einigen Jahren nach einem Bergsturz schwer in Mitleidenschaft gezogen worden war und es neben einem Wasserfall noch eine Kirche als Sehenswürdigkeit gab. *Die Kirche ist dem heiligen Benedikt von Nursia geweiht, der von etwa 480 bis 547 lebte und als Helfer bei Fieber, Entzündungen, Vergiftungen und Steinleiden (Nieren- und Gallensteine) gilt. Sehenswert ist auch das Altargemälde ›Beweinung Christi‹ aus der Werkstatt Giovanni Bellinis.*

Camilla wählte Dr. Klopfs Nummer. »Ich habe mir das Dossier durchgelesen und werde das machen. Ein bisschen Feldforschung kann ja nicht schaden. Ich melde mich heute Abend per Mail oder Telefon.«

»Äh, das mit dem Mail wird leider nicht funktionieren. Bad Fucking liegt nämlich in einem Funkloch, und es funktionieren dort weder Internet noch Handys.«

Camilla war baff. »Naja, dann rufe ich Sie vom Postamt aus an oder schicke Ihnen ein Fax.«

»Es tut mir leid«, sagte Dr. Klopf, »aber Postamt gibt es in Bad Fucking schon lange keines mehr. Und bitte schicken Sie mir keinesfalls ein Fax, das wäre viel zu unsicher.«

»Ja, in Ordnung. Aber, sagen Sie, Strom gibt es dort schon, oder?«

Dr. Klopf lachte dünn. »Ja, ja, natürlich und sogar eine Polizeistation. Aber nach meinen Informationen tragen die beiden Polizisten immer noch die alten Gendarmerieuniformen.«

›Na, das kann ja heiter werden‹, dachte Camilla und ging endlich unter die Dusche.

Bereits eine Stunde später verließ sie ihre Wohnung und war wegen der unerträglichen Hitze froh, dass sie ihren Wagen direkt vor dem Haus abgestellt hatte. Sie holte den Autoschlüssel aus der Tasche und achtete darauf, dass die Reisetasche und die Tasche mit dem Laptop nicht von ihren Schultern rutschten. Als irgendwo ein Hund bellte, drehte sie sich kurz um und horchte. ›Nein, das ist ein anderer Hund‹, dachte sie beruhigt und zwängte sich zwischen zwei Autos. Als sie einen Schritt zurück machte, um den Kofferraum zu öffnen, wusste sie innerhalb des Bruchteils einer Sekunde, was soeben geschehen war. Camilla erstarrte und hielt den Atem an. Das Geräusch klang so, als wäre eine etwa sechzig Kilogramm schwere Frau mit neuen, flachen, lediglich mit Lederriemen verbundenen Schuhen in einen riesigen Haufen Hundescheiße getreten. Und zwar in einen Haufen frischer Hundescheiße. Jetzt war auch klar, weshalb der Hund zuvor nicht im Hof gewesen war. Sein Herrli hatte ihn zum Scheißen auf die Straße geführt. Camillas Pulsschlag verdoppelte sich, ihre Nasenlöcher flatterten und sie grunzte wie ein angeschossenes Wildschwein. Schweißperlen traten auf ihre Stirn, und ihr Magen drehte sich langsam um. Sie wagte es nicht, nach unten zu blicken, weil sie wusste, was sie erwarten würde.

Ein Alptraum war wahr geworden. Jahrelang hatte sie es geschafft, in keinen der tausenden Scheißhaufen auf Wiens Straßen zu treten. Durch intensives Training hatte sie ein Gespür dafür entwickelt, worauf sie auf den Gehsteigen und Straßenrändern der beschissensten Stadt Europas achten musste. Sie wusste genau, wo die Gefahren lauerten und war daher entsprechend vorsichtig geworden.

Aus all diesen Gründen war es doppelt und dreifach schmerzhaft, dass sie nun in diesem Haufen Scheiße stand. Camilla fühlte sich gedemütigt und beschmutzt. Aber es nützte alles nichts. Wenn sie nicht bis zum Ende ihrer Tage hier stehen bleiben wollte, musste sie etwas unternehmen. Sie senkte den Kopf, und was sich ihr darbot, war ein Zerrbild des Grauens. Die stinkende Hundescheiße hatte sich bereits zwischen ihren Zehen verteilt, wobei ihre rot gefärbten Zehennägel dem Ganzen eine besonders aparte Note verliehen. Camilla versuchte, an etwas anderes zu denken, was ihr natürlich nicht gelang. Sie brach in Panik aus, weil sie sich vorstellte, wie winzige Partikel der Scheiße in ihren Körper eindrangen. Gab es da nicht diese winzigen Würmer, die sich durch die Haut bohrten und sich in der Leber einnisteten, wo sie die Menschen von innen langsam auffraßen? ›Ich muss sofort ins Krankenhaus‹, dachte sie und überlegte, ob sie die Rettung anrufen sollte. ›Bitte kommen Sie sofort, es ist ein Notfall, ich stehe hier in einem Haufen Hundescheiße und muss sterben, wenn ich nicht behandelt werde.‹

Eine Frau mit einem kleinen Kind ging vorbei. Das Kind blieb stehen und deutete mit dem Finger auf Camillas Füße. »Schau, Mammi«, sagte das Mädchen artig, »die Frau ist in ein Gacki gestiegen, weil sie nicht aufgepasst hat. Man muss immer schauen, dass man in kein Gacki steigt, gell, Mammi.«

»Ja, ja, Kathrinchen, ist schon recht.« Die junge Mutter war peinlich berührt und zog ihr Kind mit sich. Das kleine Mädchen blickte sich noch einmal um und hob bedauernd die Schultern.

Camilla versuchte sich zu beruhigen. Vor Jahren hatte sie einmal einen Kurs in Autogenem Training gemacht. Sie schloss die Augen und murmelte: »Ich bin vollkommen ruhig. Beide Arme sind ganz schwer. Die verdammte Tasche ist schwer. Nein, das gehört nicht hierher. Ich bin vollkommen ruhig. Beide Arme sind ganz warm. Ich bin vollkommen ruhig. Mein Herz schlägt ruhig und gleichmäßig. Ich bin vollkommen ruhig. Arme und Beine sind entspannt und angenehm warm.« Beim Bild von den warmen Beinen war es allerdings schlagartig vorbei mit der Ruhe.

›O. K., Camilla, unternimm etwas und sei kein Seicherl!‹ Camilla überlegte, wie sie sich aus ihrer beschissenen Lage befreien könnte. ›Als Erstes muss ich den rechten Schuh wegwerfen und den linken gleich dazu. Nein, das ist die falsche Reihenfolge. Ich muss zuerst ein Plastiksackerl aus dem Kofferraum holen, über den rechten Fuß stülpen, dann mit dem linken Fuß in die Wohnung hüpfen und dort unter der Dusche alles abwaschen.‹ Diese Vorstellung war zwar grauenhaft, aber zum Glück gab es dutzende Desinfektionsmittel auf dem Markt, mit denen sie die Duschwanne reinigen konnte. Und ihren rechten Fuß würde sie in den nächsten Wochen täglich mehrere Stunden lang in einen Kübel mit einer speziellen Lauge stecken. Es gab also doch noch einen Hoffnungsschimmer am Horizont.

Eine halbe Stunde später hatte Camilla die Dusche und sich selbst so weit gereinigt, dass sie zumindest ansatzweise wieder das Gefühl hatte, ein Mensch zu sein.

Sie zog eine leichte Sommerhose, dicke Socken und Tennisschuhe an, ehe sie dem Pathologen Dr. Gotthardt eine SMS schickte. *Brauche für Experiment SOFORT 150 mg Strychnin. Bitte mit Boten SOFORT an meine Privatadresse liefern. Details NACH Deinem Vortrag ...* Die drei Punkte würden Dr. Gotthardt schon Beine machen.

Es war bereits halb neun, als Camilla Glyck in das nächstgelegene Geschäft lief und ein Paar Knacker kaufte. Und zwar die billigsten, die es gab. Während sie an der Kassa stand, meldete das Handy den Eingang einer Kurznachricht. Camilla hoffte inständig, dass von Dr. Gotthardt keine Absage kam. *Strychi unterwegs. Bitte VORSICHT!!! Freue mich auf NACH dem Vortrag ...*

›Oh, Mann‹, dachte Camilla, ›gab es in der Pathologie kein Frischfleisch für den alten Herrn?‹

Zehn Minuten später erhielt Camilla von einem Fahrradboten eine kleine Mon-Chérie-Schachtel, in der sich das Strychnin befand. Dr. Gotthardt war immer schon ein Scherzkeks gewesen.

Sie präparierte die beiden Knacker und ging auf den Balkon. Sie tat so, als würde sie Turnübungen machen, und ließ dabei die beiden Würste unauffällig in den Hof fallen. ›Perfekt, die sind nicht zu übersehen, und sobald der verdammte Köter das nächste Mal herauskommt, frisst er die Knacker, und zehn Minuten später ist der blöde Hund tot.‹

Es war kurz nach zehn, als in der Rezeption des Hotels *Zum Hohen Hirn* das Telefon läutete. Philipp Hintersteiner war von der morgendlichen Suchaktion nach Sandra Redmont noch völlig geschafft und überlegte, ob er überhaupt abheben sollte. Nadja hatte ihn bereits um halb sechs durch ununterbrochene Faustschläge gegen seine Tür aus dem Bett geholt, und es war ihm gar nichts anderes übrig geblieben, als sich an der Suche zu beteiligen. Da Wellisch und Stallinger nicht aufzufinden waren, musste er alleine mit den Cheerleadern in den Wald gehen und nach Sandra suchen. Nach zwei Stunden hatte er die Aktion aber wieder abgeblasen und war gemeinsam mit den Mädchen zurückgegangen.

Jetzt saßen die *Vienna Honeybees* erschöpft und entmutigt in der Lobby und wussten nicht, was sie tun sollten. Sie wollten zumindest noch Greg Sutherlands Ankunft abwarten, um mit ihm die weitere Vorgangsweise zu besprechen. Um fünf Uhr in der Früh hatte Greg bei Nadja angerufen und ihr mitgeteilt, dass er per Autostopp nach Bad Fucking fahren werde.

Nachdem das Telefon nicht zu läuten aufhörte, griff Philipp nach dem Hörer. Es war die Gemeindesekretärin Ilse Sussalek, die völlig aus dem Häuschen war und fragte, ob Philipp wisse, wo sein Vater sei. »Ich habe bereits bei ihm zu Hause angerufen, aber auch dort meldet sich niemand.«

Vor seinem geistigen Auge sah Philipp seinen Vater zwischen Klo und Bad hin- und herlaufen, während seine Stiefmutter auf der Couch saß und apathisch Löcher in die Luft starrte. »Ich habe keine Ahnung«, sagte Philipp beiläufig, »aber hier war er noch nicht. Was gibt es denn so Wichtiges?«

»Naja, von der Providenz-Bank hat ein Herr angerufen wegen eines Kredits. Und er hat gesagt, dass es ganz dringend ist.«

»Ich weiß jetzt auch nicht, was ich tun soll. Da wird der Herr von der Bank halt noch ein paar Tage warten müssen.«

Frau Sussalek drückte ein wenig herum. »Ja, das ist es eben, es geht nicht um die Gemeinde, sondern um einen Privatkredit.«

»Um einen Privatkredit?«, fragte Philipp verwundert. »Was für ein Privatkredit?«

»Das weiß ich nicht, aber der Herr –« sie machte eine kurze Pause »– Grill, Magister Grill, so heißt er, hat gemeint, dass es ziemlich dringend wäre.«

Philipp malte mit dem Kugelschreiber gedankenverloren ein Strichmännchen auf einen Rechnungsblock. »Ich kann ja bei Gelegenheit einmal zu Hause vorbeischauen und ihm sagen, dass er sich bei Ihnen melden soll.«

»Ja, sei so gut. Ich bin jedenfalls ganz durcheinander«, sagte Frau Sussalek und legte auf.

Philipp überlegte, was er als Nächstes tun sollte. Es war jetzt zwanzig nach zehn, und Frau Glyck aus Wien, auf deren Namen ein Zimmer reserviert worden war, würde frühestens um zwölf eintreffen. Die wichtigere Frage war, ob er auf die Ankunft Greg Sutherlands warten sollte, weil davon möglicherweise abhing, ob die Cheerleader vorzeitig abreisten oder nicht. Reisten sie vorzeitig ab, würden sie nach dem Verschwinden ihrer Trainerin wahrscheinlich nicht bereit sein, den Pauschalpreis für eine ganze Woche zu bezahlen. Ein Nachlass würde den Juli-Umsatz allerdings erheblich schmälern und somit seinem Vater neue Munition gegen ihn liefern.

Nach kurzem Zögern wählte Philipp die Nummer seines Vaters. Er ließ es mindestens zehnmal läuten und spürte, wie seine Fieberblase immer größer wurde. Auch wenn er sich vorgenommen hatte, keinen Schritt mehr in das Haus seines Vaters und seiner Stiefmutter zu setzen, blieb ihm in der momentanen Situation gar nichts anderes übrig, als diesen unangenehmen Weg zu gehen. Um spätestens elf wäre er wieder zurück und würde dann nicht nur wissen, wie es mit den Cheerleadern weiterging, sondern auch, was in der Angelegenheit Vroni Sandleitner zu tun war.

Bildete sie sich das nur ein oder hatte vorhin tatsächlich jemand ihren Namen gerufen? Sandra Redmont wusste nicht mehr, ob sie wach war oder träumte. Sie wusste auch nicht mehr, wie spät es war. Irgendwann in der Nacht hatte ihr Handy den Geist aufgegeben, weil entweder der Akku leer war oder die Feuchtigkeit das Gerät ruiniert hatte. Sandra hatte keine Ahnung, wie lange sie geschlafen hatte. Sie zitterte am ganzen Körper und hatte in den Beinen ein taubes Gefühl. Sie schlug mit der flachen Hand mehrmals auf ihre Oberschenkel, spürte aber nichts.

›Weshalb habe ich vorhin nicht geschrien, als jemand nach mir gerufen hat?‹ Sie wurde panisch und brüllte. »Hilfe, Hilfe, hier bin ich!« Aber ihr Schrei verlor sich in der Dunkelheit. Da die Höhlenmalereien nicht zu sehen waren, ging Sandra davon aus, dass es Tag war. Am Tag stiegen immerhin die Chancen, dass man wieder nach ihr suchte. »Greg, here I'm, Greg, hello, Greg, can you hear me?«

Nachdem sie die Autobahn verlassen hatte, fuhr Camilla Glyck auf einer kurvenreichen, schlecht ausgebauten Landstraße einen See entlang. Obwohl sie zügig unterwegs war, wurde sie ständig von anderen Autofahrern angehupt, angeblinkt und überholt. Die Menschen hier konnten es kaum erwarten, endlich zu ihren Rohbauten oder in die Wirtshäuser zu kommen. So raste jeder seinem Glück entgegen, und den Rettungsfahrern wurde garantiert nicht langweilig.

Die Orte, durch die Camilla fuhr, hießen Miesling, Schlaff oder Ach. ›Reizende Gegend‹, dachte sie und erschrak, als sie plötzlich einen Hund am Straßenrand sah. Sofort musste sie an ihr morgendliches Malheur denken und bekam eine Gänsehaut. Aber die Vorstellung, dass der Köter die vergifteten Knacker wahrscheinlich längst gefressen hatte und tot im Hof lag, beruhigte Camilla.

Sie rechnete sich aus, dass sie kurz vor zwölf in Bad Fucking ankommen müsste. Einen groben Plan hatte sie sich bereits gemacht. Als Erstes würde sie ihre Sachen ins Hotel bringen, dann würde sie dem Polizeiposten einen Besuch abstatten und anschließend mit dem Bürgermeister Aloysius Hintersteiner sprechen.

Das Sirenengeheul eines Rettungswagens riss Camilla aus ihren Gedanken. Sie verlangsamte das Tempo und fuhr an den Straßenrand, bis die Rettung im Rückspiegel verschwunden war. Hatte es gerade HASI 17 oder LULU 11 erwischt? Camilla hatte das Gefühl, dass die Rettung viel zu schnell unterwegs war, und musste an den spektakulären Unfall denken, bei dem ein Rettungsauto frontal gegen einen Leichenwagen gekracht war und dabei nicht nur der Verletzte, den die Rettung ins Krankenhaus transportieren sollte, sondern auch die beiden Sanitäter und der Fahrer des Leichenwagens starben. Nicht genug damit, war auch noch die Leiche aus dem Sarg geschleudert worden, und die Polizei hatte Stunden gebraucht, bis sie wusste, welcher Tote wohin gehörte.

Camilla schaltete das Radio ein. Ein Moderator unterhielt sich am Telefon mit einem jungen Mädchen, das

das Wetter *urgeil* fand und sich für ihre Freundinnen im Schwimmbad einen Song wünschte, in dem die Worte *love*, *destiny* und *heart* zirka fünfundzwanzigmal vorkamen. Camilla fand das Wetter weniger geil, weil sie das Gefühl hatte, dass es im Auto trotz der Klimaanlage immer heißer statt kälter wurde. Aber die paar Minuten bis Bad Fucking würde sie auch noch überstehen, vorausgesetzt, dass der LKW vor ihr irgendwann einmal abbog. Die Plane des Lastwagens zierte eine Werbung für *frische Naturdärme*, und schon musste Camilla wieder an die Knacker und den Hund denken. Um sich abzulenken, studierte sie die Plakate am Straßenrand. Bei einem Hallenfest in Wankham – »I wank ham, wankst mit?« – spielten die *Zillertaler Haderlumpen*, und bei einem der üblichen Wochenendbesäufnisse in Neukirchen, das von einem schlauen Bürschchen kurzerhand in *Ecclesia Nova* umbenannt wurde, traten weltbekannte Bands wie *Starmix*, *X-Plosive* oder *Real Liberty* auf. Gesponsert wurden *Events* dieser Art üblicherweise von den lokalen Bestattern. Die mussten ja schließlich auch von etwas leben.

Philipp Hintersteiner stand vor der Haustür und schaute verschämt nach links und rechts. Ihm war es peinlich, vor dem Haus seines Vaters zu stehen und wie ein Fremder zu läuten. Als nach dem dritten Läuten noch immer niemand öffnete, drückte Philipp die schmiedeeiserne Klinke und wunderte sich, dass nicht abgeschlossen war. ›Also ist doch jemand zu Hause‹, dachte er und betrat das Stiegenhaus. »Hallo, ist jemand da? Ich bin's.« Philipp merkte, wie sein Mund trocken wurde. Er fuhr sich mit der Zunge über die Fieberblase und ärgerte sich, dass er Vroni mit so einer Pletsche nicht küssen konnte. ›Ich muss mir sofort eine Salbe besorgen.‹ Er stellte sich vor, wie er Vroni auszog und sie ihm bereitwillig ihre –. ›Hier riecht es ja nach Scheiße. Ach du meine Güte, haben die Pilze eine derart starke Wirkung gehabt?‹ Philipp ging in die Küche, wo auf dem Tisch Medikamentenschachteln lagen. Auf dem Boden entdeckte er eine braune Spur. ›Das ist es, was so stinkt.‹ Er folgte der Spur und blieb in der Wohnzimmertür stehen. Philipp hatte keine Ahnung, was das alles zu bedeuten hatte. Sein Vater saß zusammengekrümmt auf einem Fauteuil und hielt in der rechten Hand, die schlaff über die Lehne hing, ein Blatt Papier. Auf der Couch lag jemand unter einer Decke, und auch wenn Philipp nicht wusste, wer es war, konnte es sich dabei nur um seine Stiefmutter handeln. Philipp näherte sich den beiden, blieb aber gleich wieder stehen, weil er es plötzlich mit der Angst zu tun bekam.

Mit zitternden Knien ging er in die Küche. »Das darf doch nicht wahr sein«, murmelte er und setzte sich an den Tisch. Er griff nach den Medikamentenschachteln, die alle leer waren. Langsam dämmerte ihm, was hier vorgefallen sein musste. Seine Stiefmutter wird gesehen haben, wie ihr Mann starb und wird sich daraufhin das Leben genommen haben. ›Jetzt habe ich zwei Menschen auf dem Gewissen‹, dachte Philipp panisch. ›Aber ich wollte ihn ja gar nicht umbringen. Es war kein Mord, ich wollte ihm doch bloß einen Denkzettel verpassen, weil er mich ständig so schikaniert hat. Ich kann das anhand meines Pilzbuches beweisen. Die Dosis kann nie und nimmer tödlich gewesen sein. Da muss etwas anderes im Spiel gewesen sein. Wahrscheinlich hat der Alkohol die Wirkung des Giftes verstärkt.‹

Obwohl Philipp komplett verwirrt war, lösten sich in einer verborgenen Region seines Gehirns zwei Knoten. Der eine hatte ihm die Hände gebunden, sobald er sie nach Vroni Sandleitner ausstreckte, und der andere die Tür zum Hotel versperrt. Beide Knoten hatte sein Vater geknüpft. Philipp schöpfte Hoffnung und stand auf. Es dauerte eine Weile, bis er sich erneut ins Wohnzimmer wagte. Zuerst näherte er sich seinem Vater, der fürchterlich aussah. Er hatte sich von oben bis unten angekotzt und im Todeskampf die oberen Knöpfe seines Hemds herausgerissen. Sein Gesicht war blau angelaufen und seine Augen waren halb aus ihren Höhlen getreten. Die Kotze roch noch bestialischer als die Scheiße. Philipp ging zur Couch und hob die Decke. Die Augen Karin Hintersteiners waren geschlossen, und auf ihren bleichen Wangen hatten sich schmale Bachläufe aus getrockneten Tränen gebildet. Er deckte seine Stiefmutter wieder zu und warf einen Blick auf den Zettel, den sein Vater in der Hand hielt.

Ein kratzendes Geräusch riss Maria Sperr aus ihrem Fiebertraum. Sie hatte rasende Kopfschmerzen und das Gefühl, innerlich vollkommen ausgetrocknet zu sein. Ihre Zunge hatte die Größe eines Medizinballs angenommen, und sie glaubte, jeden Augenblick ersticken zu müssen. ›Wer hat mir das angetan und warum?‹, lamentierte sie in einem wachen Moment, um sofort wieder von Wahnvorstellungen heimgesucht zu werden. Sie sah sich als eine Art heilige Johanna auf einem riesigen Sandhaufen stehen und im Triumph eine Schaufel schwingen, während der alte Besamer vergeblich versuchte, mit seinen bloßen Händen einen LKW-Anhänger mit Sand zu beladen. Im nächsten Augenblick sah sie sich mit Nicolae im Dienstwagen mit überhöhter Geschwindigkeit durch Wien rasen, während ihr Fahrer in einem fort *Muschilecken* schrie. Dann sah sie auf einem Flugfeld hunderte Asylwerber im Gänsemarsch lachend an ihr vorbeidefilieren, die fröhlich salutierend im Laufschritt über eine Gangway in ein Flugzeug stiegen, das sofort in den Wolken verschwand.

Da war es wieder, das kratzende Geräusch. Maria Sperr öffnete langsam ihre Augen. Vor ihr befand sich immer noch das von Spinnweben überzogene Fenster, und auch ihre Kleider lagen am selben Platz wie am Tag zuvor. Nur rechts von ihr war etwas anders. Das kratzende Geräusch kam von der Holztür, die jetzt offen stand. Im Gegenlicht sah Maria Sperr die Umrisse von zwei Gestalten, die in der Tür stehengeblieben waren. Die Innenministerin atmete auf, machte Geräusche und bewegte ihren Körper. Die beiden betraten die Hütte und schlossen die Tür hinter sich. Maria Sperr sah, dass es ein Mann und eine Frau waren. Sie sagten kein Wort und beobachteten Maria Sperr wie ein exotisches Tier. Ihr war es in diesem Augenblick vollkommen egal, dass sie nackt war und nach Kot und Urin stank. In Situationen wie diesen verschoben sich die Prioritäten. Sie hatte jetzt die Augen soweit geöffnet, dass sie die Gesichter der beiden erkennen konnte. Sie erstarrte und in ihr machte sich wieder Panik breit. Ihr schien, dass ihr die Frau ein bisschen ähnlich sah, obwohl sie ein Kopftuch trug und wahrscheinlich Ausländerin war. Wie Maria Sperr hatte sie einen eher dunklen Teint und braune Augen. Und am Haaransatz erkannte sie, dass die Frau schwarze Haare hatte. Genau wie sie. Dass der Mann Ausländer war, war unübersehbar. Seine Hautfarbe war dunkler als die der Frau, und er hatte markante Gesichtszüge. Er trug trotz der Hitze einen schwarzen Anzug und ein weißes Hemd, das bereits ziemlich schmutzig war. Als sich die Blicke der Innenministerin und die des Mannes trafen, hatte sie zum ersten Mal das Gefühl, dass sie die Hütte nicht mehr lebend verlassen würde.

Der Mann und die Frau wechselten ein paar Worte in einer Sprache, die Maria Sperr nicht verstand. Die Frau griff der Innenministerin prüfend durch die Haare, so wie eine Friseurin, die sich erst von der Qualität der Haare überzeugen muss, bevor sie zur Schere greift. Die Frau legte ihre Umhängetasche ab und krempelte die Ärmel ihres dunklen Kleides hoch. Maria Sperr starrte sie an und war wie gelähmt. Sie war unfähig, sich zu bewegen oder einen Laut von sich zu geben. Die Frau nahm ihr Kopftuch ab, und Maria Sperr sah, dass sie tatsächlich schwarze, kurz geschnittene Haare hatte. Sie hatte keine Ahnung, was hier vor sich ging. ›Diese Frau ist keine Mörderin‹, dachte sie und fragte sich, warum sie die beiden nicht schon längst befreit hatten. Als der Mann aus der Umhängetasche eine Schere herausholte, verstand sie noch immer nicht, was hier passierte. Erst als der Mann der Frau die Schere überreichte und die Frau hinter sie trat, glaubte Maria Sperr zu wissen, was als Nächstes geschehen würde. ›Sie werden mir die Schere in den Hals rammen und mich umbringen. Um Gottes willen, nein, bitte nein, bitte nicht, lieber Gott, bitte nicht, nein, nein.‹ Maria Sperr würgte und wand sich, aber es nützte nichts. Der Mann hielt sie an den Schultern fest, und die Frau begann, der Innenministerin der Republik Österreich die Haare zu schneiden.

Philipp saß am Küchentisch und las den Abschiedsbrief seiner Stiefmutter bereits zum dritten Mal. Ihm war mittlerweile klar geworden, dass Karin Hintersteiner bereits tot gewesen sein musste, als sein Vater nach Hause kam. Philipp redete sich ein, dass sein Vater nach der Lektüre des Briefes am Schock gestorben war und nicht an den Folgen der vergifteten Pilze. Klar war für ihn aber, dass der Brief verschwinden musste. Kein Mensch durfte je erfahren, dass Kilian Schallmoser in Wirklichkeit sein Halbbruder war, der nach dem Tod seines Vaters nun ebenfalls Anspruch auf das Hotel *Zum Hohen Hirn* gehabt hätte.

Philipp ging ins Wohnzimmer und hielt den Atem an. Bildete er sich das nur ein oder war der Gestank tatsächlich schlimmer geworden? Er sah sich noch einmal um und rief dann bei der Gendarmerie und im Gemeindeamt an. Er hoffte inständig, dass niemand dumme Fragen stellte.

Zehn Minuten später standen die beiden Gendarmen Wellisch und Stallinger im Wohnzimmer und kannten sich hinten und vorne nicht mehr aus. Kurz darauf tauchte auch noch Frau Sussalek auf, die sofort einen Weinkrampf bekam. Wellisch sah ständig auf die Uhr und schimpfte, weil er bei der Zubereitung des Aalfutters unterbrochen worden war. Außerdem wollte er zur Feier des Tages wieder einmal in den Futterkübel onanieren, was sich wegen der ständigen Ablenkungen aber bisher nicht ausgegangen war. »Das darf doch alles nicht wahr sein«, raunte er und verscheuchte eine Fliege, die sich frecherweise auf seinen Sheriffstern gesetzt hatte. »Die bringen mir meinen ganzen Plan durcheinander. Stallinger, hol sofort den Schreckenschlager und den Stöckl her, die sollen sich um die Leichen kümmern. Der Zahnarzt soll dann direkt zum Pamminger in die Metzgerei gehen und sich die beiden dort anschauen. Und eines ist ganz wichtig, Stallinger: Sag im *Neger* nicht, was passiert ist.«

»Ja, ja«, antwortete Stallinger wenig begeistert und murmelte im Hinausgehen etwas von seinem kaputten Rasenmäher, der noch immer nicht funktionierte.

Frau Sussalek hörte zu weinen auf und sah Wellisch entgeistert an. »Was, ihr wollt die Karin und den Lois auch zum Pamminger ins Kühlhaus bringen? Und was ist mit einer Untersuchung der Leichen? Der Lois war doch gesund, wie ich ihn das letzte Mal gesehen habe. Dass die Karin massenhaft Tabletten geschluckt hat, war ja bekannt, aber der Lois war doch nicht krank. Was sagst du, Philipp?«

Philipp stand am offenen Fenster und sah, wie Stallinger mit seinem Dienstmoped hinter der Kurve verschwand. Jetzt war es wichtig, Ruhe zu bewahren. »Ja, so genau weiß ich das auch nicht. Ab und zu hat er schon gesagt, dass ihm irgendwas weh tut, aber eigentlich kenne ich mich da nicht aus.«

»Philipp, hast du einen Fotoapparat, damit wir ein paar Fotos machen können?« Wellisch warf einen skeptischen Blick auf die Leiche des Bürgermeisters. »Der hat sich ja ordentlich angespieben«, sagte er kopfschüttelnd.

»Einen Fotoapparat habe ich schon, aber der liegt im Hotel. Soll ich ihn holen?«

Wellisch sah auf die Uhr und rieb sich nachdenklich seine Beule auf der Stirn. »Nein, nein, das dauert zu lange. Ich hoffe, dass der Stallinger bald kommt, der muss mich nämlich mit dem Moped sofort wieder zurück ins Kommando bringen.«

Frau Sussalek schniefte. »Aber ihr könnt doch die beiden in diesem Zustand nicht zum Pamminger transportieren. Den Lois muss ja jemand waschen, und anziehen muss man ihnen auch etwas anderes.«

»Der Schreckenschlager und der Stöckl kommen eh gleich«, antwortete Wellisch genervt, »die können sich dann um alles Weitere kümmern. Ich kann ja auch nichts dafür, dass plötzlich alle sterben.«

Wenig später betraten Stallinger, Schreckenschlager und Stöckl das Wohnzimmer. Der Bestattungsgehilfe Stöckl rieb sich zuerst die Augen, dann die Hände. »Kruzifix«, sagte er leise zu Schreckenschlager, »gleich zwei Rindfleischwandertage auf einmal, das hat's auch schon lange nicht mehr gegeben.«

Schreckenschlager hielt die Hand ans Ohr. »Was hast gesagt, Fritz?«

»Auf die Arbeit scheißt der Hund, es lebe hoch der Bauernbund.« Stöckl machte sich lachend an die Arbeit.

Kurz vor zwölf betrat Camilla Glyck die Gemischtwarenhandlung *Nutz*. Glaubte man der Aufschrift über der Eingangstür, dann handelte es sich bei diesem Laden um eine Dependance der Kette *A & O*, was insofern merkwürdig war, als diese schon längst nicht mehr existierte. Hinter der Glasvitrine mit den sogenannten Frischwaren stand eine ältere Frau mit einer betonartigen Dauerwelle und einer veritablen Gesichtslähmung. Ihr linkes Auge war mit einer schwarzen Klappe abgedeckt, und über ihrer geblümten Kleiderschürze trug sie trotz der Hitze eine graue, ärmellose Strickjacke. Während Camilla die Wurst und den Käse begutachtete, gab die Frau der Katze, die sich an ihre Beine geschmiegt hatte, einen Tritt. »Murli, du Bestie«, sagte sie streng und wandte sich der unbekannten Kundin zu. »Grüß Gott, was darf's denn sein?«

Camilla grüßte kurz zurück und überlegte, was sie kaufen könnte, ohne gleich eine Lebensmittelvergiftung zu riskieren. Lag es am Lichteinfall oder hatten die meisten Würste tatsächlich einen Grünstich? Falls das *A & O* für Alpha und Omega, also für den Anfang und das Ende, standen, dann bezog sich das Omega eindeutig auf die diversen Wurst- und Fleischwaren in der Vitrine. Die konnten wirklich das Ende bedeuten. Camilla musste unwillkürlich an die vergifteten Knacker denken und entschied sich für eine Käsesemmel. »Vom Gouda hätte ich gerne schwache fünf Deka in einer Semmel.«

Frau Nutz nickte, führte den Zeigefinger ihrer rechten Hand zu ihrem schiefen Mund und leckte die Kuppe mit der Zunge ab. Mit dem feuchten Finger zog sie ein Stück Papier von einem Stapel und legte es auf die Waage. Camilla wartete gespannt, was als Nächstes passieren würde, und tatsächlich schleckte die Frau den Finger ein weiteres Mal ab und griff nach dem Gouda. Frau Nutz schnitt den Käse und befeuchtete jedes Mal, bevor sie eine Scheibe auf die untere Semmelhälfte legte, ihren Zeigefinger. »Sind Sie von auswärts?«

»Ja«, antwortete Camilla, »aber ich habe es eilig.«

Frau Nutz begleitete Camilla zur Kasse und tippte den Betrag für die Käsesemmel ein. Der Eindruck, dass es sich hier um einen Einfraubetrieb handelte, täuschte insofern, als Manfred Nutz seiner Frau sehr wohl ab und zu im Geschäft aushalf. Momentan hatte er aber im Gasthaus *Zum Mohren* Wichtigeres zu tun.

An der Wand neben der Kasse hing unter den Angeboten für ein gebrauchtes Maurerfäustl, eine alte Kinderjacke und einen neuwertigen Schlachtschussapparat auch ein Partezettel. Camilla warf einen Blick auf den Text. »Was war das denn für ein tragischer Unfall, an dem der Herr Schallmoser gestorben ist?« Es war reine Berufsneugier, die Camilla fragen ließ.

»Ausgerutscht ist er in seiner Höhle, der alte Sonderling. Aber Genaueres kann ich Ihnen nicht sagen, und gesehen habe ich ihn leider auch nicht mehr, weil der Hintersteiner dem Schreckenschlager befohlen hat, den Deckel sofort zuzumachen. Die alte Angelmaier-Bäuerin hat mir aber erzählt, dass der Schallmoser rot geschminkte Lippen gehabt hat und seine Frau deshalb fast in Ohnmacht gefallen ist.«

Camilla verstand kein Wort und verabschiedete sich von Frau Nutz, die es bedauerte, keine näheren Auskünfte in dieser Angelegenheit geben zu können.

Während Camilla vor ihrem Auto stand und überlegte, wo sie die Käsesemmel entsorgen könnte, öffnete Frau Nutz noch einmal die Tür. »Wenn Sie Näheres über den Schallmoser wissen wollen, müssten Sie den Bartl Rettenbacher fragen. Den finden Sie im alten Hotel *Europa.* Er war nämlich der Einzige, der den Schallmoser regelmäßig in seiner Höhle besucht hat.« Frau Nutz hob bedauernd die Schultern.

»Ach so, ja, danke, werde ich mir merken.« Camilla stieg mitsamt der Käsesemmel in ihr Auto und fuhr los.

Als Ludmilla aus Adalbert Zuckers Volvo ausstieg, brauchte sie ein paar Minuten, bis sie wieder ihre Beine spürte. Die Fahrt mit den angezogenen Knien war eine Tortur gewesen, und sie hoffte inständig, dass Greg Sutherland nicht mehr mit ihnen nach Wien zurückfahren würde.

»Hey, man«, sagte Greg, nachdem er sich aus dem Auto geschält hatte, »cool man, thank's man. Let's go, man.« Er klatschte mit Adalbert ab, der sich gleichfalls ein wenig strecken musste.

Kaum war das Auto vor dem Hotel *Zum Hohen Hirn* stehengeblieben, tauchten schon die ersten Cheerleader auf. Nadja umarmte Greg voll Freude, was ein bisschen merkwürdig aussah, da Nadja dem Zweimetermann gerade einmal bis zur Brust reichte. Bevor Greg mit den Mädchen in die Lobby ging, verabschiedete er sich noch rasch von Adalbert und Ludmilla. »Good luck, man«, sagte Greg zu Adalbert. Und zu Ludmilla sagte er: »Hope, to see you soon, man.«

Adalberts und Ludmillas Plan war es, sich mit dem unbekannten Auftraggeber an jenem Ort zu treffen, wo Ludmilla in die Höhle eingestiegen war. Dort sollte die Geldübergabe stattfinden. Danach würden die beiden sofort wieder nach Wien zurückfahren und mit Sunny und Sven eine große Party feiern. Ludmilla hatte in der Früh noch einmal ihren Agenten in Prag angerufen und die Bestätigung erhalten, dass der Auftraggeber das vereinbarte Honorar in Höhe von viertausend Euro bezahlen werde.

Ludmilla kannte zwar den Weg zur Höhle, warf aber immer wieder einen Blick auf die Karte, die sie von ihrem ersten Besuch in Bad Fucking behalten hatte.

So, jetzt reicht es mir. Ich sitze hier in meinem Fotoladen und warte darauf, dass endlich etwas passiert, aber es tut sich nichts. Hat man auf mich vergessen? Sollte ich nicht schon längst Doktor Ulrich und Philipp Hintersteiner einen Besuch abgestattet haben, um diese leidige Angelegenheit mit den Fotos endlich hinter mich zu bringen? Stattdessen wird in aller Ausführlichkeit über eine Amerikanerin berichtet, die sich beim Pinkeln im Wald verlaufen hat. Aber wie es mit mir weitergeht, interessiert anscheinend niemanden mehr. Ich könnte hier verfaulen und kein Mensch würde es merken.

›Es ist immer ein Zufall, der uns rettet‹, heißt es in einem Buch von James Salter. Und war es nicht ein Zufall, der mir diese Fotos in die Hände gespielt hat und mir die einmalige Möglichkeit gab, rasch zu Geld zu kommen? Aber irgendwie scheint die Sache nicht zu klappen. Philipp Hintersteiner bietet mir fünftausend Euro an, wenn ich in den nächsten Monaten fünfmal mit ihm schlafe. Bin ich eine Hure, oder was? Außerdem liegt es auf der Hand, dass dahinter eine Finte steckt. Und der Zahnarzt lacht mich aus und scheint sich einen Dreck darum zu scheren, ob ich das Foto seiner Frau zeige oder nicht. Ich habe jedenfalls keine Lust mehr, noch länger hier herumzusitzen und zuzusehen, wie mein Leben den Bach hinuntergeht.

Als Erstes gehe ich jetzt zu Philipp Hintersteiner ins Hotel. Wenn er mir heute nicht zumindest eintausend Euro gibt, zeige ich die Fotos sofort seinem Vater. Dann soll der Pickelbube schauen, wo er bleibt. Anschließend marschiere ich zum Zahnarzt in die Ordination und gebe ihm genau eine Stunde Zeit, fünftausend Euro auf den Tisch zu legen. Tut er es nicht, landet das Mösenfoto bei seiner Frau. Mir ist alles egal. Ich habe genug von diesem Leben hier in diesem Kaff und spiele nicht mehr länger mit. Ist das endlich klar? Ob das klar ist?, habe ich gefragt.

Wutentbrannt verließ Veronika Sandleitner ihren Fotoladen und machte sich auf den Weg zum Hotel. Auf der Straße warf sie einen Blick zum Himmel. Auch wenn es unverändert heiß war, hatte sie das Gefühl, dass sich irgendetwas verändert hatte. Täuschte sie sich oder hatten die strahlendblauen Wolken tatsächlich einen gelblichen Stich bekommen? Aber Veronika achtete nicht weiter darauf und beschleunigte ihre Schritte.

Kurz vor ihrem Ziel überquerte sie die Straße und wäre dabei fast von einem alten Volvo mit Wiener Kennzeichen überfahren worden. Sie erschrak genauso wie der Fahrer und die Beifahrerin.

Sie betrat die Lobby und sah einen hünenhaften Schwarzen, der von einer Gruppe junger Mädchen umringt wurde. ›Das sind also die Cheerleader aus Wien‹, dachte Veronika fast ein wenig neidisch und sah sich nach Philipp um. Sie fand ihn aber weder an seinem Platz hinter dem Empfangstresen noch in seinem Büro. Sie betätigte die Klingel, aber auch auf ihr Läuten hin kam niemand. Veronika wurde nervös und überlegte, was sie tun sollte. ›O. K., dann gehe ich zuerst zum Zahnarzt und komme später hierher zurück.‹

Mit einem mulmigen Gefühl im Bauch verließ sie das Hotel und sah auf der Straße einen Traktor samt Anhänger vorbeifahren. Zunächst achtete sie nicht weiter auf das Fahrzeug und erkannte erst beim zweiten Mal Hinsehen Philipp und die Gemeindesekretärin Sussalek, die in der Fahrerkabine links und rechts neben dem Metzger Pamminger saßen. Veronika sah auch, dass auf dem Anhänger etwas unter einer Plane lag und dachte an tote Schweine oder Kühe. Unmittelbar hinter dem Traktor folgten Stallinger und Wellisch auf dem Dienstmoped. Sie blieb stehen und blickte dem merkwürdigen Konvoi nach. Veronika konnte sich auf das alles keinen Reim machen. Warum fuhren Philipp und Frau Sussalek auf dem Traktor zur Metzgerei? Sie hätte Philipp winken können, aber das hätte nichts gebracht, weil sie ihn ja unbedingt unter vier Augen sprechen musste.

Kurz vor dem *Mohren* kamen ihr der Bestatter Schreckenschlager und sein Gehilfe Stöckl entgegen. Als die beiden an Veronika vorbeigingen, hörte sie, wie Stöckl ein Gstanzl sang: »Das Dirndl von der Reindlmühl / lasst den Buben, wann er will / drübersteigen / über ihre Feigen.« Dabei lachte er und schüttelte den Kopf wie ein Kind, das sich über etwas unbändig freute.

Veronika war sich nicht mehr sicher, ob es nicht doch besser gewesen wäre, zu Hause zu bleiben und abzuwarten, was geschehen würde. »Nein«, sagte sie nach kurzem Zögern trotzig, »jetzt führe ich die Sache zu Ende, koste es, was es wolle.«

Als Veronika vor der Gegensprechanlage stand, musste sie ihre ganze Kraft zusammennehmen, um den Knopf neben dem Schild ORDINATION DR. JAKOB ULRICH zu drücken. Um keine Missverständnisse aufkommen zu lassen, hielt sie das ominöse Foto Richtung Kamera, die über der Eingangstür montiert war.

Veronika wartete mit klopfendem Herzen auf den Summton, der jeden Augenblick ertönen musste. Aber es ertönte kein Summton. Sie sah auf ihre Armbanduhr. Es war jetzt kurz nach eins, und laut dem Schild hätte die Ordination geöffnet sein müssen. Veronika drückte den Knopf ein zweites Mal und ließ den Finger etwas länger auf der Taste ruhen. Wieder tat sich nichts.

»Das darf doch nicht wahr sein«, fluchte sie und trat mit dem Fuß gegen die Haustür. Aber außer, dass sie sich die große Zehe verstauchte, passierte gar nichts. Am liebsten hätte sie geheult, was ihr in diesem Augenblick aber auch nichts gebracht hätte. Als sie sich umdrehte, stand plötzlich Jagoda Dragičević vor ihr.

Nachdem Sarema Abubakarowa der Innenministerin der Republik Österreich die Haare geschnitten hatte, band sie ihr das Kopftuch um, das sie zuvor getragen hatte. Sarema Abubakarowa holte einen Pass aus ihrer Tasche und sah zuerst auf das Foto, dann auf Maria Sperr. Said al-Chattab nickte, und die Frau löste vorsichtig das Klebeband von Sperrs Mund. Maria Sperr hustete, spuckte und würgte.

»Wascher, Wascher«, stammelte sie, und Sarema Abubakarowa flößte ihr etwas Wasser aus einer Flasche ein. Sperr schluckte gierig und schien sich ein wenig zu beruhigen. Sie starrte die beiden an. »Wasch ischt hier losch? Isch bin die Innenminischterin von Eschterreich. Isch befehle Ihnen, misch schofort tschu befreien.« Nach der langen Knebelung haperte es noch ein wenig mit der Aussprache.

Sarema Abubakarowa und Said al-Chattab machten allerdings keine Anstalten, Maria Sperr von ihren Fesseln zu befreien. Stattdessen nahm die Frau Sperrs Kleider und verschwand damit in einer hinteren Ecke der Hütte. Maria Sperr drehte sich um, aber der Mann versperrte ihr mit seinem Körper die Sicht. Wenig später trug Sarema Abubakarowa Maria Sperrs Kleider und hielt den Reisepass der Innenministerin in ihren Händen. Said al-Chattab verglich das Foto in Sperrs Pass mit Sarema Abubakarowas neuem Aussehen und nickte zufrieden. Sie legte ihre Kleider auf den Stuhl neben der Tür. Maria Sperr verfolgte die Vorgänge gespannt, war aber zu verwirrt, um zu verstehen, was hier vor sich ging.

Said al-Chattab holte aus der Umhängetasche einen Lederhandschuh und eine Gartenschere. Den Handschuh streifte er sich über die linke Hand, die Gartenschere hielt er in der rechten. Er stellte sich breitbeinig vor die Innenministerin, die ihn ungläubig anstarrte.

»Wasch tun Schie?«, fragte sie wimmernd.

Während Sarema Abubakarowa durch das verdreckte Fenster in den friedlichen Wald blickte, griff der Mann nach der geschwollenen Zunge der Innenministerin und zog sie, soweit es ging, heraus. Maria Sperr grunzte und rollte mit den Augen. Sie versuchte, Said al-Chattab in die Hand zu beißen, was ihr aber nicht gelang. Der Mann klapperte kurz mit der Gartenschere, ehe er mit ein paar schnellen Schnitten die Zunge der Innenministerin spaltete. Zum Glück für Maria Sperr war ihre Zunge so geschwollen, dass Said al-Chattab nur die ersten drei, vier Zentimeter durchtrennen konnte. Das Blut schoss sturzflutartig aus ihrem Mund, und es dauerte lange, bis sie zu spucken und würgen aufhörte. Sie war von oben bis unten mit Blut besudelt, und Sarema Abubakarowa hatte Mühe, das Blut, den Kot und den Urin mit einem feuchten Tuch zumindest oberflächlich von Maria Sperrs Körper abzuwischen.

In der menschenleeren Lobby war nur das Brummen der Klimaanlage zu hören. Camilla saß auf einem der bequemen Fauteuils und wartete, dass jemand vom Personal kam. Sie sah noch einmal in ihren Unterlagen nach und vergewisserte sich, dass für sie im Hotel *Zum Hohen Hirn* ein Einzelzimmer reserviert worden war. Camilla klopfte mit den Fingern nervös auf das kleine Tischchen vor sich und ging zur Rezeption, wo sie ein weiteres Mal die Klingel betätigte. Aber wieder rührte sich nichts.

Sie blickte aus dem Fenster und sah auf der Straße eine schwarze Mercedes-Limousine vorbeifahren. Im Fonds des Wagens saßen ein Mann und eine Frau. Der Wagen hatte ein Diplomatenkennzeichen und verschwand gleich wieder aus ihrem Blickfeld. Camilla fragte sich, was ein Diplomat ausgerechnet in diesem gottverlassenen Nest zu suchen hatte, vergaß das Fahrzeug aber gleich wieder.

Hätte Camilla Glyck den Dienstwagen der Innenministerin der Republik Österreich und deren Fahrer Nicolae Petrescu jemals aus der Nähe gesehen, wäre ihr möglicherweise etwas aufgefallen. Aber so?

Nachdem die Hotelangestellten offenbar Mittagspause machten, nahm Camilla ihre beiden Taschen und ging zum Auto zurück. Auch wenn der Gendarmerieposten laut ihren Unterlagen nur fünfhundert Meter vom Hotel entfernt war, wollte sie lieber den Wagen nehmen. Man konnte ja nie wissen.

Camilla Glyck fuhr zweimal an dem desolaten Gebäude vorbei, weil sie es nicht für möglich gehalten hätte, dass sich darin eine Polizeiwachstube befand. ›Das darf doch nicht wahr sein.‹ Sie stieg aus dem Auto und betrachtete die Fassade. Vor allem der kleine Strauch, der unter dem Dach aus einer Mauerritze wuchs, faszinierte sie. Camilla holte ihre Tasche mit dem Laptop aus dem Kofferraum und betrat das Gebäude. Der Geruch, der ihr dabei entgegenschlug, hätte sie beinahe umgeworfen. Sie hielt den Atem an und klopfte an die Tür der Wachstube. Nachdem sich auch auf das zweite Klopfen hin niemand meldete, öffnete sie die Tür.

Camilla war sprachlos. Würde sie in Wien erzählen, was sie gerade sah – und vor allem roch –, kein Mensch würde es ihr glauben. Der Gestank war so bestialisch, dass sie sofort zurückwich und die Haustüre öffnete, damit wenigstens etwas frische Luft in den Raum dringen konnte. ›Bitte, was ist das?‹, fragte sich Camilla und starrte ungläubig auf die unzähligen Fischereiutensilien im Raum. Hier gab es weder Computer noch Kopierer, dafür war auf einer Tischkante ein alter Fleischwolf montiert, aus dem die Schwanzflosse eines Fisches wie eine herzförmige Fahne herausragte. Auf den Fischwürstchen, die auf der Vorderseite des Fleischwolfs heraushingen, saßen dutzende Fliegen, die sich wie im Paradies vorkommen mussten. Hier roch es nach einer Mischung aus ranzigem Speck und Kohl, außerdem schweißelte es wie im ungelüfteten Schlafsaal eines Internats.

Dass die Polizeireform an diesem Wachposten spurlos vorübergegangen sein musste, bewiesen auch eine abgetragene Gendarmerieuniform und eine speckige Dienstkappe, die auf einem Garderobenständer hingen. Irgendwann brachte Camilla ein zögerliches »Hallo, ist hier jemand?« heraus, bekam auf ihre Frage aber keine Antwort.

Camilla näherte sich der Tür, die in einen anderen Raum führte, und achtete darauf, dass sie weder über den Kübel mit dem Aalfutter noch über die Plastiktasche mit den blutverschmierten Kartoffeln stolperte.

Nachdem sie auch in der ehemaligen Ausnüchterungszelle niemanden gefunden hatte, hielt sie sich die Nase zu und ging zurück in die Wachstube. Auf einem der Tische entdeckte sie zwischen Angelzeitschriften, Heftromanen, Aalbüchern und alten Lottoscheinen einen Schnellhefter, der zumindest entfernt an ein offizielles Dokument erinnerte. Auf dem Hefter stand mit schwarzem Filzstift *Verhör Bartl Rettenbacher / Tod von Vitus Schallmoser.* Rettenbacher und Schallmoser, waren das nicht zwei jener Namen, die die Frau in der Gemischtwarenhandlung erwähnt hatte? Camilla nahm den Akt an sich und verließ den Gendarmerieposten von Bad Fucking so schnell sie konnte.

Sie setzte sich ins Auto und brauchte eine Weile, bis sich sich von diesem optischen und olfaktorischen Schock erholt hatte. Eigentlich war sie hierhergeschickt worden, um nach Verbindungen zwischen der verschwundenen Innenministerin und diesem Ort zu suchen. Aber alles, was sie bisher gesehen hatte, waren eine Gemischtwarenhändlerin mit einer Gesichtslähmung, eine verwaiste Hotellobby und ein völlig desolater Gendarmerieposten ohne Gendarmen. Ja, und eine Mercedes-Limousine mit einem Diplomatenkennzeichen hatte sie auch noch gesehen. Wenn sie das am Abend ihrem Chef erzählte, würde er sie auslachen. Aber Camilla wollte nicht ausgelacht werden.

Sie überflog noch einmal ihre Unterlagen und musste als Nächstes wohl oder übel dem Bürgermeister einen Besuch abstatten. Sie hätte zwar lieber zuerst mit dem Postenkommandanten gesprochen, aber so, wie es in diesem Laden aussah, hätte das wahrscheinlich ohnehin nicht viel gebracht. Ein paar Minuten wollte sie noch warten und in der Zwischenzeit das Verhörprotokoll lesen. Camilla klappte den Schnellhefter auf und fand darin ein einzelnes Blatt Papier. Der Text war mit einer mechanischen Schreibmaschine getippt worden.

Wegen dem Tod vom Vitus Schallmoser hat auf der Gendarmerie das Verhör mit Bartl Rettenbacher stattgefunden:
Wann und wo ist der ~~Verdächtige~~ Verhörte geboren?

Vor 72 Jahren im Hotel Europa in Bad Fucking. An welchem Tag genau, kann ich mich nicht erinnern.

Wer sind die Eltern gewesen?

Meine Mutter war zuerst Dienstmagd im Hotel und später Köchin. Meinen Vater habe ich nie kennengelernt.

Wie schaut es mit dem Beruf aus?

Der alte Schallmoser, also der Vater vom toten Vitus, hat mich als Laufburschen im Hotel gelassen, später bin ich Hoteldiener geworden und geblieben, bis sie das Hotel vor acht Jahren zugesperrt haben.

Wie ist der Verhörte zum Toten in Kontakt gestanden?

Der Vitus war der einzige Mensch in diesem Ort, der mich als seinesgleichen behandelt hat. Ich habe mein ganzes Leben in diesem Hotel verbracht, ich war praktisch ab meinem zehnten Lebensjahr hier als Diener tätig. Und als Pension kriege ich vierhundert Euro. Der Vitus hat mir wenigstens die Möglichkeit gegeben, daß ich was zum Wohnen hab, bis ich sterbe. Und wie er dann aus dem Gefängnis herausgekommen ist vor fünf Jahren und sich in die Höhle zurückgezogen hat, da war ich der einzige Mensch, mit dem er überhaupt noch geredet hat. Der hat fünf Jahre lang mit keinem Menschen mehr ein Wort geredet und hat den Ort auch nie mehr betreten. Ich war der Einzige, zu dem er noch Vertrauen gehabt hat.

Was war der Grund dafür?

Der Vitus hat es nicht verwunden, daß seine Frau sich hat scheiden lassen und den Bürgermeister geheiratet hat, während er im Gefängnis war. Er hat gewußt, daß ihn der Hintersteiner hereingelegt hat und seine Frau ihn auch betrogen hat. Ich kenne mich bei den Geschäften nicht aus, die der Schallmoser gemacht hat, aber damals muß irgendwas passiert sein, mit dem er nicht gerechnet hat. Sonst wäre er nie zu drei Jahren Gefängnis verurteilt worden. Aber man hat ihn nach zwei Jahren entlassen, wegen guter Führung oder sowas ~~Ähnlichen~~ ähnlichen. Aber mit mir hat er über diese Sache auch nicht geredet.

Was ist mit dem Sparbuch, das was Du gestern erwähnt hast, wie wir den Schallmoser in der Höhle gefunden haben?

Ich hab ja schon gesagt, daß ich der einzige Mensch im ganzen Ort war, der zum Vitus Kontakt gehabt hat. Und wie er aus dem Gefängnis entlassen worden ist, ist er noch am selben Tag zu mir ins Hotel gekommen und hat mir ein Sparbuch in die Hand gedrückt. Er hat gesagt, für dieses Geld soll ich ihm einmal in der Woche was zum Essen kaufen und in die Höhle bringen.

Woher stammte das Geld?

Das weiß ich nicht, aber er hat gesagt, das Geld müßte ein paar Jahre reichen und wenn er früher sterben sollte, dann soll ich es behalten als Wiedergutmachung.

Als Wiedergutmachung für was?

Das weiß ich nicht.

Wieviel ist noch auf dem Sparbuch drauf?

71 Euro.

Die Gendarmerie überzeugt sich, daß das stimmt und schickt Bartl wieder nach Hause.

Das Verhör wurde von Arthur Stallinger geführt und am 13. Juli ordnungsgemäß abgetippt.

Camilla hätte große Lust gehabt, das Verhörprotokoll als Beweismittel für die unglaublichen Zustände in diesem Ort mit nach Wien zu nehmen, entschied sich dann aber doch anders. Sie hielt sich erneut die Nase zu und legte den Schnellhefter in der Wachstube an seinen Platz zurück.

Sie startete den Wagen und wollte gerade zurückstoßen, als sie am Ende der Straße eine schwankende Gestalt sah. Die Frau trug ein langes, dunkles Kleid und ein Kopftuch. Camilla drehte den Zündschlüssel und stieg aus. Immer wieder blieb die Frau stehen und spuckte eine zähe, dunkle Flüssigkeit auf den Boden. ›Ach, du meine Güte, was ist denn mit dieser Frau los?‹ Sie lief der schwankenden Gestalt entgegen und erschrak. Die Frau sah fürchterlich aus und roch nach Urin, Kot und Blut. Dass sie dringend ärztliche Hilfe brauchte, war unübersehbar.

Camilla lief zum Auto zurück und holte ihr Handy. Sie wählte die Nummer 144 und dachte zunächst, ihr Handy sei defekt. Erst beim dritten Versuch fiel ihr ein, dass Dr. Klopf ausdrücklich darauf hingewiesen hatte, dass in Bad Fucking weder Internet noch Handys funktionierten. ›Scheiße, auch das noch‹, fluchte Camilla und lief zur Frau zurück, die sich in der Zwischenzeit auf die Gehsteigkante gesetzt hatte.

»Was ist denn mit Ihnen passiert? Können Sie sprechen? Verstehen Sie mich?«

Die Frau hob langsam den Kopf, und Camilla wich unwillkürlich zurück. Ihr Gesicht war geschwollen und aus ihrem Mund quoll Blut. »Krkbrtlum trklmbto wscht rchtn chtorch«, war alles, was sie herausbrachte.

Camilla sah sich um und fragte sich, wo die Menschen in diesem Ort waren. Versteckten sich alle in ihren Häusern? Auf der Straße war jedenfalls niemand zu sehen. ›Das darf doch nicht wahr sein.‹ Camilla überlegte fieberhaft, was sie tun sollte. Ihr Auto würde zwar versaut werden, aber in dieser Situation blieb ihr gar nichts anderes übrig, als die Frau ins Hotel zu bringen und von dort einen Arzt oder die Rettung zu rufen.

»Schaffen Sie es bis zu diesem Auto dort? Sie können sich auf mich stützen.«

Camilla half der Frau auf die Beine und schleppte sie zu ihrem Wagen.

Als die beiden Gendarmen Wellisch und Stallinger die Metzgerei verließen, fuhr auf der Straße gerade ein Wagen vorbei, in dem auf dem Beifahrersitz eine zusammengesunkene Frau mit einem Kopftuch saß. Aber weder Wellisch noch Stallinger nahmen von dem Auto Notiz, da sie andere Sorgen hatten. Wellisch musste schleunigst seine Vorbereitungen für die Rückkehr der Aale abschließen, und Stallinger wollte nach Hause, um seine Dachrinne zu reparieren. Um den defekten Schalter am Rasenmäher würde er sich ein anderes Mal kümmern.

Wellisch und Stallinger verabschiedeten sich von Philipp Hintersteiner und Frau Sussalek, die mit Pamminger noch Details wegen der Miete für die Lagerung der beiden Leichen im Kühlraum besprechen mussten.

»Komm, Arthur, uns geht das zum Glück nichts mehr an«, sagte Wellisch zum Hilfsgendarmen, »schauen wir, dass wir weiterkommen.«

Wellisch setzte sich auf den Rücksitz und Stallinger startete sein Dienstmoped. Wenig später hielt der Hilfsgendarm vor der Kirche von Bad Fucking, wo Wellisch abstieg.

Wellisch betrat die Kirche, bekreuzigte sich und setzte sich in die erste Reihe. Drei Jahre lang hatte er auf der rechten Seite ministriert – *Ad Deum, qui laetificat juventutem meam* – und dabei das Altarbild stets in seinem Blickfeld gehabt. Noch einmal betrachtete er das Gemälde, das die Beweinung Christi zeigte.

Maria saß mit dem Leichnam am Fuße des Kreuzes und stützte mit der rechten Hand das dornenbekrönte Haupt ihres Sohnes. Maria Magdalena stand mit ausgebreiteten Armen am linken Rand und unterstrich mit dieser Haltung ihre ganze Bestürzung über das Geschehen. Neben ihr kniete Johannes mit gefalteten Händen und sorgenvoller Stirn. Rechts vom toten Christus kniete der weltliche Stifter des Gemäldes in reich bestickter Tracht, der mit fassungslosem Ausdruck den Leichnam berührte. Am rechten Bildrand stand ein Ordensbruder, dessen Blick nicht auf Christus, sondern auf den Betrachter gerichtet war. Der Ordensmann hielt in der Linken eine geöffnete Bibel und deutete mit dem rechten Zeigefinger auf den Leichnam. Wenn man genau hinsah, konnte man auf den Bibelseiten die Zahlen XV. und VII. erkennen.

Auffällig an diesem Gemälde war der Vollmond, der die weitläufige Landschaft mit dem breiten Flussbett zwischen den beiden Bergketten in ein merkwürdig diffuses Licht tauchte. Während die linke Bergformation mit ihren ebenmäßigen Bäumen, den weidenden Schafen und der sicheren Festung eine idyllische Atmosphäre verbreitete, ging vom Berg auf der rechten Seite etwas Bedrohliches aus. Der Berg wirkte hier wie aufgerissen, die Felsen erinnerten teilweise an Fratzen, und aus seinem Inneren entsprang eine Quelle. Das Wasser sammelte sich in mehreren Becken und schoss schließlich als tosender Wasserfall in die Tiefe. Weiter hinten lag inmitten eines mächtigen Waldes ein See, zu dem ein Weg führte. Bei genauerer Betrachtung konnte man in dieser Schneise schlangenartige Tiere erkennen, die sich auf den See zubewegten.

Die Tatsache, dass der Maler die Beweinung Christi in eine Vollmondnacht verlegt hatte und auf den Bibelseiten die Zahlen XV. und VII. zu erkennen waren, bestärkte Wellisch in seiner Überzeugung, dass die Aale in der Vollmondnacht eines 15. Juli in den Höllensee zurückkehren würden. Er bekreuzigte sich und verließ aufgewühlt die Kirche.

Adalbert und Ludmilla standen am Rande der Lichtung in Sichtweite der Wohnhöhle und wussten nicht so recht, was sie als Nächstes tun sollten. Laut telefonischer Abmachung mit ihrem Agenten sollte die Geldübergabe an jenem Ort stattfinden, von dem aus Ludmilla (alias Milena) in die Höhle mit den imposanten Wandmalereien eingestiegen war. Adalbert wurde erst jetzt bewusst, dass die Sache möglicherweise doch ein bisschen gefährlicher war, als er gedacht hatte.

Bisher war alles, was mit Ludmillas Tätigkeit zu tun gehabt hatte, mehr oder weniger abstrakt gewesen. Er hatte zwar Fotos von Höhlenmalereien gesehen und von Ludmilla die eine oder andere – wahre oder unwahre – Geschichte gehört, aber wie es sich anfühlte, wenn man plötzlich Akteur in einer solche Geschichte war, davon hatte er keine Ahnung. Jetzt war es soweit, und Adalbert hatte plötzlich ein flaues Gefühl im Magen. Was hatte er sich überhaupt erwartet? Dass Ludmilla und er gemütlich zum vereinbarten Treffpunkt spazierten, anstandslos viertausend Euro ausgehändigt bekamen und dann lachend und händchenhaltend zum Auto gingen und nach Wien zurückfuhren, wo sie mit Sunny und Sven eine große Party feierten? Dummerweise konnte er sich ausgerechnet jetzt an keinen einzigen Film erinnern, in dem eine Geldübergabe ohne Probleme über die Bühne gegangen wäre. ›Scheiße, ich hätte doch lieber auf die

Götter hören sollen.‹ Er wischte sich den Schweiß von der Stirn und wusste, dass es kein Zurück mehr gab.

Ludmilla griff in ihre Umhängetasche und entsicherte eine Pistole. Adalbert starrte sie entgeistert an. »Nur zur Sicherheit«, sagte sie und deutete mit dem Lauf Richtung Wohnhöhle. Ludmilla machte jedenfalls einen wesentlich entschlosseneren Eindruck als Adalbert. »Gehen wir«, sagte sie. Der junge Mann mit dem Wuschelkopf folgte ihr mit schlotternden Knien.

Ludmilla blieb neben der halbgeöffneten Holztür stehen und warf einen Blick ins Innere der Wohnhöhle. Adalbert versteckte sich hinter ihr und kam sich wie ein Feigling vor. Er tröstete sich aber mit dem Sprichwort: *Lieber fünf Minuten feig, als ein ganzes Leben lang tot.*

»Hallo«, rief Ludmilla, »wir sind hier. Ich komme wegen der Geldübergabe. Ich habe meinen Freund mitgebracht, ich hoffe, dass das in Ordnung ist.«

In der Wohnhöhle rührte sich nichts. Sie blickte sich um, aber weder auf der Lichtung noch im Wald war jemand zu sehen.

»Los, wir gehen hinein.« Milena betrat mit der Pistole im Anschlag die Höhle. Adalbert folgte ihr und spürte, wie ihm schlecht wurde. Als er feststellte, dass außer ihnen niemand in der Höhle war, atmete er erleichtert auf. Er rieb sich die Augen und deutete auf den Tisch. »Schau, Milena, äh, Ludmilla, da liegt etwas.«

Ludmilla steckte die Pistole in die Tasche und ging zum Tisch. Dort lag tatsächlich etwas. Es waren zehn Einhundert-Euro-Scheine. Daneben lag ein Zettel. DEN REST GIBT ES VOR DEM STÜRZENDEN PFERD.

»Ich verstehe«, sagte sie, »er will uns in die Höhle locken.«

»Ach du Scheiße.« Adalbert schluckte nervös. »Aber das können wir nicht machen. Das ist viel zu gefährlich. Es weiß ja überhaupt niemand, dass wir hier sind. Ludmilla, komm, nimm das Geld, und wir verschwinden. Mir ist das alles ein bisschen zu viel. Du weißt ja gar nicht, was das für Typen sind, die da unten auf uns warten.«

Ludmilla sah Adalbert mit einem fast mitleidigen Lächeln an. »Keine Angst, ich kenne diese Leute. Die bluffen nur. Die wollen, dass ich mich mit eintausend Euro zufriedengebe und abhaue. Für sie wäre damit die Sache erledigt. Aber vereinbart waren viertausend Euro. Es fehlen also noch dreitausend. Und die hole ich mir jetzt.«

Ludmilla kniete sich auf den Boden und kroch unter das Bett. Ihre Pistole hatte sie in den Hosenbund gesteckt. Sie hatte Adalbert zwar erzählt, dass es von der Wohnhöhle eine Verbindung zur Höhle mit den Wandmalereien gab, trotzdem verstand er nicht, was Ludmilla unter dem Bett machte. Sie streckte den Kopf heraus. »Adalbert, du wartest hier. Wenn ich in einer halben Stunde nicht zurück bin, holst du die Polizei. Verstanden?«

»Äh, ja, verstanden, aber was soll das alles?«

Adalbert kniete sich nieder und sah, wie Ludmilla auf dem verdreckten Boden Richtung Felswand robbte. Dort kroch sie in eine Öffnung, die höchstens einen halben Meter hoch und einen Meter breit war. Erst jetzt kapierte Adalbert, dass das der Eingang zu dieser geheimnisvollen Höhle mit den Wandmalereien war. Gleichzeitig fragte er sich, wer in dieser Wohnhöhle hauste und was das eingetrocknete Blut am Boden zu bedeuten hatte. Er lehnte sich ans Bett und versuchte, einen klaren Gedanken zu fassen.

Veronika Sandleitner und Jagoda Dragičević sahen einander lauernd an.

»Sie sind doch die Putzfrau, von der Doktor Ulrich dieses Foto gemacht hat«, sagte Veronika herablassend und hielt Jagoda das Foto vor die Nase.

Jagoda machte unwillkürlich einen Schritt zurück. »Was wollen Sie?«, stammelte sie.

»Von Ihnen will ich gar nichts.« Veronika deutete auf das Metallschild neben der Tür. »Von Doktor Ulrich will ich etwas.«

In Jagodas Kopf ging es drunter und drüber. »Was wollen Sie von Doktor Ulrich?«

»Das geht Sie nichts an«, antwortete Veronika aggressiv.

Belgrad war plötzlich ganz weit weg, und Jagoda hatte das Gefühl, dass sie dort nie ankommen würde. Sie wusste, dass Veronika Sandleitner im Fotogeschäft arbeitete, aber auf die Idee, dass Dr. Ulrich seine Filme ausgerechnet dort entwickeln ließ, wäre sie im Traum nicht gekommen.

»Woher haben Sie das Foto?«, fragte Jagoda mit dünner Stimme und deutete auf das Corpus Delicti. Dass Veronika Sandleitner jetzt wusste, wie sie unten aussah, war ihr so peinlich, dass sie am liebsten davongelaufen wäre. Andererseits war sie froh, dass gewisse Dinge endlich zu einem Abschluss kamen. Wann sie in Belgrad ihr Café eröffnen würde, wusste sie nicht, dafür wusste sie, dass ihre Zeit in Bad Fucking abgelaufen war. Und zwar endgültig.

»Na, woher werde ich es wohl haben? Ich habe den Film entwickelt und dabei diesen netten Schnappschuss entdeckt. Ob ihn allerdings Doktor Ulrichs Frau auch nett findet, wage ich zu bezweifeln.«

Bei Jagoda fiel der Groschen. »Ich verstehe, Sie wollen Doktor Ulrich erpressen.«

Veronika Sandleitner wurde wütend, weil sie sich verraten hatte. Wien und die Oper waren plötzlich wieder in ganz weite Ferne gerückt.

»Erpressen? Sind Sie verrückt, weshalb sollte ich Doktor Ulrich erpressen? Ich wollte ihm lediglich die zehn Abzüge vorbeibringen, die er von diesem Foto bei mir bestellt hat.« Veronika betrachtete mit einer demonstrativen Neugier das Foto.

Jagoda wurde bleich. »Was sagen Sie da? Er hat von dieser Aufnahme zehn Abzüge bei Ihnen bestellt?«

Veronika atmete auf, weil Jagoda auf ihre Lüge hereingefallen war. »Ja, aber mich geht das ja nichts an, was er mit seinen Fotos macht.«

Jagoda griff in ihre Jackentasche und holte zwei Schlüssel hervor. Es waren die Ersatzschlüssel für die Ordination, die sie sich behalten hatte. Eigentlich war sie ja hergekommen, um Dr. Ulrich ein letztes Ultimatum zu setzen. »Das möchte ich jetzt von Doktor Ulrich persönlich hören«, sagte Jagoda und schloss die Haustür auf.

Veronika wurde nervös und begann zu stottern. »Ich kann ..., wir können das auch ein anderes Mal besprechen. Ich weiß ja nicht, was Sie jetzt –.«

»Ich möchte diese Sache ein für alle Mal klären, haben Sie verstanden?«

Jagoda ließ Veronika den Vortritt, die widerwillig das Stiegenhaus betrat. ›Scheiße‹, dachte sie, ›jetzt muss ich mir schleunigst etwas einfallen lassen, sonst sitze ich in der Tinte.‹

Philipp Hintersteiner saß im Besprechungszimmer des Gemeindeamtes und starrte auf den Aschenbecher, den der alte Besamer seinem Vater irgendwann einmal zu Weihnachten geschenkt hatte. Frau Sussalek wollte in der kleinen Küche gerade Wasser für einen Beruhigungstee aufstellen, als auf ihrem Schreibtisch das Telefon läutete. Sie hob ab und sagte mit tränenerstickter Stimme, dass der Bürgermeister momentan nicht zu sprechen sei, sie aber zu seinem Sohn weiterverbinden könne. »Das ist die Bank«, rief sie durch die offene Tür.

Philipp hob ab und hatte Herrn Magister Grill in der Leitung, der bei der Providenz-Bank die Kreditangelegenheit Aloysius Hintersteiner bearbeitete.

»Ach, Sie sind der Sohn«, sagte er ein wenig enttäuscht, »ich hätte eigentlich gerne mit Ihrem Vater gesprochen.«

»Ich weiß, aber leider ist mein Vater krank, und er hat mir ausdrücklich gesagt, dass ich die Sache mit Ihnen besprechen kann.«

Der Bankbeamte machte eine kurze Pause. »Also, wie sieht es aus? Können Sie mir endlich sagen, ob der Kredit zeitgerecht zurückgezahlt wird? Verstehen Sie mich bitte nicht falsch, unserer Bank kann ja durch die Besicherung des Kredits nichts geschehen, aber wir haben selbstverständlich größtes Interesse daran, dass auch unsere Kunden zufrieden sind.«

Philipp wurde hellhörig. »Mein Vater hat diese Besicherung zwar einmal erwähnt, aber ich habe die Details, ehrlich gesagt, vergessen.«

»Ihr Vater hat den Kredit über eine Million Euro mit dem Hotel *Zum Hohen Hirn* besichert. Das wird er Ihnen doch gesagt haben, nehme ich an?«

Philipp wäre vor Schreck fast vom Stuhl gefallen. »Bitte können Sie das noch einmal wiederholen, was Sie da eben gesagt haben?«

Der Bankbeamte wirkte ein wenig verunsichert. »Ja, Herr Hintersteiner, Ihr Vater hat vor zwei Jahren bei uns einen Kredit in Höhe von einer Million Euro aufgenommen und diesen Kredit mit dem Hotel *Zum Hohen Hirn* besichert. Also für den unwahrscheinlichen Fall, dass der Kredit uneinbringbar wäre, würde unsere Bank auf das Hotel zurückgreifen. Aber so wie ich Ihren Vater verstanden habe, wird es dazu ja ohnehin nicht kommen, oder?«

In der Bank wurde Magister Grill auch *Grillmeister* genannt, weil er zahlungsunfähige Kunden gerne auf dem heißen Rost schmoren ließ.

Jagoda Dragičević sperrte die Tür zur Ordination auf und betrat gemeinsam mit Veronika Sandleitner den Vorraum. Beiden Frauen war nicht ganz wohl bei der Sache, weil sie nicht wussten, ob Dr. Ulrich hier war oder nicht.

»Herr Doktor?«, fragte Jagoda Richtung Behandlungsraum, aber es kam keine Antwort.

Veronika war erleichtert, weil ihr dadurch die Konfrontation mit dem Zahnarzt erspart blieb. Sie hatte zwar keine Ahnung, ob sie von Dr. Ulrich je einen Euro bekommen würde, aber jetzt war es zunächst einmal wichtig, heil aus dieser Ordination herauszukommen.

Jagoda ging in das angrenzende Büro und stieß einen spitzen Schrei aus. »Bosche moi«, murmelte sie und bekreuzigte sich.

Veronika folgte ihr und blieb abrupt stehen. »Ach, du meine Güte, das darf doch nicht wahr sein.«

Dr. Ulrich lag auf dem Boden und war offensichtlich von hinten erschossen worden. Auf seinem weißen Hemd hatte sich ein großer Blutfleck gebildet, der in der

Mitte fast schwarz war. Der leere Tresor stand offen, und das zweitausend Euro teure Gemälde *Jasmin, auf einem Elefanten reitend* war an den Scharnieren zur Hälfte aus der Wand gerissen worden. Der Mörder mochte offenbar keine moderne Ordinationskunst.

Veronika wurde mit einem Schlag klar, dass sie alles vergessen konnte, was sie sich in den letzten Tagen zusammengeträumt hatte. Sie kam sich vor wie ein Kind, das beim Mensch-ärgere-dich-nicht-Spiel kurz vor dem Ziel in die Anfangsposition zurückversetzt wird. Ihr fiel der Titel eines Buches ein: *Das Leben ist ein langer, ruhiger Fluss.* ›Schwachsinn‹, dachte sie, ›das Leben ist eine verfickte, stinkende Kloake.‹

»Geben Sie mir jetzt bitte die zehn Fotos.« Jagoda hielt Veronika ihre offene Hand entgegen.

Eine viertel Stunde, nachdem sich Philipp vom ersten Schock erholt hatte, läutete erneut das Telefon. Am Apparat war eine Mitarbeiterin der Immobilienentwicklungsgesellschaft *Omega*, die Aloysius Hintersteiner sprechen wollte. »Es ist dringend!«

»Mein Vater ist tot«, sagte Philipp müde.

»Oh, das tut mir leid«, antwortete die Frau, »aber wir haben da ein größeres Problem. Ich weiß nicht, ob Ihnen der Name Alexander Bendar etwas sagt, aber Herr Bendar ist gestern wegen diverser Finanzvergehen verhaftet worden, und bei Durchsicht seiner Unterlagen haben wir herausgefunden, dass er auch mit Ihrem Vater Geschäfte gemacht hat, die, wie soll ich sagen, also, die illegal waren. Allerdings geht aus den Akten hervor, dass Ihr Vater gewusst hat, dass es sich dabei um illegale Geschäfte handelte.«

Philipp starrte auf den Aschenbecher mit dem Logo der Firma Besamer und musste unwillkürlich an Vroni Sandleitner denken. ›Mit der Besamung dieser Drecksau wird es also auch nichts.‹ Er stellte sich vor, wie er Vroni im Wald an einen Baum fesselte, vergewaltigte und anschließend umbrachte.

»Sind Sie noch da?«, fragte die *Omega*-Mitarbeiterin beflissen.

»Ja, ich bin noch da, aber ich weiß nicht genau, was Sie von mir eigentlich wollen.«

»Ganz genau kann ich Ihnen das auch noch nicht sagen, aber offensichtlich hat Ihr Vater Geld der Gemeinde auf sein Privatkonto umgeleitet und dieses Geld Herrn Bendar zur Veranlagung überlassen. Aber das müssen sich unsere Anwälte noch alles im Detail ansehen. Allerdings fürchte ich, dass unsere Gesellschaft Ansprüche stellen wird, die auch das Erbe Ihres Vaters betreffen könnten.«

Philipp legte auf und verließ das Büro.

»Philipp, was ist denn los?«, rief ihm Frau Sussalek mit tränenerstickter Stimme nach.

Mit letzter Kraft schaffte es Camilla Glyck, die verletzte Frau in die Hotellobby zu schleppen. Da noch immer niemand zu sehen war, führte sie die Frau zu einem Fauteuil und half ihr beim Hinsetzen. Camilla fragte sich, wie der Hotelmanager – falls er überhaupt je auftauchen sollte – auf die Blutspur am Boden reagieren würde.

Sie kniete sich neben die Frau und sprach langsam und deutlich. »Verstehen Sie Deutsch? Was ist passiert? Woher kommen Sie?«

Die Frau gab eine unverständliche Antwort. »Tfrung. Tfrung. Nnmschtrin. Nkl. Nkl. Schprrr.«

Camilla durchsuchte die Taschen der Frau und fand einen Reisepass. ›Ach du meine Güte, auch das noch. Sarema Abubakarowa aus Grosny in Tschetschenien. Das ist doch völlig unmöglich. Wie kommt denn eine Tschetschenin in diese Gegend?‹

Sie kniete sich erneut neben die Frau. »Sind Sie Frau –« sie warf einen Blick in den Pass »– Frau Abubakarowa aus Grosny?«

Die Frau schüttelte energisch den Kopf, wobei Blut aus ihrem Mund rann. »Nemischtrdg. Schprrr. Schprrr.« Sie machte mit der Hand eine Schreibbewegung.

»Wollen Sie etwas aufschreiben?«

Die Frau nickte.

Camilla ging zur Rezeption und holte ein Blatt Papier mit dem Logo des Hotels *Zum Hohen Hirn*. Sie legte es vor die Frau auf den Tisch und gab ihr einen Kugelschreiber. Die Frau tat sich sichtlich schwer, aber nach drei vergeblichen Versuchen hatte sie den Namen MARIA SPERR auf den Zettel geschrieben.

Camilla sah die Frau an. Was hatte Frau Abubakarowa aus Grosny mit der Innenministerin Maria Sperr zu tun? Plötzlich verstand sie. ›Natürlich, es geht um Asyl.‹

Sie ergriff die zitternde Hand der Frau. »Sie wollen sagen, dass Sie um Asyl angesucht haben und dass Maria Sperr Ihren Antrag abgelehnt hat? Aber das erklärt noch immer nicht, warum Sie so aussehen. Sie brauchen dringend einen Arzt.«

Die Frau grunzte und schüttelte den Kopf.

»Sie brauchen keine Angst zu haben«, sagte Camilla beruhigend, »in diesem Zustand können Sie nicht abgeschoben werden«.

Die Frau warf Camilla einen Hilfe suchenden Blick zu, aber Camilla wusste jetzt, was zu tun war. »Warten

Sie hier, ich gehe nur kurz zur Rezeption, um zu telefonieren.«

Camilla wählte Dr. Klopfs Nummer, der sofort abhob.

»Ah, Camilla, gut, dass Sie anrufen. Hören Sie, das wird Sie interessieren. In Ihrem Haus ist heute Mittag ein Toter gefunden worden. Der Mann ist an einer Strychnin-Vergiftung gestorben. Sehr mysteriös das Ganze. Aber die Kollegen von der KP hatten dafür ein Erfolgserlebnis. Der Tote war nämlich eine zentrale Figur in einem internationalen Kinderpornoring. Das nur nebenbei. Kannten Sie den Mann?«

Camilla war baff und stotterte. »Nein, äh, ja, ich meine, ich habe ihn ein paar Mal gesehen, hatte aber natürlich keine Ahnung, was der so treibt.«

»Ist auch nicht weiter wichtig«, sagte Dr. Klopf.

In Camillas Kopf ging es drunter und drüber. »Nur so aus Interesse, weil das ja in meinem Haus passiert ist. Der Mann hatte doch einen Hund. Wissen Sie zufällig, was mit dem Hund passiert ist?«

»Einen Augenblick.« Camilla hörte, wie Dr. Klopf jemanden in seiner Nähe fragte. »Camilla, ich höre gerade, dass der Hund von unseren Leuten einer Nachbarin übergeben wurde, die eine Hundeliebhaberin ist. Aber lassen wir das, erzählen Sie mir lieber, wie der Stand der Dinge vor Ort ist. Haben Sie etwas herausgefunden? Aber bitte nur ein paar Schlagwörter, den Rest reime ich mir zusammen.«

Camilla war zu verwirrt, um eine halbwegs vernünftige Antwort geben zu können. ›Das darf nicht wahr sein, da frisst doch dieser Typ glatt die vergifteten Knacker, die ich in den Hof geworfen habe. Was muss das für eine Sau gewesen sein.‹ »Ich schreibe die Stichworte zusammen und rufe Sie in fünf Minuten wieder an. Äh, noch eine kurze Frage: Obduziert Dr. Gotthardt die Leiche aus meinem Haus?«

Dr. Klopf fragte neuerlich jemanden. »Ja, das macht der Gotthardt. Aber warum interessiert Sie das?«

»Das ist nur, weil ich mir demnächst einen Vortrag von ihm anhöre und bei dieser Gelegenheit dann gleich mit ihm persönlich über die Sache reden möchte.«

»Verstehe, verstehe. Und Sie rufen mich in spätestens fünf Minuten an? Kann ich mich darauf verlassen?«

»Ja, natürlich«, sagte Camilla und legte auf.

Wenn Dr. Gotthardt die Obduktion vornahm, konnte ihr nichts geschehen. Kein Mensch würde je eine Verbindung zwischen ihr und der Leiche herstellen. Und das Strychnin hatte ihr ja schließlich Dr. Gotthardt höchstpersönlich geliefert. ›Der wird Augen machen, wenn er dieses fette Schwein aufschneidet.‹ Trotzdem hatte Camilla ein komisches Gefühl im Bauch.

Adalbert hielt es nicht mehr länger aus und kroch nun ebenfalls unter das Bett. Wie zuvor Ludmilla zwängte er sich durch die Felsspalte und brauchte einige Sekunden, bis sich seine Augen an die Dunkelheit gewöhnt hatten. Noch bevor er wusste, wo er war, wurde er von einem Lichtstrahl geblendet. »He, verdammte Scheiße, was macht denn der Wuschelkopf da oben? Was soll das?«, fluchte ein Mann.

»Kein Problem, das ist nur mein Freund. Ich habe doch schon dreimal gesagt, dass da oben mein Freund auf mich wartet.« Ludmilla versuchte, den Mann mit der Stirnlampe zu beruhigen.

Adalbert, der sich vor lauter Angst fast in die Hosen gemacht hätte, wäre am liebsten gleich wieder zurückgekrochen, wollte sich vor Ludmilla aber nicht blamieren. Er kniff die Augen zusammen und sah, dass der Mann mit der Stirnlampe eine Waffe auf Ludmilla gerichtet hatte. ›Ach, du heilige Scheiße‹, war alles, was ihm dazu einfiel.

Direkt unter ihm lehnte an der Wand eine Eisenleiter, über die der Typ mit der Pistole und Ludmilla in die Höhle hinabgestiegen sein mussten. Dass der Tausch Chip gegen Geld nicht funktioniert hatte, war klar.

Der Mann fuchtelte mit seiner Waffe herum und deutete Ludmilla, zu ihm zu kommen. Dem Tonfall nach zu schließen, war der Mann entweder betrunken oder auf Drogen. »Verdammte Scheiße«, brüllte er, »warum hat mir Jakob nicht vertraut? Du hast übrigens auch keine Chance mehr. Bei mir ist alles geritzt. Ja, ja, der große Auftritt von Kilian the King steht unmittelbar bevor. Yeah, yeah, da werden sie alle Augen machen, die Arschlöcher in diesem Kaff. Da werden ihnen die Augen herausspringen, wenn der Nichtsnutz plötzlich die große Kohle macht.« Er hielt kurz inne und schien über etwas nachzudenken. »Weißt du was, eigentlich brauche ich deine verdammten Fotos gar nicht mehr. Mann, bin ich ein Idiot. Ich brauche doch jetzt bloß einen Fotografen herunterschicken und alles ist geritzt. Der Investor in Wien, für den die Fotos bestimmt waren, hängt sowieso schon längst am Haken. Das ist eine Goldquelle hier.« Plötzlich bewegte sich der Lichtstrahl ruckartig hin und her. Der Mann tanzte und machte merkwürdige Verrenkungen. »Ach, wie gut, dass niemand weiß, dass ich Killi Killi heiß.« Er lachte und hüpfte wie ein Verrückter von einem Bein auf das andere.

Adalbert hörte, wie Ludmilla leise fluchte. Wenn er wollte, dass Ludmila hier lebend herauskam, musste er schleunigst etwas unternehmen. Aber was? Ludmilla stand, soweit er das von seiner Position aus erkennen konnte, direkt unter ihm neben der Leiter. Etwa fünf Meter von ihr entfernt führte *Kilian the King* seinen spastischen Tanz auf. Er konnte sich auch täuschen, aber nach seiner Schätzung war die Leiter lang genug, um den Verrückten damit zu treffen. Wenn Adalbert Glück hatte, würde der Typ in der Dunkelheit gar nicht merken, dass sich die Leiter auf ihn zubewegte. Adalbert wusste, dass ihm zum Überlegen gar keine Zeit mehr blieb, also griff er mit beiden Händen nach der obersten Sprosse und schleuderte die Eisenleiter mit ganzer Kraft in die Richtung der zuckenden Stirnlampe. Er hielt den Atem an und wartete. Plötzlich machte es einen lauten Knall, der entweder von einem Schuss oder vom Aufprall einer Eisenleiter auf einen Menschen stammte. Mit einem Mal war es ruhig in der Höhle. »Ludmilla«, stammelte er, »wo bist du? Bist du verletzt?« Adalbert sah, dass die Lampe am Boden lag und sich nicht mehr bewegte.

»He, das war eine erstklassige Aktion«, hörte er Ludmilla rufen.

Adalberts Herz hüpfte vor Freude, und er wäre am liebsten gleich zu Ludmilla hinuntergesprungen. »Ist alles in Ordnung mit dir?«, fragte er und versuchte herauszufinden, was Ludmilla gerade machte.

Sie hatte die Lampe an sich genommen und richtete sie auf das Gesicht des Mannes. Adalbert sah, dass der Typ am Kopf blutete, und geriet sofort in Panik. ›Um Gottes willen, hoffentlich ist er nicht tot.‹

»Ludmilla«, er stockte, als er sah, dass sie die Taschen des Mannes durchsuchte und diverse Gegenstände an sich nahm. »He, Ludmilla, was soll das? Bitte lehne sofort wieder die Leiter an die Wand und komm herauf.

Um den Rest soll sich die Polizei kümmern, das ist nicht mehr unsere Angelegenheit.«

»Scheiße, ich hätte mir ja denken können, dass dieser Penner kein Geld bei sich hat. Gut, dann muss ich das eben in Prag klären.« Ludmilla war hörbar sauer.

Adalbert war völlig durcheinander und überlegte, was diese Bemerkung bedeuten könnte. Plötzlich sah er, wie Ludmilla dem Mann mit einem Stein einen Schlag auf den Kopf versetzte.

»Ludmilla, bist du vollkommen verrückt? Bitte hör sofort auf damit, das ist doch Wahnsinn, was du da tust.«

»Und was, wenn er zu sich kommt, während ich auf der Leiter stehe, und er mich samt der Leiter umwirft? Ich kenne diese Typen, denen darf man keine Sekunde lang trauen.«

Binnen weniger Sekunden war Adalberts euphorische Stimmung verflogen. Auch wenn der Mann ein Krimineller war, ging das eindeutig zu weit. Er hoffte inständig, dass der Mann nicht tot war.

Gerade, als Ludmilla die schwere Eisenleiter an die Wand lehnen wollte, hörten sie in der Ferne eine Stimme. »Hey, man, ist da jemand?« Das war eindeutig Gregs Stimme.

»Greg, hallo Greg, wir sind hier. Hörst du uns?« Adalbert schrie, so laut er konnte. »Los, Ludmilla, gib ihm mit der Lampe ein Zeichen, vielleicht sieht er sie.«

Ludmilla kletterte einige Sprossen der Leiter hoch und bewegte die Lampe hin und her. »Greg, siehst du das Licht? Geh in die Richtung, aus der der Lichtschein kommt. Hast du Sandra gefunden?«

»Yeah, man, yeah, ich habe sie gefunden. Ein Wunder ist geschehen.«

Kurz nach der schockierenden Nachricht vom Tod des Hundebesitzers hatte sich Camilla Glyck wieder so weit gefasst, dass sie Dr. Klopf zurückrufen konnte. Die verletzte Frau kauerte immer noch in ihrem Fauteuil und versuchte, sich durch Grunzlaute verständlich zu machen. Camilla hob den Telefonhörer in die Höhe, damit die Frau sehen konnte, was Camilla hinter dem Empfangstresen machte. »Keine Angst«, rief sie ihr zu, »ich werde mich dafür einsetzen, dass Sie nicht abgeschoben werden.«

Die Frau schien die Nachricht nicht zu verstehen. »Ch bn ncht Aslntn. Ch Schprr. Schprr«, jammerte sie.

Dr. Klopf hob sofort ab. »Camilla, hören Sie, hier ist die Hölle los. Es gibt eine Nachrichtensperre im Fall Sperr, und die Regierung überlegt ernsthaft, noch heute einen interimistischen Nachfolger zu ernennen. Also, was gibt es Neues bei Ihnen? Aber bitte nur in Schlagworten.«

Camilla glaubte aus Dr. Klopfs aufgeregtem Tonfall herausgehört zu haben, dass er sich ernsthafte Hoffnungen auf einen Karrieresprung machte. Was sich gut mit ihrem Anliegen traf.

»Herr Doktor Klopf, ich habe eine Bitte in einer heiklen Angelegenheit. Ich habe hier mitten auf der Straße eine schwer verletzte Tschetschenin gefunden, die wahrscheinlich einen Asylantrag gestellt hat, der abgelehnt wurde. Ich weiß, das klingt alles ziemlich absurd, und ich habe auch nicht die geringste Ahnung, was das zu bedeuten hat, aber ich möchte Sie bitten, kurz nachzusehen, ob eine gewisse Sarema Abubakarowa aus Grosny in Österreich um Asyl angesucht hat.«

»Was erzählen Sie da? In Bad Fucking läuft eine verletzte tschetschenische Asylwerberin auf der Straße herum? Camilla, wollen Sie mich auf den Arm nehmen?«

»Keinesfalls. Die Frau sitzt hier in der Hotellobby, und ich bin gerade dabei, einen Arzt ausfindig zu machen, was in diesem Ort gar nicht so einfach ist.«

Die Frau, die das Gespräch aufmerksam mitverfolgt hatte, versuchte aufzustehen, was ihr aber nicht gelang. Stattdessen fuchtelte sie mit den Armen herum und gab geheimnisvolle Zeichen. ›Arme Frau‹, dachte Camilla.

Es war unüberhörbar, dass Dr. Klopf von Camillas Anliegen nicht besonders begeistert war. »Ich verstehe zwar nicht, was eine tschetschenische Asylantin in Bad Fucking verloren hat, aber ich möchte mit dieser Sache nichts zu tun haben. Wenn ich der Innenministerin da hineinpfusche, begebe ich mich in des Teufels Küche. Aber warten Sie einen Moment.« Camilla hörte, wie Dr. Klopf etwas in seinen Computer eintippte. »O. K., ja, hier habe ich es. Abubakarowa, Sarema, geboren in Grosny. Moment, Moment. Ja, ihr Asylantrag wurde wegen ihres Naheverhältnisses zu einer terroristischen Vereinigung in Tschetschenien abgelehnt. Die Frau sollte dieser Tage gemeinsam mit anderen Tschetschenen abgeschoben werden. Camilla, bitte machen Sie keinen Unsinn.«

»Ich mache keinen Unsinn«, verteidigte sich Camilla. »Aber die Frau ist schwer verletzt und braucht dringend ärztliche Hilfe. Jedenfalls weiß ich jetzt, woran ich bin. Sie brauchen sich aber keine Sorgen zu machen, ich habe das alles im Griff.«

»In Ordnung, in Ordnung«, sagte Dr. Klopf nervös, »aber jetzt erzählen Sie endlich, was Sie in unserer Angelegenheit herausgefunden haben.«

Camilla stockte, weil sie nicht wusste, was sie sagen sollte. Also begann sie, frei zu assoziieren. »Zwischen Sperr und dem Bürgermeister gibt es nachweislich Verbindungen. Möglich, dass die verletzte Tschetschenin etwas damit zu tun hat. Sie hat jedenfalls den Namen Maria Sperr auf einen Zettel geschrieben. Mit dem Polizeiinspektor treffe ich mich in einer Stunde, anschließend habe ich ein Gespräch mit dem Bürgermeister, und später am Abend rufe ich Sie dann an.«

Dr. Klopf klang wenig begeistert. »In Ordnung. Und halten Sie sich von dieser Abubakarowa fern, mit der ist sicher nicht gut Kirschen essen. Aber der Inspektor Wellisch wird Sie in dieser Sache sicherlich unterstützen, auch wenn er die Polizeireform bis heute offenbar erfolgreich boykottiert hat. Unter uns: Ich verstehe ihn. Ich halte diese Reform auch für kompletten Unsinn. Aber ich habe nichts gesagt, auf Wiederhören.«

Nicolae Petrescus Handy läutete, und da es der Anruf war, auf den er gewartet hatte, hob er ab.

»Nicolae«, polterte Alois Besamer jun., »bist du verrückt geworden? Wo ist die Sperr? Das ganze Land steht kopf, und du sagst mir noch immer nicht, was los ist.«

Nicolae lächelte, während er mit der Mercedes-Limousine auf der Autobahn Richtung München unterwegs war und im Rückspiegel Sarema Abubakarowa und Said al-Chattab beobachtete. Sarema sah der Innenministerin tatsächlich zum Verwechseln ähnlich.

»Bleib ganz ruhig«, antwortete Nicolae, »wie du verlangt hast, haben wir der Sperr einen kleinen Denkzettel verpasst, und du kannst sicher sein, dass sie dir in den nächsten Wochen bei deinen Bauprojekten nicht in die Quere kommen wird.«

Diese Bemerkung brachte den jungen Besamer nur noch mehr in Rage. »Ich habe dir aber auch klipp und klar gesagt, dass ihr nichts passieren darf. Verdammt, jetzt sag mir endlich, was du mit ihr gemacht hast und wo sie ist.«

Wenn Nicolae mit dem Oberarm leicht dagegendrückte, spürte er in der Innentasche seines schwarzen Sakkos das Kuvert mit zwanzigtausend Euro. Die eine Hälfte hatte er von Alois Besamer jun., die andere von Sarema Abubakarowa und Said al-Chattab erhalten. Es war eine Fügung des Schicksals gewesen, dass beide zur gleichen Zeit seine Dienste wegen seines Naheverhältnisses zur Innenministerin in Anspruch genommen hatten.

Der alte Besamer hatte natürlich längst herausgefunden, dass die Innenministerin in Bad Fucking ein Asylantenheim errichten lassen wollte. Und da er die Branche in- und auswendig kannte, wusste er auch, dass die Ausschreibungen so manipuliert werden würden, dass am Ende Sperrs Baufirma als Bestbieterin den Zuschlag erhalten würde. Um der Innenministerin zu signalisieren, dass das so nicht weiterging, sollte ihr eine kleine Abreibung verpasst werden. Also beauftragte er seinen Sohn, Maria Sperr für ein paar Tage aus dem Verkehr zu ziehen und ihr bei dieser Gelegenheit in aller Deutlichkeit klar zu machen, dass Besamer ihre Angriffe auf seine Vormachtstellung keinesfalls akzeptiere. Der alte Besamer erklärte sich bereit, für diese Aktion zehntausend Euro springen zu lassen. Was lag für Alois Besamer jun. also näher, als in dieser Sache seinen guten Bekannten Nicolae Petrescu um dessen Mithilfe zu bitten?

Dass sich zur gleichen Zeit auch Sarema Abubakarowa und Said al-Chattab an Nicolae Petrescu wenden würden, konnte Besamer jun. natürlich nicht wissen. Den Kontakt zu den beiden hatte Nicolaes Vater hergestellt, der mittlerweile europaweit nicht nur als Zuhälter, sondern auch als Schlepper tätig war.

Nicolae Petrescu ahnte zwar, dass Sarema Abubakarowa und Said al-Chattab etwas Großes vorhatten, was es genau war, wusste er allerdings nicht. Der letzte Teil seines Auftrags bestand darin, die beiden nach München zu bringen und im Zentrum aussteigen zu lassen. Er würde dann zum Flughafen weiterfahren, wo in wenigen Stunden seine Maschine nach Bukarest ging. Mit dem falschen Pass, den ihm sein Vater besorgt hatte, würde es keine Probleme geben, und die Mercedes-Limousine mit dem gefälschten Diplomatenkennzeichen würde in der Parkgarage des Flughafens frühestens in ein paar Tagen jemandem auffallen. Damit war das Österreich-Kapitel für Nicolae Petrescu abgeschlossen und er konnte in Rumänien einen neuen Lebensabschnitt beginnen. Da sein Vater genügend Foto- und Videoaufnahmen von den Orgien Dr. Leitingers und dessen Geschäftsfreunden gemacht hatte, würden allfällige Nachforschungen nach ihm mit Sicherheit bald im Sand verlaufen.

Nicolae achtete darauf, nicht schneller als 130 Stundenkilometer zu fahren.

»Es läuft alles wie vereinbart, und spätestens in zwei, drei Tagen wird die Innenministerin wieder in Amt und Würden sein, auch wenn es sein könnte, dass ihr das Sprechen anfangs noch ein bisschen schwer fällt.«

»Was soll das heißen?« Der Tonfall des jungen Besamer wurde immer aggressiver. Was daran lag, dass er wusste, dass ihm die Hände gebunden waren. Zur Polizei konnte er nicht gehen, und es lag in seinem eigenen Interesse, dass Nicolae ungeschoren davonkam. »Habt ihr die Sperr verletzt? Nicolae, das war nicht ausgemacht.«

»Nur zur Sicherheit, Alois, und bevor ich es vergesse: Die Gespräche, in denen du mir den Auftrag erteilt hast, die Innenministerin außer Gefecht zu setzen, habe ich aufgezeichnet.«

Der junge Besamer tobte am anderen Ende der Leitung. »Nicolae, ich hoffe für uns beide, dass diese Sache gut ausgeht. Wenn nicht, kannst du dich auf etwas gefasst machen. Ich kenne in Rumänien mehr einflussreiche Leute, als dir und deinem Vater lieb sein kann.«

Nicolae wurde ernst. »Lass meinen Vater aus dem Spiel und spare dir deine Drohungen. Du hast bezahlt, ich habe deinen Auftrag ausgeführt, und morgen ist ein neuer Tag. Wir sind quitt, also kann keinem von uns etwas geschehen. Und in unser beider Interesse schlage ich vor, dass wir unseren Kontakt für einige Zeit unterbrechen. Ich denke, das ist auch in deinem Sinn.«

»Worauf du dich verlassen kannst.«

Nicolae warf das Handy aus dem Auto und sah im Seitenspiegel, wie es von einem anderen Wagen überfahren wurde.

»Es tut mir sehr leid, aber der einzige Rettungswagen, der uns zur Verfügung steht, ist heute Mittag selbst in einen schweren Unfall verwickelt worden. Wir können Ihnen also nicht helfen. Wenden Sie sich bitte an den nächstliegenden Arzt.«

Camilla betrachtete die Strichzeichnung auf dem Rechnungsblock neben dem Telefonapparat und schüttelte ungläubig den Kopf. »Aber das ist ja gerade das Problem, dass ich hier keinen Arzt finde. Deshalb habe ich bei Ihnen angerufen, damit Sie einen Rettungswagen herschicken. Was schlagen Sie jetzt konkret vor, dass ich tun soll? Die Frau ist verletzt und braucht dringend ärztliche Hilfe.«

»Wie gesagt, ich kann Ihnen nicht weiterhelfen. Auf Wiederhören.« Tüüt. Tüüt. Tüüt.

Camilla hätte am liebsten irgendetwas Obszönes in den Hörer geschrien, ließ es dann aber aus Rücksicht auf die verletzte Frau bleiben.

Gerade, als Camilla im Telefonbuch nach der Nummer eines Arztes suchte, betraten die Cheerleader das Hotel. Die Mädchen waren verschwitzt und machten einen völlig niedergeschlagenen Eindruck. Als sie die Blutspur am Boden sahen, blieben sie abrupt stehen.

»Ach, du Scheiße, was ist denn hier los?«, fragte Nadja und zeigte auf die Frau im schwarzen Kleid.

Sonja begann zu weinen. »Ich halte das alles nicht mehr aus, ich möchte sofort nach Hause.«

Camilla legte das Telefonbuch zur Seite und ging zu den Mädchen.

»Entschuldigen Sie, die Frau braucht dringend ärztliche Hilfe. Wissen Sie, wo ich hier einen Arzt finde?«

»Bam, Oida, das wird mir bald zu steil«, sagte Dodo. »Was ist denn mit der Frau überhaupt passiert? Und wer sind Sie? Wir brauchen dringend Hilfe. Jetzt ist Greg nämlich auch noch verschwunden.«

»Moment, Moment, alles der Reihe nach. Wer ist Greg? Und was heißt, ›er ist verschwunden‹? Und wo sind eigentlich die Leute, die hier im Hotel arbeiten?«

»Das würden wir auch gerne wissen«, antwortete Hannah und fummelte an ihrem Nasenring herum. »Wir brauchen jemanden, der sich im Wald auskennt. Das kann ja nicht sein, dass gleich zwei Leute spurlos verschwinden.«

»Welche zwei Leute sind verschwunden?«

Nadja hob schlaff ihre Hände. »Na, Sandra und Greg. Sandra ist seit gestern wie vom Erdboden verschluckt, und heute war auch Greg plötzlich weg, wie wir nach ihr gesucht haben. Sandra ist unsere Trainerin und Greg ist ihr Freund, der heute extra aus Wien angereist ist, um uns zu helfen.«

Camilla verstand noch immer nicht, was hier vor sich ging. »Trainerin wofür? Und was ist mit der Polizei? Warum hat das nicht längst die Polizei übernommen?«

»Die Polizei?« Dodo wurde wütend. »Die verdammte Polizei hat gesagt, dass Sandra schon wieder auftauchen wird und wir uns keine Sorgen machen sollen. So schaut's aus. Und der Typ vom Hotel, der uns heute Früh noch geholfen hat, hat sich anscheinend in Luft aufgelöst.«

»Ch brch Wsr. Chwr Hlf Schprr Mr Schprr.« Wie auf ein Kommando hin schauten alle zur Frau, die unverständliches Zeug murmelte.

»Was ist denn mit dieser Frau passiert? Und wer sind Sie überhaupt?«, fragte Katja.

»Mein Name ist Glyck, ich habe hier dienstlich zu tun, und ich habe diese Frau auf der Straße gefunden. Was mit ihr genau passiert ist, weiß ich nicht. Aber klar ist, dass sie dringend einen Arzt braucht.«

»O.K., aber was machen wir jetzt? Wenn nicht schnellstens etwas unternommen wird, kann es sein, dass Sandra und Greg da draußen –.« Katja begann zu schluchzen.

Trotz der laufenden Klimaanlage hatte Camilla das Gefühl, dass die Hitze langsam ihr Gehirn austrocknete. Irgendwie fiel es ihr schwer, einen klaren Gedanken zu fassen. Eigentlich war sie nach Bad Fucking gekommen, um etwas über die verschwundene Innenministerin Maria Sperr herauszufinden, stattdessen tappte sie von einer absurden Situation in die nächste. Wenn sie sich vor ihrem Chef nicht total blamieren wollte, musste sie sich schleunigst etwas einfallen lassen. Die Frage war nur, was? In der einen Ecke stand eine Gruppe schwitzender und erschöpfter Mädchen, die nach einem verschwundenen Pärchen suchte, in der anderen saß eine verletzte Tschetschenin, die einer terroristischen Vereinigung nahe stand und aus Österreich abgeschoben werden sollte. Wenn sie dann noch in Betracht zog, was sie auf dem Gendarmerieposten gesehen hatte, konnte sie ruhigen Gewissens sagen, dass Bad Fucking ein durchaus bizarrer Ort war, der seinem Namen voll gerecht wurde.

Während Camilla krampfhaft überlegte, wie sie Ordnung in ihr Gedankenchaos bringen könnte, betrat Jagoda Dragičević das Hotel. Sie ging an den Mädchen und Camilla vorbei, ohne sie eines Blickes zu würdigen. Bevor Jagoda im Gang verschwand, an dessen Ende ihre kleine Dienstwohnung lag, rief ihr Katja nach: »Entschuldigen Sie, Sie sind doch die Putzfrau hier. Haben Sie eine Ahnung, wo der Herr von der Rezeption ist? Wir brauchen jemanden, der uns bei der Suche nach unserer Trainerin und ihrem Freund hilft. Und diese Frau da –«, sie deutete auf die kauernde Gestalt im Fauteuil, »– braucht dringend einen Arzt.«

Jagoda blieb stehen und drehte sich um. »Es tut mir leid, aber ich arbeite nicht mehr in diesem Hotel.« Dann verschwand sie im Gang.

Camilla lief ihr nach. »Aber können Sie uns wenigstens sagen, wo wir hier einen Arzt finden?«

Jagoda sah Camilla an und schüttelte bedauernd den Kopf. »Doktor Bodingbauer ist auf Urlaub und der Zahnarzt ist tot.«

Camilla brummte der Schädel. »Wer ist Doktor Bodingbauer und was heißt, ›der Zahnarzt ist tot‹?«

»Doktor Bodingbauer ist der Gemeindearzt und Doktor Ulrich ist tot. Frau Sandleitner ist gerade auf dem Weg zur Gendarmerie, um das zu melden.«

›O. K., es hat keinen Sinn‹, dachte Camilla frustriert und ging mit hängenden Schultern in die Lobby zurück. Sie war müde und fühlte sich ausgelaugt.

»Also, wo ist das Geld?«, fragte Veronika und bekam es ein wenig mit der Angst zu tun.

Philipp stand vor ihr und sah sie mit glasigen Augen an. Seine Fieberblase glänzte feucht auf seiner Unterlippe und seine Pickel leuchteten rot. Veronika wurde bewusst, dass sie Philipps Gesicht noch nie aus dieser Nähe gesehen hatte. Unwillkürlich machte sie einen Schritt zurück und stieß an einen Küchenstuhl.

Philipp war Veronika auf der Straße nachgelaufen und hatte ihr gesagt, dass er sich alles überlegt habe und bereit sei, ihr die fünftausend Euro für die Fotos zu geben. Und zwar sofort. Veronika müsse ihn lediglich zum Hotel begleiten, wo er ihr das Geld aushändigen werde.

Nach dem Auffinden von Dr. Ulrichs Leiche war Veronika so durcheinander gewesen, dass sie gar keine Zeit gehabt hatte, sich über Philipps Gesinnungswandel Gedanken zu machen. Wie in Trance war sie Philipp zum Hotel gefolgt und erst zu sich gekommen, als sie in dessen kleiner Wohnung in der Küche stand.

»Setz dich«, sagte Philipp und fuhr sich mit der Zunge über die Fieberblase. Er öffnete eine Schublade und holte ein Kuvert heraus, dem er einen Einhundert-Euro-Schein entnahm. Veronika schluckte und warf einen fragenden Blick auf das Geld. Sie merkte, dass sie ziemlich schwitzte.

»Warte, ich hole den Rest.«

Philipp ging ins Vorzimmer und nahm ein Tuch von der Ablage. Noch bevor Veronika etwas sagen konnte, schlug er ihr von hinten mit der Faust auf den Kopf und knebelte sie. Veronika war zwar nur leicht benommen, verstand aber trotzdem nicht, was gerade vor sich ging. Sie spürte Philipps Atem und fragte sich, weshalb sie keine Luft bekam. Bevor ihr eine Antwort einfiel, verlor sie das Bewusstsein.

Philipp legte Veronika auf sein Bett und knöpfte mit zitternden Händen ihre Hose auf. Speichel floss aus seinem Mund, und er konnte es kaum erwarten, Veronika endlich einmal nackt zu sehen. Während er ihr die Unterhose auszog, schnaubte er wie ein Walross. Er kniete sich vor sie und starrte auf ihre Schamhaare, als wären sie ein Mysterium. Philipp beugte sich vor, um das Allerheiligste zu küssen, fuhr aber gleich wieder zurück, weil es nach Schweiß und Käse roch. Er wurde wütend, schob seine Hose hinunter und steckte seinen halb erigierten Penis in Veronikas Möse. Bereits nach wenigen Sekunden ergoss er sich und sank ermattet auf sie nieder.

Philipp zog sich nackt aus, ging in die Küche und holte ein hinter Töpfen und Pfannen verstecktes Glas mit getrockneten Pilzen hervor. Er setzte sich Veronika gegenüber aufs Bett und sah, dass sie eigentlich dicker war, als er gedacht hatte. Er schraubte den Deckel vom Glas und steckte sich einen Pilz nach dem anderen in den Mund. Ein Gefühl von absoluter Leere machte sich in ihm breit, und das Hotel, in dem er noch gestern von einer großen Karriere geträumt hatte, war jetzt nicht viel mehr als der Schatten eines Hotels.

Camilla saß auf der Toilette und beobachtete eine große Spinne, die mit ihren behaarten Beinen eine kleine Spinne fest umklammert hielt und langsam tötete. Das Spinnenkind versuchte zwar noch, sich zu befreien, hatte gegen die große Spinne aber keine Chance. Sie überlegte kurz, ob sie der kleinen Spinne helfen sollte, wurde aber von einem vielstimmigen Jubelgeschrei aus ihren Gedanken gerissen. ›Sind diese Cheerleader jetzt vollkommen verrückt geworden?‹ Camilla wischte sich ausnahmsweise nur einmal ab und verließ schnellstens die Toilette.

In der Lobby war die Hölle los. Die Mädchen kreischten und klatschten, einige tanzten, andere weinten vor Freude. Mitten unter den Cheerleadern befanden sich vier Leute, die Camilla nicht kannte: Ein hünenhafter Schwarzer, ein junger Mann mit einem Wuschelkopf und eine junge Frau mit halblangen blonden Haaren. Neben dem Schwarzen saß eine Frau auf einem Stuhl und lächelte gequält. Sie war bleich, hatte Abschürfungen an den Beinen und trank mit zitternden Händen aus einer Wasserflasche.

»Bam, Oida, sie sind zurückgekommen, ich pack es nicht.« Dodo lief auf Camilla zu und umarmte sie stürmisch. Camilla rümpfte die Nase, weil Dodo ziemlich schweißelte.

»Das ist unsere Trainerin Sandra Redmont«, rief Katja mit sich überschlagender Stimme und zeigte auf die Frau am Stuhl.

Sandra deutete einen matten Gruß an und verzog das Gesicht. Offenbar hatte sie starke Schmerzen.

»Und das ist Greg, der sie gefunden hat«, schrie Candy, die kurz ihre Kopfhörer abgenommen hatte. »Greg ist auch durch ein Loch in die Höhle gefallen, aber er hat sich dabei zum Glück nicht verletzt.«

»Hey, man«, grüßte Greg Richtung Camilla, die sich umdrehte, weil sie dachte, Greg würde einen Mann hinter ihr grüßen.

»Los, Dodo, geh zur Wohnung vom Rezeptionisten und sag ihm, er soll sofort die Bar aufsperren. Das muss gefeiert werden. Jetzt versenken wir ein paar U-Boote.« Nadja machte einen Sprung in die Luft und verlor dabei fast ihre Hose, wodurch wieder einmal der Blick auf ihr imposantes Tattoo frei wurde.

Camilla war sich nicht mehr sicher, ob sie am Ende nicht doch in einem Irrenhaus gelandet war, und warf der zusammengesunkenen Frau im schwarzen Kleid einen sorgenvollen Blick zu. Sie wollte warten, bis Dodo mit dem Rezeptionisten zurückkam, und sich dann endgültig um einen Arzt für die beiden verletzten Frauen kümmern. Dass Sandra Redmont ebenfalls medizinische Hilfe benötigte, war unübersehbar.

Mitten in das Durcheinander hallte plötzlich ein gellender Schrei. Von einer Sekunde auf die andere herrschte Totenstille, und die Cheerleader sahen einander verängstigt an. Selbst die Frau auf dem Fauteuil wurde aus ihrem Halbschlaf gerissen und murmelte ein paar unverständliche Worte.

Wie auf ein Kommando hin bewegten sich alle Richtung Gang, an dessen Ende Dodo stand und mit den Armen fuchtelte. »Kommt sofort her, hier ist etwas Schreckliches passiert!«, schrie sie, und alle rannten los.

Als die Gruppe die offene Tür erreicht hatte, vor der Dodo stand, begann ein fürchterliches Gedränge.

»Ich sehe nichts, was ist denn los?«, fragte Sonja aufgeregt und bekam von Katja, die ganz vorne stand, als Antwort lediglich ein Wort zu hören: »Wahnsinn.«

»Bitte, lasst mich durch, ich bin vom Bundeskriminalamt.«

Alle starrten Camilla an, und Ludmilla, die mit Adalbert und Greg ebenfalls mitgekommen war, blieb abrupt stehen. »Was hat sie gesagt?«, flüsterte sie Adalbert zu und zog ihn an sich heran. »Ich glaube, es ist besser, wir verschwinden hier.«

»Aber was ist mit dem Mann in der Höhle? Wir müssen das ja noch bei der Polizei melden. Ludmilla, wir können den Verletzten doch nicht einfach dort liegen lassen.« Adalbert war verzagt und trottete widerwillig hinter Ludmilla her, die ihr Tempo beschleunigte.

In der Lobby warf Adalbert den beiden verletzten Frauen einen bedauernden Blick zu, und wenige Augenblicke später saß er mit Ludmilla im Auto und fuhr los.

Als Erstes legte Camilla eine Decke über Philipps Leichnam und bedeckte anschließend mit einem Leintuch Veronikas nackten Unterkörper. Sie nahm ihr den Knebel aus dem Mund und tätschelte ihre Wangen. Nach ein paar Sekunden öffnete Veronika langsam ihre Augen.

Starr vor Schreck standen die Cheerleader in der Tür und schluchzten oder umarmten einander.

»Geht bitte hinaus, ich kümmere mich um sie. Und wir brauchen dringend einen Arzt.« Camilla sah das Glas, das neben Philipp lag, und las die Aufschrift auf dem Etikett. *Knollenbl.P.* stand da unter einem gezeichneten Totenkopf.

»Bosche moi, was ist denn hier passiert?«, fragte Jagoda Dragičević, die gerade dabei war, ihre Sachen zu packen, als sie den Lärm am Gang hörte.

»Ich weiß es nicht genau«, sagte Camilla leise, »aber ich vermute, dass er sie vergewaltigen wollte und dann

Selbstmord begangen hat.« Sie zog die Decke zur Seite. »Ist das der Rezeptionist?«

»Ja, das ist Philipp Hintersteiner, er ist der Sohn des Hotelbesitzers und hat hier gearbeitet.«

»Waren die beiden ein Paar?«

»Nein, sicher nicht. Ich habe keine Ahnung, weshalb Veronika hierhergekommen ist.«

Camilla tastete Veronikas Kopf ab. »Ich glaube, es ist halb so schlimm. Haben Sie Schmerzen?«

Veronika schüttelte matt den Kopf und schien langsam zu sich zu kommen.

Camilla nahm Jagoda zur Seite. »Kennen Sie diese Frau?«

»Ja, natürlich, ihr gehört das Fotogeschäft im Ort.«

»Und wo finden wir jetzt einen Arzt?« Camilla fühlte sich, als wäre sie gerade durch einen Fleischwolf gedreht worden.

Eine Stunde später hatte man das Erdgeschoss des Hotels in eine provisorische Krankenstation verwandelt. Veronika Sandleitner, Sandra Redmont und die schwarz gekleidete Frau wurden in eigene Zimmer gebracht, und die Cheerleader kümmerten sich, unterstützt von Greg Sutherland und Jagoda Dragičević, um die drei Patientinnen. Philipps Leiche ließ man in seiner Wohnung liegen.

Camilla hatte mehrmals bei der Gendarmerie angerufen, aber weder Wellisch noch seinen Stellvertreter erreicht. Auch am Gemeindeamt meldete sich niemand. So wie es aussah, waren alle im Ort auf Tauchstation gegangen. Camilla war ratlos.

Die Cheerleader, die sich in der Zwischenzeit ein wenig beruhigt hatten, erklärten Camilla, dass sie die Nacht keinesfalls mit einer Leiche im Hotel verbringen würden. Wäre es nach den Mädchen gegangen, wären sie ohnehin am liebsten sofort nach Wien zurückgefahren. Aber so, wie die Dinge standen, würde sie der Bus frühestens am nächsten Tag von Bad Fucking abholen.

Angesichts der chaotischen Zustände blieb Camilla gar nichts anderes übrig, als ihren Chef anzurufen und ihm reinen Wein einzuschenken. Morgen war ja schließlich auch noch ein Tag, an dem sie ihre Nachforschungen anstellen konnte. Zumindest redete sie sich das ein, auch wenn es ihr schwer fiel, es zu glauben.

Nachdem sie sich davon überzeugt hatte, dass die verletzten Frauen noch lebten, sank Camilla in der Lobby erschöpft in einen Fauteuil und schlief ein. Sie träumte wirres Zeug von einem Hund in einem riesigen Dachboden, als sie jemand sanft am Arm rüttelte.

»Hey, man«, hörte sie und erschrak, als sie Gregs schwarzes Gesicht vor sich sah. ›Oh Gott‹, dachte Camilla verwirrt, ›gehöre ich jetzt auch schon zu denen, die sich vor Schwarzen fürchten?‹

»Was ist denn los?«, fragte Camilla und drehte den Kopf zur Seite, weil sie einen unangenehmen Geschmack im Mund hatte. Wenn sie jetzt Greg angehaucht hätte, wäre er womöglich auch noch umgefallen und sie hätte einen weiteren Patienten zu betreuen gehabt.

»Ludmilla und Adalbert sind gefahren weg, und ich weiß nicht, ob sie bei der Polizei haben gemeldet, dass wir in der Hohle gefunden haben eine verletzte Mann.«

Camilla sah Greg mit großen Augen an. Träumte sie oder erzählte ihr der Schwarze gerade eine weitere Schauergeschichte? Hatte sie an diesem Tag nicht schon genug erlebt?

»Ich verstehe kein Wort. Welcher Mann liegt verletzt in welcher Höhle? Und wer sind Ludmilla und Adalbert?« Sie erinnerte sich zwar, einen Mann und eine Frau gesehen zu haben, dachte aber, dass es sich dabei um Hotelgäste handelte.

»Ludmilla und Adalbert uns haben geholfen bei Befreiung aus der Hohle. Aber ein Mann liegen noch verletzt dort.«

»Moment, Moment.« Camilla versuchte, sich zu konzentrieren. »Wenn diese Ludmilla und dieser Adalbert nicht mehr hier sind, werden sie wahrscheinlich zu dem verletzten Mann in die Höhle gefahren sein.«

Greg zuckte mit den Schultern. »Ich weiß nicht, ich hoffe, dass sie nicht sind gefahren schon nach Wien.« Er stand auf. »Ich gehe zu Sandra und schaue, wie es ihr geht. Thank's, man.«

Camilla hatte ihre Reisetasche und den Laptop in Philipp Hintersteiners Wohnung eingesperrt. Der Gedanke, sich neben der Leiche die Zähne putzen zu müssen, behagte ihr gar nicht. Lieber wollte sie sich von einem der Mädchen einen Kaugummi ausborgen.

Camilla fühlte sich, als wäre sie in ein Zeitloch gefallen. Oder war es ein Wurmloch? Alles war irgendwie unwirklich, dabei war der Tag noch gar nicht zu Ende. Sie blickte auf die Uhr. Es war kurz vor sechs. ›O.K., es hilft nichts, ich muss das Telefonat hinter mich bringen.‹

Merkwürdigerweise war Dr. Klopf nicht zu erreichen. Seine Sekretärin sagte lediglich, dass bei ihnen gerade alles drunter und drüber gehe und der Chef sich nach der Besprechung sofort bei ihr melden werde. Leider dürfe sie keine Informationen weitergeben. Nicht einmal an Dr. Klopfs engste Mitarbeiter.

Camilla konnte sich nicht erinnern, jemals so weit neben sich gestanden zu sein. Neben dem Telefonapparat lag der Zettel, auf den die verletzte Frau mit ungelenker

Schrift MARIA SPERR geschrieben hatte. Sie betrachtete den Schriftzug. ›Merkwürdig, dass der Frau als Erstes ausgerechnet der Name der Innenministerin einfiel.‹

Camilla ging in das Zimmer, in dem die Frau lag. Sie hatte den Kopf zur Seite gedreht, damit sie leichter atmen konnte. Ihr Polster war blutverschmiert. Sie sah Camilla an und griff nach ihrer Hand. »Ch bn Mra Schprr.« Camilla glaubte erstmals verstanden zu haben, was die Frau sagte, und schluckte.

»Ist schon in Ordnung.« Sie tätschelte die Hand der Verletzten und verließ verwirrt den Raum.

Wenig später läutete hinter dem Empfangstresen das Telefon. Dr. Klopfs Stimme überschlug sich. »Camilla, eine Katastrophe ist passiert. In München ist der russische Innenminister erschossen worden. Und zwar von einer Frau, die alle für die österreichische Innenministerin hielten. Sie hatte nicht nur deren Pass bei sich, sondern sah auch genauso aus wie Maria Sperr. Der russische Innenminister nahm dort an einer Konferenz teil, und natürlich wusste dort niemand, dass die Sperr verschwunden ist. Wir haben gestern ja auch eine Nachrichtensperre verhängt. Es ist eine Katastrophe. Irgendjemand muss die Sperr entführt und sich ihre Identität angeeignet haben.«

»Ach, du heilige Scheiße«, war alles, was Camilla herausbrachte.

»Camilla, sind Sie noch da?«

»Ja, ja, ich bin noch da und ich glaube, ich weiß jetzt auch –.«

Das Unwetter kam ohne jede Vorwarnung. Von einer Sekunde auf die andere schob sich eine schwarze Wolkendecke vor die Sonne und verdunkelte die Erde. Ein ohrenbetäubender Krach ließ das Hotel erzittern, und Camilla fiel vor lauter Schreck der Hörer aus der Hand. Alle im Hotel schrien durcheinander, aber niemand hörte etwas, weil das Getöse des plötzlich losbrechenden Sturms alle anderen Geräusche übertönte.

Camilla lief zum Fenster und zuckte zusammen. So etwas hatte sie in ihrem ganzen Leben noch nie gesehen. Der Himmel war fast schwarz und wurde nur vom Flackern ferner Blitze erhellt. Die tief herabhängenden Regenwolken waren fahlgelb und sahen aus, als würden sie von innen beleuchtet. Aus den Wolken schossen tausende Megatonnen Wasser auf die Erde, die ungeheure Wärmemengen zum Antrieb der Winde freisetzten. Es war, als würde über Mitteleuropa gerade eine Turbine mit einem Durchmesser von tausend Kilometern angeworfen werden. Camilla rieb sich die Augen, weil sie plötzlich das Gefühl hatte, alles nur noch unscharf zu sehen. Aber was sie sah, war nichts anderes als Regen. Zuerst hatte sie gedacht, es wäre Hagel, aber nach und nach erkannte sie, dass es riesige Tropfen waren, die auf die Erde fielen. Durch den Regenschleier zeichneten sich schemenhaft die Umrisse ihres Autos ab, und sie glaubte zu träumen. Wie in Zeitlupe drehte sich das Auto, und als die Kühlerhaube in ihre Richtung schaute, zerbrach die Windschutzscheibe. Langsam verschwand das Auto aus ihrem Blickfeld. »Oh, mein Gott.«

In der Lobby schrien die Cheerleader wie am Spieß und umarmten einander. Sie bildeten einen Ring wie Footballspieler, die sich vor dem Anpfiff noch einmal konzentrierten.

Greg tauchte kurz auf, rief »Oh Lord, have mercy«, und verschwand gleich wieder, um Sandra zu trösten, die zitternd im Bett lag.

Camilla wusste nicht, was sie tun sollte. Hinauszugehen wäre reiner Selbstmord gewesen, also blieb ihr gar nichts anderes übrig, als im Hotel zu warten, bis das Unwetter vorbei war. In der Zwischenzeit hatte sich die Straße in einen reißenden Fluss verwandelt, und wenn der Regen nicht aufhörte, würde bald auch das Hotel überschwemmt werden.

Obwohl es erst kurz nach sieben war, war es stockdunkel. Ab und zu erhellten Blitze die nähere Umgebung, sonst war nichts zu sehen. Einmal bildete sich Camilla ein, einen lauten Donnerknall gehört zu haben, was bedeutet hätte, dass das Tosen des Windes etwas schwächer geworden wäre. Sie konnte sich aber auch getäuscht haben.

Camilla wunderte sich, dass sie keine Angst hatte. Der Tag, der langsam zu Ende ging, war in seiner Gesamtheit so absurd, bizarr und skurril gewesen, dass es sie nicht gewundert hätte, wenn sie in Bad Fucking vom Blitz erschlagen worden wäre.

Als das Unwetter begann, war Wellisch gerade mit zwei Kübeln Aalfutter im Wald Richtung Höllensee unterwegs. Um die Aale standesgemäß willkommen zu heißen, hatte er extra seine schöne Ausgehuniform angezogen und den Sheriffstern poliert. So schnell konnte Wellisch gar nicht schauen, war er nass bis auf die Haut. Auch wenn die Bäume den Regen und den Sturm etwas abmilderten und Wellisch unter einem Felsvorsprung Unterschlupf fand, hatte er ein mulmiges Gefühl im Bauch. Mit besorgter Miene sah er auf die Uhr. Bis zur Ankunft der Aale bei Eintritt des Vollmonds um 20 Uhr 13 blieb ihm nur noch etwas mehr als eine Stunde. Wenn der Regen nicht bald nachließ, würde er am Ufer des Höllensees bis zu den Knöcheln im Wasser stehen.

Wellisch fragte sich, ob das Wetter in direktem Zusammenhang mit der Rückkehr der Aale stand, und merkte, wie er es plötzlich mit der Angst zu tun bekam. Als irgendwo in der Nähe ein Blitz einschlug und den Wald gespenstisch beleuchtete, zuckte er zusammen und drückte sich an den nassen Felsen. Er schloss die Augen und dachte an das Altarbild in der Kirche. Es irritierte ihn, dass auf dem Bild weder Regen noch Blitze zu sehen waren und die Beweinung Christi offenbar bei schönem Wetter stattfand. Wellisch wusste aber, dass er die Sache so oder so zu Ende bringen musste. Er bekreuzigte sich, griff nach den beiden Kübeln und bahnte sich durch den tosenden Wald im aufgeweichten Boden den Weg zum See. Wellisch sah kaum noch etwas und musste sich auf seinen Instinkt verlassen.

Als er endlich die Stelle am Ufer des Sees erreicht hatte, stand er bereits bis zu den Knien im Sumpf. Wellisch war zu erschöpft, um klar denken zu können. Seine Arme schmerzten, und als er die Kübel abstellte, kippten sie um, und das Aalfutter vermischte sich umgehend mit dem matschigen Boden. Wellisch sah auf seine Armbanduhr. Es war 20 Uhr 13, die Zeit des Eintritts des Vollmonds. Er blickte zum Himmel, der schwarz war und nur ab und zu von Blitzen erhellt wurde. Der Regen fiel auf die Erde, als hätte der Himmel sämtliche Schleusen geöffnet, und als Wellisch einmal kurz den Vollmond sah, wusste er, dass er diesen Ort nicht mehr lebend verlassen würde.

Und dann kamen sie! Wie auf dem Altarbild dargestellt, näherten sie sich durch eine Schneise im Wald. Schemenhaft erkannte Wellisch eine ungeheure Masse von Aalen, die sich wie ein schwarzes Ungeheuer auf ihn zubewegten. Die Erde bebte, und trotz des Regens konnte er den intensiven Geruch der Tiere wahrnehmen. Plötzlich waren sie überall. Er spürte ihren Schleim auf seiner Haut und hörte ein tausendfaches helles Quietschen. Unendlich viele Aale glitschten über ihn hinweg, wobei einige hängenblieben und kleine Fleischfetzen aus ihm herausrissen. Aber Wellisch spürte keinen Schmerz, sondern eine Euphorie, die ihm die Tür in eine andere Welt öffnete.

»Ja, ihr seid zurückgekommen«, brüllte er. Er versuchte, seine blutverschmierten Arme hochzuheben, was ihm auch kurz gelang. Einem triumphierenden Messias gleich stand der unter den Aalmassen fast vollständig begrabene Gendarmerieinspektor Julius Wellisch in der sumpfigen Wiese am Ufer des Höllensees und schrie in Ekstase zum tiefschwarzen Himmel, aus dem es unablässig regnete. »Ich habe es gewusst! Die Prophezeiung hat sich erfüllt!« Wellischs Sheriffstern blitzte noch einmal auf, und das Letzte, was er sah, war ein riesiger Aal, der vor seinem Gesicht auftauchte und kurz innehielt. Wellisch riss den Mund auf. »Misereatur tui omnipotens Deus, et dimissis peccatis tuis, perducat te ad vitam aeternam.« Der Aal schoss mit ganzer Kraft in Wellischs Mund und bahnte sich seinen Weg durch die Eingeweide seines Opfers. Wellisch verdrehte die Augen und spürte, wie in seinem Inneren etwas zerriss. Dann wurde es dunkel um ihn herum und dann war nichts mehr.

B 13/4

Wolf Haas

«Wolf Haas schreibt die komischsten und geistreichsten Kriminalromane.» Die Welt

Auferstehung der Toten
Roman
«Ein erstaunliches Debüt. Vielleicht der beste deutschsprachige Kriminalroman des Jahres.» (FAZ)
Ausgezeichnet mit dem Deutschen Krimi-Preis 1997.
rororo 22831

Der Knochenmann
Roman. rororo 22832

Komm, süßer Tod
Roman
Ausgezeichnet mit dem Deutschen Krimi-Preis 1999. rororo 22814

Silentium!
Roman
Ausgezeichnet mit dem Deutschen Krimi-Preis 2000. rororo 22830

Ausgebremst
Der Roman zur Formel 1
rororo 22868

Wie die Tiere
Roman
Der beste Freund des Hundes ist der Pensionist – und das Kleinkind sein natürl icher Feind … «So wunderbar, dass wir beim Finale weinen müssten, hätten wir nicht schon alle Tränen vorher beim Lachen verbraucht.» (Die Zeit)

rororo 23331

Weitere Informationen in der Rowohlt Revue *oder unter* www.rororo.de

Oliver Maria Schmitt

Anarchoshnitzel schrieen sie

Ein Punkroman für die besseren Kreise

rororo 978-3-499-24343-1

«Schräg, politisch super unkorrekt und brüllend komisch.» (Der Tagesspiegel)

Chaos und Anarchie, Sex, Bullen, Bier und Rock'n'Roll? Fehlanzeige! Hier geht's voll gesittet zu: Peter Julius Hein hat Angst vor dem Osten, und sein tablettensüchtiger Freund Dr. Hollenbach ist gar kein richtiger Arzt. Dennoch brettern die beiden nach «drüben», um die Reste ihrer alten Band wieder zusammenzutrommeln – es droht nämlich ein Comeback. Für Peter aber geht es vor allem um ein Wiedersehen mit seinem Jugendschwarm, der mirakulösen Sängerin Itty Lunatic ...

MIX
Papier aus verantwortungsvollen Quellen
FSC® C083411

Das für dieses Buch verwendete FSC®-zertifizierte Papier *Lux Cream* liefert Stora Enso, Finnland.